联 合 出 品

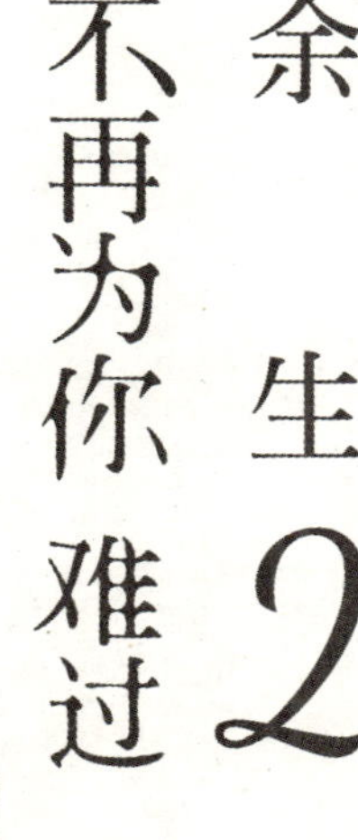

顾白白 著

江苏凤凰文艺出版社
JIANGSU PHOENIX LITERATURE AND ART PUBLISHING, LTD

目录

CONTENTS

Chapter-0

楔 子

恭玉是在登机走廊上接到白洛歆的电话的，电话那头的风雨声伴着嘈杂的电流声，令他不觉皱了眉，打断了想要即刻挂断电话的念头，他脚步未停，对方却迟迟未出声，走到机舱门口时，他对门口的空姐礼貌一笑，侧身停了下来，向着电话那头的人不甚耐烦道：“什么事？”

“恭玉，”熟悉的软糯声音，带着些许过于小心翼翼的期艾，“我有话对你说，你可不可以……不要走。”

恭玉握着电话静了很久，眼前出现的是最后一次同她见面的画面，风雪迢迢，肃杀萧条，却比不上他对她一字一句吐出的字眼，此刻，他很想故技重施，再一次刺痛她，可他闭了闭眼，再睁开时，冷冷淡淡吐出几个字：“我与你，无话可说。”

无话可说。

有时候，再凛冽的恶言都比不上这四个字。

电话那头的风雨声里，隐约传来了一声微弱绝望的啜泣声。

恭玉有些烦躁地挂了电话，候在门口的空姐引导他走到头等舱，目光扫过舱内寥寥几个人，当看见靠窗坐着的那人时，他微微一愣，随即勾起嘴角：“吴越越，好巧。”

长发女人压下大大的墨镜框，露出妆容精致的媚眼，只是眼神冰冷，清清淡淡移开了视线。

她当他是陌生人，无非是因为白洛歆。

恭玉无所谓地笑笑，走到自己的位置坐下，一路与容貌娇丽的空姐交谈甚欢，而几步之外的吴越越，戴着耳机眼罩儿睡了一路。

六个小时后，飞机在樟宜机场降落。

恭玉和空姐互相留完电话，磨蹭到最后一个出机舱，刚一走上客梯车，他便看见扶梯下背对他而站的吴越越，于是，玩心大气，将写了空姐电话的纸条搓成团儿丢了过去："前面那位美女，别挡路。"

像是老电影里的慢动作一样，握着电话的吴越越慢慢转过身，背后湛蓝天空流云万里，她木木地抬起头，远远看着他，眼神怔忪。

那副失魂落魄的模样叫恭玉不由得心悸，眼皮不觉跳了跳，他霎时犹如凉水浇身，被这狮城的冷风一吹，冻在了原地，但嘴上依旧痞里痞气："我说吴越越，都认识这么多年了，你怎么还是这般为小爷的帅气神魂颠倒？"

吴越越似如梦初醒，看着他道："洛歆给你打电话，你为什么，不去找她？"

提到白洛歆，恭玉觉得自己是明白了什么，瞬间冷下了脸："我为什么要去找她？一个杀人犯？我不将她抓进监狱已是对她最大的仁慈，怎么？她找你来当说客？那么麻烦你告诉她，她最好这一生都不要让我再看见。"

"是这样么。"

吴越越低下头，看着手机屏幕，良久，她又猛然抬起头来看他："那么，恭玉，你如愿了……真好，作为老同学，我就祝你此行顺利，与陆家小姐喜结良缘，祝你长命百岁，一生……”

她沉默了几秒，直到有泪从她睁得大大的眼里落下，她笑了声，静静吐出三个字，“不得安。”

这三个字，诅咒一般，有如一只无形的手，狠狠掐住恭玉的喉咙，让他发不出一丝声音，双腿似灌了铅，动弹不得，远处的跑道，有飞机轰隆隆地冲上天际，发出巨大的轰鸣声，他的胸口蓦然紧缩，缺氧的窒息感直冲脑门儿，一片混沌中，他仿佛又听见了女孩儿的啜泣声。

“恭玉，恭玉……”

声声如泣，字字绝望。

一瞬间，往事如海啸，缱绻而至，万里残垣。

Chapter-1

命定

〔你有没有遇见过这样一个人？
当你看见他，便有惊雷在晴空白日里炸开，脑子里轰隆声四起，像天崩，又似地裂。
满城硝烟中，他是光，是风，是银河星辰。
是你黑白世界里，唯一的色彩。〕

恭玉第一次遇见白洛歆，就被她吓得不轻。

那是他回到裴家的第三个月，本着一天不给裴老头儿找不痛快他就不痛快的原则，机关大院里的人家几乎被他搅和了个遍，独独剩下对门的白家。

他琢磨了好久，好不容易等到个白家人全员出门的黄道吉日，便趁午休之时，借着围墙外粗壮的油桐树爬跳入二楼虚掩的窗户里，还没站定看清周围状况，他就被一声瓶瓶罐罐碎裂的声音弄得差点儿没摔地上。

循着声走出房间，往楼下这么一打眼，就看见瘦瘦小小的女孩儿捡起地上的陶瓷碎片，露出光洁的手腕，她持着碎片贴上腕间的那刻，恭玉才恍然意识到她要做什么，心中一凛，没多想，当即就从楼梯上翻下，落在女孩儿面前。

虽有地毯缓冲，脚板处的刺痛还是瞬间传遍了全身。

只是情况危急，他顾不上自个儿的痛，握住女孩儿的手，重重一磕，震落她手里的白瓷碎片，又将她往前一扯，恶狠狠地冲她吼："你想干什么？！"

被突然出现的他吓蒙的女孩儿全身僵硬，口罩遮住大半的脸上就只剩一双大眼，此刻正瞪着他，里面满是惊恐和被人撞见不可告人之事后的窘迫。

“说话啊！”

直到被恭玉又一声吼，她方才如梦初醒般，想要挣开被他擒住的手腕。

“放、放手，痛……”

没想到的是，恭玉不仅没有松手，反而故意加大了握住她手腕的力道，眉眼上挑，一脸轻蔑：“这点儿痛你就受不了了？就你这样的还想自杀？往手腕上拉大口子？哈！”

几句话连珠炮似的，将她的自尊羞辱得半点儿不剩，她本就是个不善言辞的，心里一股血气上涌，只觉眼前突然一片黑暗，下一秒，就失去了意识。

当她软软地倒向恭玉怀里时，恭玉颇有些目瞪口呆，这，怎么就晕了？

“喂！醒醒！”

扶着她的肩膀使劲摇了摇，她耷拉着头，像个破布娃娃，没有半分反应。

恭玉一肚子的火饶是再想发泄，碰见个昏迷不醒的，也是没有了办法，于是，挠了挠头，将她挪至地毯上平放，然后蹲了下来看她，皱着眉看着她。

白洛歆。

他是知道她的，对门白家的掌上明珠，总戴着口罩的女孩儿，神秘感十足，存在感却几乎为零，平日里大门不出二门不迈的。他来机关大院这么久，偶尔几次见着传闻中的她，却总是隔了远远的距离，他也曾坏心思的猜测，这口罩下面是不是长了张奇丑无比的脸。

心一动，身体就先做出了反应，他伸出手，轻轻摘下了她的口罩。

午后金色的斜阳铺在她脸上，常年不见光的脸白皙得过分，茸茸一片浮毛，她的呼吸轻浅，静谧而安逸。

没有被惊吓，也没有惊喜，没有血盆大口，也没有蒜头鼻。

普普通通的一张脸，若真要同自己的脸找出什么差距，大概，就是唇边那块暗红色的胎记。恭玉啧了声，指尖轻轻戳了戳胎记的位置，自言自语：“就因为这个，所以戴了十几年的口罩？”

胎记而已，有什么大不了，他胳膊上也有个，况且他觉得她脸上的这个胎记并不难看，细细瞧起来，就像一只翩跹的蝴蝶，亲吻着嘴角。

目光慢慢往上，落在女孩儿紧闭的眼上，她似乎遇了什么魇，扇子一般的睫毛不安地颤动，恭玉的手下意识地覆上那里，感觉到手下毛茸茸的颤动慢慢趋于安静，他忍不住低喃：“为什么，会想要自杀？”

满腹疑虑尚未得到解答，大门处突然传来钥匙转动的声音，他抬头望去，猝不及防地与门外几双受了惊吓的目光撞在一起。

众人看看他，又看看他手下的女孩儿，空气忽然安静下来。

恭玉向来不喜欢太过安静的气氛，于是，自来熟地露出个灿烂的笑来，企图用打招呼来打破安静。

“嗨——”

短暂的沉默后，人群里发出一声尖厉的尖叫。

那分贝让恭玉的眉眼皱成一团，掏了掏耳朵，预备像之前他闯祸那样，被人直接拎去裴老头儿那讨说法。

但今次的情况有些出乎意料，只见白家人一齐全围到白洛歆身边，硬将他生生挤到人墙外头。

恭玉有些想笑，白家这个掌上明珠果真不是个虚名，让他省去了和裴老头儿当面对峙的麻烦，他乐得其成，摸摸鼻子，双手插兜，一派悠闲地走了出去。

昏迷中的白洛歆被一片混乱声吵醒，半梦半醒间，她微张的双眸随着人群中的高挑儿身影移动，最终定格在光的尽头，转身，不经意地轻笑，像一个梦里而遥远的梦。他就那样闯入她的生命里，以一种俯瞰众生的姿态，像古传说里与时间同寿的阿波罗神，走过千秋万代，偶然路过她的人生，却亲手阻止了她永入阿鼻的命运。

那时的白洛歆尚且年幼，她不懂，浩渺人生里，若碰见了如梦一样的人，正确的做法是，将他当作一场醒来就忘却的梦。

只是这个人啊，她终究，是痴梦了一生。

市明华医院里，母亲带着白洛歆做了全身检查，在得到主任医生“只是低血糖加上情绪激动的缘故才会突然晕倒”这样的回答后，仍是不放心，提出将她留院观察的要求。

白洛歆为难地叫了声：“妈……”

她想说她没事，实在不用这样小题大做了，可是母亲却没有给她说下去的机会，一脸温柔地打断她：“洛歆乖。”

母亲在对于她的问题上，总是过于敏感和一意孤行。

最后只有认命地去了 VIP 病房乖乖躺好。

母亲去走廊上接了个电话，回来后笑着对她道：“是裴家人打来的，恭玉那坏小子被抓住了，你放心，妈妈一定给你讨个公道，私闯民宅，毁物又伤人，决计不能轻饶了他。”

白洛歆其实很想解释恭玉是无辜的，但却又不知道如何将实情说出来。

如果母亲知道她有自杀的念头，还不知道要掀起怎样的轩然大波。

所以，只有自私地选择了缄默，将带着消毒水味道的被子拉过头顶，轻轻吐了口气，闭上眼，眼前出现的，却是不久以前从天而降的高挑儿少年。

“恭玉……”

恭玉啊。

在医院足足休息了两日，白洛歆才得以用学业为借口出院，到家时刚巧碰见要去裴家的奶奶，母亲心里打着去讨公道的念头，便带着白洛歆一同去了。

裴家的祠堂设在楼顶，管事福伯领着白家一行人刚走到三楼转角，就听见裴老洪亮如钟地怒吼："我就不明白了，咱裴家世代清白怎么就出了你这么一个祸害？"

不知被训斥的那人回了句什么，裴老的怒吼声又提高了几个分贝。

"你！不知好歹！以下犯上！"

一个同样高分贝的清澈少年音立马回应："你！欺凌弱小！为老不尊！"

离祠堂越来越近的几人面面相觑，福伯见怪不怪，赔笑道："老爷和小少爷感情好，没那么多礼数拘着，倒让你们见笑了。"

几人互看一眼，心里有数，还未客套回去，就听见砰的一声响，裴老洪亮的声音炸裂般响起："小兔崽子！老子今天不弄死你老子就不姓裴！"

"老爷……"

这边厢规劝的声音还未落，那边厢又唱起了反调："好哇好哇，从今天开始你就跟着小爷我姓恭了！"

"裴恭玉！"

"哈？你怕是老糊涂了吧？连老子名字都喊错了，老子姓恭名玉！行不更名坐不改姓的恭玉！"

"你身上流的是我们裴家的血……"

"打住！我说老头，十八年前你怎么不说我身上流的是你们裴家的血？

现在想让老子姓裴，门儿都没有！”

“你！”

一行人此时已行至祠堂门口，守在门边的家佣早就听得一身冷汗，生怕出事，见有人来如临大赦，连敲门都忘了，直接将祠堂门打开通报：“白家来人了。”

门一开，白家众人就看见太师椅上高举着茶杯的裴老，祠堂中央跪着一个少年，那少年正双手揪着自个儿耳朵，回头看戏似的看了他们一眼，冲唯唯诺诺跟在父母身后的白洛歆抛了记媚眼，戏谑道：“哟——这不是小白——兔吗，老头儿，神了你啊，说曹操曹操就到。”

白母变了脸色，刚要理论几句，裴老这边就有了动作。

“混账东西！”

裴老手里的茶杯应声飞了过去，结结实实砸在恭玉的眼角，眼瞅着就肿了起来。

白洛歆哪里见过这样的场面，吓了一跳，往母亲身后缩了缩。

一向心善的白奶奶忍不住皱起眉，心疼道：“老裴！你这下手也太狠了，砸坏了小孩儿的眼睛可怎么办？”

裴老也没料到恭玉这回没有躲，身子微微前倾，又捏了捏拳，终究是没了动作，嘴上却依旧硬着：“砸坏了更好，省得他天天跑出去惹祸，裴家百年挣来的名声，全都叫他败光了。”

恭玉眼睛都睁不开了，却是连哼都没哼一声，笑嘻嘻地反驳：“这罪名我可担不得，我又不姓裴，裴家的名声关我屁事啊。”

裴老被堵得一时语塞，过去是他不认这个私生孙子在先，后来将他找回裴家，这小子记恨他当年的冷漠，说什么都不愿将姓改回来，根源在于他，他对此无话可讲，也没脸去讲，索性一甩袖，怒不可遏地指着恭玉，向白奶奶道：“你看看他这副痞样！我是没法儿管了，大院里谁不知道他这个二世祖，状都告了多少回了，这次祸闯到了白家，我真是无颜见嫂子你和老白。”

白奶奶看了眼还跪着的恭玉，温声道：“小辈间的嬉闹，能有多大事呢，何况事情是怎样的我们都还不清楚，兴许不是大伙儿以为的那个样子。”

“都人赃并获了，还能是什么样子！”

裴老嘴里这么说，但看着跪了两天两夜的恭玉也想找个台阶给彼此下，便清了清喉咙：“我给你个机会，说说，到底是怎么一回事？你跑白家干吗去了，到底把洛歆怎么了？”

话音落，一屋子人都看向恭玉，等待他的解释。

白洛歆垂在身侧的手紧张地握了起来，盯着恭玉的后脑勺儿，心提到了嗓子眼儿。

他会当着这么多人的面将事实说出来吗？

“洛歆，你怎么了？”

察觉到女儿的异常，白母当她是害怕恭玉颠倒是非，握住她溢了一层汗的手心：“别怕，妈妈是不会让任何人欺负你的。”

下一秒，恭玉打着哈欠懒懒开口了：“还能怎么回事啊，不就你们看到的那一回事咯。”

白洛歆紧绷着的身体一下子放松了下来，心情却复杂起来，祠堂里众人你来我往说了些什么她也没心思去听，只愣愣地低头站在那儿等着，最后不知过了多久，又愣愣地跟着家长告辞回家。

走出祠堂时，白洛歆下意识地回头，正好与转头的恭玉对了视线，那少年望着她的眼睛亮晶晶的，如上好的白玉一般清澈无瑕，即使一只眼肿成核桃大小，那张天赐的脸仍是好看得过分。

不知道是不是她的错觉，竟见他轻轻眨了眨完好的那只眼，薄唇微微上扬。

他本就好看，这一笑更是有古书里“回眸一笑百媚生，六宫粉黛无颜色”的风情。

可白洛歆却在那倾城的笑里瞧出了戏谑和嘲弄的味道，她面上一热，忽然有种无地自容地感觉，不敢再与他对视，迅速折回头，快步离去。

当晚白家的餐桌上，自是免不了对白天在裴家发生的事进行一番讨论。

白母始终觉得是恭玉欺负了女儿，对他厌恶得紧：“那小孩儿行事脾性和裴家人没一点儿相像，会不会是裴家搞错了？他在外面那么多年，出了错也没人知道，你看他和裴睦……”

“你还敢提裴睦！”

白父啪嗒一声摔了筷子，白母和低头吃饭的白洛歆都吓了一跳，白母自知说了不该说的话，尴尬地静了几秒后，没事人一样给白洛歆夹菜：“来，洛歆，多吃点。”

白洛歆低垂着眼，看着碗里母亲夹来的筒子骨，胃里突然泛起了恶心。

恭玉是私生子这件事在大院不是什么秘密，可如今从母亲嘴里说出来，她的眼前忽然出现了三姑六婆们聚在一起说道恭玉身世的场景。

她心里很不是滋味儿。

奶奶常说眼睛是一个人的心灵之窗，有着那样一双琉璃般的眼睛的人，怎么会是个坏人呢。

就好像今天在裴家祠堂里，众目睽睽之下，他没有把实情说出来，她有理由相信，他是为她着想，不想把她推到风口浪尖。

想到这里，她再没了胃口，索性放下筷子，站了起来。

“爸，妈，我吃饱了，我去做作业了。”

“才吃这么点儿就饱啦？”

她匆匆嗯了声，低下头一溜烟跑回自己的房间，坐到书桌前，随手抽了张高数卷，专心做起来。

仿佛只有这样，才能让她纷乱的心暂时安静下来。

窗外，清冷的月光照在白色的油桐花上，风吹着浮云上，将黑如幕布般的夜一点点放大。

砰——

白洛歆眉头微微动了动，手上做题的动作却没有停下。

砰——

白洛歆皱了皱眉，依旧沉浸在三角函数复杂的世界里。

砰——

白洛歆终于抬起头来，窗外的景象，却让她差点儿从椅子上摔下来。

右眼上覆着纱布的少年踩在对面油桐树侧枝上，一手抱着粗壮的主干，一手正折下花枝往她面前的窗户上丢，见她终于注意到他，于是咧开嘴，露出两排白瓷般的牙来。

从白洛歆这个角度看过去，黑夜与月成了他的背景，他就像是踏在弯弯的月牙儿上，白洛歆突然就想到了大话西游里，紫霞仙子一脸憧憬地说，我的意中人是个盖世英雄，有一天他会踏着五彩祥云来娶我。这句话后来被班里许多女生用作格言，纷纷幻想着自己也有个踏着五彩祥云的盖世英雄。

她如今看着恭玉，心里却鬼使神差地出现“盖世英雄踏月而来”这样的想法。她被自己的想法吓了一跳，吞了吞唾沫，正色望去，窗外的少年正用口型无声地对她讲。

“开窗啊。”

她这才反应过来，看了眼他脚下摇摇欲断的脆弱枝丫，赶紧打开窗，恭玉冲她摆摆手：“你让开。”

白洛歆刚依着他的话站到一边，恭玉一个跨步，就从油桐树上跳到她的书桌上，然后又帅气地轻轻落在地板上。

“诶……”

白洛歆盯着高数卷上两个硕大的鞋印，嘴角抽了抽，却不想，刚转头，额头上就挨了记爆栗，恭玉力气不小，白洛歆捂着额头，委屈又震惊地看着他，疼得眼泪差点儿掉下来。

“怎么了？不就是张卷子么，瞧你那是什么眼神啊，你就是这么对待救命恩人的？”

恭玉劈头盖脸的就是一顿教训，直接把白洛歆给说蒙了，有些时空错乱地想到。那天，他大概也是这样爬树从她的窗外闯进来，才撞见她企图割手腕的一幕。想到这里，那种羞愧的感觉又来了，她垂下眼，看着少年白球鞋上东一块西一块的污垢，弱弱地开口：“你找我……有什么事？”

“没什么，就看看你死了没，替你收个尸什么的。”

恭玉一开口，就差点儿没把她噎死，这个人就不能好好说话吗，她忽然有点儿同情裴爷爷了。

白洛歆哦了一声，没了下文，她其实是尴尬到不行，手脚都不知道往哪里放了，赶他走也不是，留他在这里更不是，她长这么大，还是头一次和男生单独共处一室。

相比于她的束手无策，恭玉却一点儿没有觉得不自在，大咧咧往她的床上一坐，双手撑在身后，跷着二郎腿，半仰着头扫视了一周。

“我说你……”

“洛歆啊。”

正要发表意见，外头传来了母亲的声音，白洛歆和恭玉对视一眼，后者没甚反应，前者吓得瞠目结舌，压低声音指着床结巴道：“去床底，床底！”

恭玉笑了笑，耸耸肩膀，一副大爷我哪儿都不去的模样。

白洛歆又不敢亲自去拖拽他，门外的脚步声越近，她就越乱，束手无策的样子让恭玉想起了遥远年岁里那只曾经被他逼到墙角的兔子。

“麻烦！”

恭玉皱着眉，不情不愿地弯下身，刚钻到床底，门就被推开了，从他这个角度看去，只能看见一双鞋，白洛歆还煞有介事地坐在了床上，紧紧闭着双脚，生怕他被发现。

“妈……”

“来，妈妈刚给你熬的粥，快吃了。”

“妈，我已经饱……”

“你正是长身体的时候，就吃方才那么点儿怎能够得上营养。”

“可我吃不……”

“我和你爸出去一下，你吃完碗就放这儿，回来我再收拾。”

“哦。”

几番对弈，白洛歆完败。

气势真是弱到爆啊，看来，这是个任人捏圆搓扁的主。斜卧在床底的恭玉托着腮，默默摇了摇头，在心里头给白洛歆定了性。

母女间短短几句话后，门再次被关上，直到脚步声消失不见，楼下传来关门声，恭玉才从床下爬出来，拍拍身上的灰，看着低头坐在床边不知道想什么的女孩儿，又看了看桌上还冒着热气的紫米粥，笑嘻嘻地端了过去，不见外地大口吃了起来，狼吞虎咽的模样让白洛歆忍不住出声道：“你慢点吃。”

恭玉包着满嘴粥，鼓着腮帮子，含糊不清道：“饿死小爷了。”

白洛歆目瞪口呆地看着他，犹豫了下，问：“你没吃饭吗？”

“嗯，”恭玉点点头，“那狠心肠的老头儿不给我饭吃，说什么，饿着才能清醒！认识到错误！我呸！两天我只吃了个馒头！还是冷的！”

两天啊……

白洛歆默了默，转身出了门，没多久，又抱着一堆吃的回来，放在书桌上，对恭玉说：“够不够？”

“够，”恭玉瞬间眉开眼笑了，拿了一个已经冷掉的面包咬了一口，“你这个臭丫头，还算有点儿良心嘛。”

恭玉狼吞虎咽将白洛歆拿来的食物吃了大半，最后满足地打了个饱嗝儿：“好了，我回去了，这肚子一饱，就犯困。”

他矫健地蹦上书桌，刚想往窗台上移去，白洛歆突然想起什么，拉住了他的衣摆。

“等、等一下。”

他回头一瞪：“干吗？”

“你来找我，到底是为了什么？”

她才不相信之前他那句故意噎她的话呢。

果不其然，她话音刚落，恭玉一拍脑门儿，懊恼道：“大爷的！小爷我差点儿把正事忘了！”

白洛歆心里一阵发虚，不由往后退了点：“什么、什么正事……”

“骂你啊！”

他转了个身，就蹲在书桌上，一字一句地戳着她脑门儿问她：“姓白的臭丫头，小爷我就想问问你，怎么就不乐意活了呢？”

他表情特严肃，一反平日吊儿郎当的模样。

白洛歆怔住了。

她为什么就不想活了呢，只有一个理由……那个说出来会毁了一切的秘密……

那个秘密在她心里生了魇，像是一座大山，压得她喘不过气来，每一天都觉得如活在地狱般煎熬。

于是，趁着家里没人，她打碎了爷爷的唐白瓷，想要一了百了，以赎尽罪孽，却偏偏遇见了他。

偏偏是他。

那个时候，午后斜阳，他的乱发在阳光里张扬，没有丝毫犹豫地打落她手里的瓷片，她看着他，如同现在一样，又怔又惊，五味在心里翻涌，她知道他是裴睦哥哥的亲弟弟，他的眉眼同裴睦哥哥有几分相似，他如今鲜活地在她眼前出现，可是裴睦哥哥，却因为她的一念之差，永远都不会再出现了。

她眼里的光慢慢淡了下去，手不自觉地握起了拳头。

这副模样落在恭玉眼里，他难得理解地叹了口气，伸手拍了拍她的头：“有难言之隐是吧？”

她低下头，不敢看他，也不作声。

“我有个朋友，”沉默了一会儿，恭玉没有来由的，突然道，“他有很严重的病，人生大半的时间都是在医院度过，可他却是我见过最厉害的人。”

白洛歆缓缓抬起头，看见少年的眼里，因谈起那个人而流露的光芒，如星辰般，闪闪发亮。

“我见过他因病痛得打滚儿、冒出的冷汗打湿了整个人，他就像是从水里捞出来一样，我光看着就觉得痛，可即使再痛苦他也从不向病魔低头，这样一个人都能那么努力好好活着，那我们这些生来完好的人，又有什么值得要死要活的呢，反正吧，认识他后，我就觉得从前那些我所经历的我以为的苦难，根本不值一提，就跟个屁一样，抬起屁股，嘣的一声就没了。”

一番话，前半部分一本正经，到了后一句，意境全毁。

白洛歆认真地听着，满腔复杂的情绪仿佛聚齐成一个大水滴，最后，却啪嗒一下化成了雾气，明明已经涌到眼眶的泪水也在他最后一句话说完时硬生生憋了回去，可是心里却没有之前那么沉重了。

“所……”

白洛歆还未说完，额头上又挨了记爆栗，她疼得嘶了声，刚要伸手去捂额头，手伸到一半儿却叫恭玉打了下来，不过须臾，少年便用修长的手指戳她脑门儿，戳一下，说一句，一副恨铁不成钢的模样：“所以，你说你，是不是不晓得珍惜啊？尽作吧你！要不是看你是个小姑娘，小爷我早就揍你一顿了。”

他扬着拳头吓唬她，白洛歆却不觉着害怕，也不知道是哪来的勇气，忍不住冲口而出：“就、就算做了追悔莫及的错事，我……也配好好活着吗？”

恭玉歪着头反问：“你都说了是追悔莫及的事，那你死了，就能补救的了吗？”

她被他问住，噤住了声，半晌儿，她缩回了脖子，声音像是从嗓子眼儿里挤出来一样："不能……"

恭玉满意地打了记响指："那不就得了。"

白洛歆抬了头，鼓起勇气正视那双琉璃般的眼睛："为什么要跟我说这些。"

明明他们只是不相熟的邻居而已，以她对他短暂的了解，他并不是爱管闲事的好心人。

那双眼瞳的颜色却忽然变得深沉起来，静了有好一会儿，他露出无奈的笑："我爸死了，我妈死了，我哥也死了，我最好的朋友，还经常病危，在生死门边徘徊，我见惯了死别，不仅没有习惯，还偏偏见不得好好活着的人寻死，因为在我看来，活着，本身就是一种幸运。"

是啊，活着，本身就是一种幸运。

她怎么会忘记，那个时候，裴睦哥哥在她的耳边对她说："小白，别怕，我会救你，你不会死的，你会好好活下去的，相信我。"

她不该这么容易就舍弃他拼了命救下的她。

桌面敞开的数学书上，躺着一朵小小的白色油桐花，约莫是被风吹进来的。

像极了裴睦哥哥葬礼上，前来送别他的人们别在发间的小小白花。

白洛歆攥着衣角，轻轻低下了头，长发垂下来，本就叫口罩遮了大半的脸更是什么都看不见了，可看她的肩膀微微抖动的频率，恭玉就知道，这臭丫头哭了，女孩子家，就是麻烦，爱哭鬼，于是，他瞪了低头哭泣的白洛歆一眼，也没打招呼，就扒着窗台跳回油桐树上，顺着树干滑了下去。

重新落在地面的一瞬间，他转头往二楼还敞着的窗户看了一眼，秀气的眉皱了起来。

他爱凑热闹，却不是爱管闲事的人。

并非他薄情，只是怕麻烦，嫌累。

可是这一次，他怎么就管上了别人家的麻烦事，还和个老妈子一样操心?

或许是他大哥从前偶尔会念叨起对门家的小白妹妹?

他百思不得其解，思的脑子都疼，只得摇了摇头，暗暗发誓，这是他恭玉这辈子第一次、也是最后一次管别人家的闲事了。

多年后，当恭玉背着行囊千里迢迢来到战火纷飞的阿富汗，站在一处岌岌可危的民居外头，看着巴掌大的窗户里的微微光亮，他眼前的破败恍然与十八岁的油桐花下那个清冷的夜晚重叠，他才知道，当初年少轻狂，大放厥词，直到时光狠狠打了他的脸，他是不会再管别人的闲事，因为，除了她，再无其他。

清晨，白洛歆坐在饭桌前喝粥时，对门又传来了裴老的咆哮声，间或几声少年的吆喝声。

白洛歆慢慢放缓了手里的动作，竖起耳朵去听他们在吵些什么。

凌乱的词句中，最清楚的就是少年声嘶力竭地喊“老子要吃酱肘子”的控诉声。

白洛歆将头低得更低了些，藏起嘴角忍不住溢出的笑来。

白奶奶站在落地窗前张望了一会儿，笑呵呵地转身摇头：“可别说，自从恭玉这孩子来了后，咱们大院啊，倒是热闹不少。”

“鸡飞狗跳怎么能不热闹。”

厨房里传来母亲不赞同的声音，白洛歆抬眼瞥去，与探头出来的母亲打了个照面儿，母亲看到她，愣了一下，惊道：“天啊，洛歆，你怎么还没吃完，要迟到了！”

白洛歆也吓了一跳，她一门心思听裴家的吵闹声，竟忘记了时间。

“我走了！”

于是，饭也顾不上吃了，拿起书包，一阵风似的跑了出去。

跑到公交站时，刚好看见校车的尾巴消失在公路的延长线上。

白洛歆气喘吁吁地呆在马路中间，抓着书包带不知如何是好，校车只有一班，家里头的司机一早就送父亲去外地出差了，机关大院靠近城郊，公交车有自己的路线，要绕一大半路程才能到学校，这样看来，今天免不了是要迟到了。

铃铃铃——

伴随着车铃声同时响起的还有不耐烦的吆喝声：“前面那大傻子，让开！”

白洛歆愣愣地就要往旁边让去，心中却蓦然一震，这声音……她迅速转过身，不远处，一只眼裹着纱布的少年正懒散地骑着自行车，以 S 型的走位慢慢悠悠地前进。

白洛歆的脑袋以慢动作随着少年移动，在他就要经过她身旁时，她忍不住往前一步，挡在他面前。

自行车猛然刹住，引来少年不满的恼声：“大爷的！丫的你是活腻了来碰小爷我的瓷？”

他的声音可真大，明明做出了横眉怒视的模样，但被那过于美艳的五官一柔和，再大的雷声也变成了绵绵的细雨。

白洛歆忽略掉他的恼怒，想到昨夜他看上去并不讨厌她的样子，便鼓起勇气向他开口：“那个……你能不能带我一下。”

她头一次求人办事，声音低得如同蚊呐。

恭玉掏了掏耳朵："啥？"

"你能捎带我一下吗，我知道一条小路，骑自行车的话很快就能在校车到达前赶到下一个站。"

用快速并且清晰的声音说完，白洛歆小心翼翼地瞄了他一眼，又低下头，大气不敢出。

恭玉眉头都要皱到一块了："你家车呢，喊你爸送你。"

"我爸出差去……"

"没空！"

没等她说完，恭玉就掉转车头，绕过她往前骑去。

白洛歆在他身后轻轻喊了声："我家有酱肘子……"

已经骑到道路尽头的自行车突然刹住，掉了个头，在白洛歆又惊又喜的目光中，缓缓停在了她面前，满脸不爽的恭玉狠狠瞪了她一眼："麻烦！"

又拍了拍车后座，"警告你！不许占老子便宜！"

"哦。"

怕他反悔，白洛歆连忙跳上后座，牢牢抓住坐垫两边，小声道："好了。"

恭玉端着一副苦大仇深的脸，狠狠瞪了她一眼，认命地踩起了车轱辘。

"那个……你能不能，稍微骑快一点儿……"

"……"

等了半天没有反应，小手犹豫了下，还是轻轻戳了戳少年的腰。

"恭玉……"

"阿西八！麻烦！麻烦死了！"

"啊！"

少年猛地加快了速度，白洛歆一个没准备，惯性往前撞去，刚好撞在他的背上，暖暖的，软软的，还有薄荷草的香味，白洛歆的脸唰地一下红到了耳根，手忙脚乱稳直了身子，狂跳的心跳中，她偷偷抬眼，看着恭玉微微向前弓着的背影，他随意敞着的白衬衫被风吹得猎猎作响，像一个巨大的屏障，更像童话故事里披着长袍的王子。

种满了油桐树的小道儿在眼风里快速掠过，大片油桐花的背景里，白洛歆突然就想起第一次看见恭玉的时候。

他大概不知道，那日白家她造成的那场闹剧里，并不是他们第一次见面。

他们第一次见面，是在好多年前，她不记得是哪一天了，只记得那天的油桐花也如现在这样开得那样好，她在别人"善意"的提醒下意识到自己的丑陋，于是，一个人躲在大院深处最大的油桐花后哭，哭了很久，累了，睡着了。

也不知过去了多久，模糊中，她被风带起的鬓角发弄醒，她似乎听见了轻轻的脚步声，半眯的眼里，她看见远处有人正一步一步走过来。彼时阳光盛大，他站尽头，迎着光的原因，并没有看到大半个身体躺在树干上，落了一身白色桐花的她。

她就这样静静看着，看他拨开花枝丫，踏着很轻的步子，一点点靠近，直到他在满树的"四月雪"下露出清晰的五官。

你有没有遇见过这样一个人？

当你看见他，便有惊雷在晴空白日里炸开，脑子里轰隆声四起，像天崩，又似地裂。

满城硝烟中，他是光，是风，是银河星辰。

是你世界里，唯一的色彩。

可是在当时，她看着他，却怎么也想不明白为何这张天赐的容颜看起来那么那么悲伤。

“恭玉。”

远处忽然传来裴睦哥哥焦急的声音，少年一愣，揉了揉眼睛，深吸了口气，将脸上的悲伤换成阳光的笑，转身向着声音传来处跑了出去。

“哥。”

他好听的声音同脚步声一样，越来越远。

而她从方才开始就一直屏住的呼吸，慢慢吐了出来，看着他远去的方向，不自觉地重复陌生的名字。

“恭玉……”

纷飞的桐花下，她轻声低喃，跨越千古的绝吟：“陌上人如玉，公子世无双。”

命运的年轮，在那一年徐徐的清风中，随着少女的低吟，慢慢地转动起来。

那年的她尚且年幼，是在经历了兜兜转转的岁月后，她才懂得，她和恭玉，原是应了那一句：最初的不相识，最后的不相认。

生命过往泛黄的书页里，她和他，不过是，一纸荒唐言，一场梦时魇。

白氏女洛歆，一生痴绝处，裴家公子玉。

Chapter-2
秘密

〔古有美人一入侯门深似海，今朝有她白洛歆，一见恭玉误终身。〕

目送着公路延长线上慢慢变成一个小点的黄色校车屁股，白洛歆总算明白了什么是世事难料。就像她怎么也没料到，看上去完美无瑕的恭玉竟然是个路痴。

想到这里，她有些哀怨地瞄向恭玉，正对上某人线条优美的傲慢下颌。

“喂，你这什么眼神儿？小爷我好心载你一程，你不感恩戴德，还做出一副怨怪我的样子？”

白洛歆慌慌张张别开眼，弱弱地压低了声音：“我没……”

路痴不可怕，可怕的是很有自己想法的路痴，不按她指的路走，非要听凭自己的直觉，愣是绕了近一半的路程才到达目的地。

而校车，自然是没有截下。

“没什么没！”

恭玉翻了个白眼，正想使力踩下脚踏绝尘而去，只是眼角瞄到低着头看地面全身散发着委屈之气的女孩儿，顿了顿，烦躁地抓了抓被风吹得乱七八糟的头发，握着车把横在她面前，皱着半张脸，“上来，小爷我就当日行一善送佛送到西，载你去学校。”

机关大院的孩子都在隶属的 A 中上学，恭玉回到裴家后自然也转学到此，不过月余，没和同学打成一片，倒和教导主任成了“朋友”。

恭玉单手骑车，隔了老远就和站在门口抓违纪正校风的教导主任打了个招呼：“嗨，黄主任，早上好啊。”

教导主任皮笑肉不笑，指了指操场的位置：“老规矩，迟到，十圈。”正要转身，眼风里瞥见从恭玉后座下来的女孩儿，脚步微顿，扬手特意一指：“这位同学，你也一样。”

“是。”

白洛歆连头都不敢抬，跟在恭玉后头恨不得钻到地缝里去，就连跑步时，都是低着头。

这是她人生里第一次迟到，也是第一次被罚。

她平时最大的运动量也就是绕着自家院子散个步，所以，刚跑了两圈，她就已经有了天旋地转的感觉，胸闷气喘，腹部隐隐作痛，脚步不自觉越来越慢。

蓦地，她两脚一软，眼看就要跌倒，衣领忽地被人一抓，恭玉不耐烦的声音随即响起：“我说白洛歆，你就不能把你那碍事的口罩给摘了，跑步你还戴那么大一口罩，我光看你都觉着呼吸不畅！”

话音落，便伸手要去摘口罩。

白洛歆捂着岔了气儿的腹部，连说话的力气都没有了，可在那双修长的手伸到眼前时，敏捷地将头扭向一边。

“不要，”顿了顿，声音瓮瓮的，“难看。”

“啥？”

恭玉挑了挑眉，不确信自己有没有听清。

难看？有什么难看的？

“难看……”

缺氧的感觉越来越强，白洛歆重复的声音轻得几不可闻，恭玉是个急性子的人，耐心已在此刻消耗殆尽，不想再和白洛歆废话，直接上手，只是这一次手还没伸过去，白洛歆的身子蓦地一歪，被扯进了另一个人怀里。

“别碰她。”

恭玉愣住，抬眼望去，对上一双没有波澜却让人感觉到明显敌意的眸子。

“吴越……啊！”

慢半拍的白洛歆刚吐出两个字，腰间一紧，就被人架起了肩膀。

女孩儿将长发拨到耳后，架着她就要走，白洛歆有些犹豫：“我、我还没跑完十圈呢。”

女孩儿扭过头，面无表情地看着她，一字一句地说：“你跑完了。”然后，不待白洛歆说话，就强硬地架着她走了。

恭玉摸着下巴，看着两人越走越远的背影，皱着眉道：“这小白，怎么交个朋友，都跟她妈似的。”

“怎么不和黄主任说一声，你有低血糖。”

“低血糖也不是什么大事……”

学校食堂里，白洛歆接过吴越越递来的糖水，有些不好意思，归根结底，还是她平时缺乏锻炼，身体素质太差，连几圈都跑不了。

几勺糖水入肚，方才的不适感才消退了几分，白洛歆看向吴越越，好奇地问：“你怎么知道我在操场。”

“课太无聊，我出来透气，就看见了你，”吴越越边说边打开座位旁的窗，朝她扬了扬下巴，“现在没人，把口罩摘了。”

“哦……”

没有面对恭玉时的抗拒，白洛歆听话的摘下了口罩，呼吸没了束缚，她贪婪地长舒了口气，因长跑而胸闷的感觉渐渐好了起来。

正是上课时间，食堂里只有她们二人，风从敞开的窗外吹进来，吴越越随意靠在窗边，闭着眼抬首捋了捋被风吹散的长发，举手投足之间，便将美艳与帅气这两种截然不同的感觉结合的恰到好处。

白洛歆默默喝着糖水，忍不住在心里感叹，真美。

就算她是个女生，又和吴越越已经那么熟了，可有时候看着吴越越，仍会为她的美丽所动容，她一颦一笑，甚至就站在那儿不动，都是一幅艺术大片，在哪儿都是焦点。

所以她至今都不明白，平凡卑微的她，为什么会得到全校知名的冰山美人吴越越独一无二的青睐，甚至还成为彼此唯一的朋友。

若真要说出一个所以然来，大概只有“在学校里被孤立的，除了长得特别好看的，还有就是特别难看的，同样被孤立，所以才惺惺相惜”这样的说辞来解释了。

难看如她，好像总和好看的人有着莫名的瓜葛，比如吴越越，比如恭玉。

“那个男生，刚才为什么摘你口罩。”

白洛歆愣愣，意识到吴越越说的是恭玉，哦了声道：“他见我喘不上气，就想摘了，让我呼吸顺畅点。”

“我听说过他，你……少跟他来往。”

“他人其实挺好的。”白洛歆想到昨夜的恭玉，忍不住为他辩解两句。

吴越越还想说些什么，外头响起了下课铃声，从窗户望过去，食堂对面的教学楼已有鱼贯而出的学生，白洛歆迅速戴回口罩，微微垂下头，又躲回了那个只属于她的阴暗世界。

和吴越越在教学楼面前道别，往自己教室去的白洛歆路上碰见了刚下课的政治老师，免不了又被拦住，说教了起来，从迟到说到旷课，又从旷课说到礼貌，最后，说到了她的脸上。

“你说你，学校手册上明文规定了学生不得奇装异服，穿戴任何配件，你看看你这口罩戴的，下课戴就算了，上课也不摘，你这是不尊重人知道不，谁像你这样搞特殊？又不是生了什么严重传染病，有病你就回家治好了再来，何况你这不过就是脸上长了点东西罢了，你现在的重心是学习，一个学生，天天这么注重自己的外貌，学习成绩怎么搞得上去。”

政治老师的话就像一根根针，刺得白洛歆无地自容了，头几乎垂到了胸口。上下楼梯的学生很多，路过他们时无一不投来好奇的目光，站在这里多一秒，就多一分煎熬。

后脑勺儿忽然被什么东西砸了一下，白洛歆嘶了一声，反射性回头，就看见上层楼梯的栏杆处探着一个嚣张跋扈的脑袋。

政治老师对他怒目而视：“那位同学，你这是做什么？”

脑袋的主人笑得跟朵花似的，说出来的话却依旧欠扁。

“啊，不好意思啊，我手滑，本来是要和老师您打个招呼的，没想到这位女同学脑袋太大，把粉笔给挡住了。”

周围看热闹的同学间爆发出一阵笑声。

政治老师的脸上就跟开了染坊一样，沉默了两秒之后，提高了音量吼道：“你这是干什么！”

那边立马站直，一本正经道地嚷嚷：“这位老师，我想不耻下问一下，我听你说学校手册上明文规定了学生不得奇装异服，穿戴任何配件，那你头上戴着的这顶假发算不算搞特殊啊，为人师长，应该多放心思在教书上，何必在意自己长了几根头发呢。”

“你！你给我过来！”

哄堂大笑中，政治老师愤怒地上楼逮人了，逃过一劫的白洛歆松了口气，看见同学们的注意力都随着政治老师而转移到楼梯上那人后，迅速穿过人群离开这个是非之地。

而被政治老师揪着耳朵的恭玉，一边嚷嚷着喊疼，一边在心里泛起了嘀咕，他这是中了什么邪啊，竟然又一次路见不平了。

这个小白，可怜兮兮地一低头，他就无法自控地做出了动作，说出了话，邪门儿！真是邪门儿！他得找个机会，好好去庙里拜上一拜了。

白洛歆知道自己有几斤几两，从她见恭玉的第一眼，就知道，有的人耀眼如太阳，天生就是被仰望的，若是妄图靠近，被灼伤的一定是自己。

她应该离他远远的。

可心里还是记着他白天替她解围的事。

于是，晚饭过后，趁着母亲和奶奶去大院的广场跳广场舞时，白洛歆偷偷从厨房拿了盘酱肘子，装进保鲜袋里，做贼一样敲开了对面的门。

裴家管家福伯很快就来应门，见是她，先是一愣，然后紧张地往她身后看去，发现只有白洛歆一人时，有些迟疑地问："是洛歆啊，是……小少爷又欺负你了？"

白洛歆连忙摇头："没有没有，是我找恭玉有事，他，在吗？"

"在的，我带你去。"

小少爷没有闯祸，那可真是好极了，福伯松了口气之余，眉开眼笑。

一老一少刚走到楼梯处，客厅的电话便响了起来，福伯面露为难，转头对白洛歆道："我去接电话，洛歆你自己上去可以吗？小少爷的房间就在祠堂对面。"

白洛歆点点头，独自往楼上走去。

"是，小少爷很好，下学回来后就没有出门，在读书呢……"

原来裴爷爷不在家啊，难怪家里这么安静。

自打裴睦哥哥去世，裴家就只剩下裴爷爷、文阿姨和福伯三人，从前热闹的五层洋楼从那时候起变得空荡安静，像电影里被悲伤和压抑笼罩着的古楼，死气沉沉。这种情况，一直持续到恭玉的到来，才在他的闹腾下恢复了些人气。

这样胡乱想着，待眼前已无阶梯时，白洛歆才察觉自己已经到了顶楼。

祠堂在左手边，而右手边的那间，就是恭玉的房间吧。

轻手轻脚踱到门口，刚要敲门，却听到一丝异样的声响，隔着厚重的门板，几不可闻，若不是她天生就对声音敏感有极佳的听力，否则，是根本无法听见的。

而紧接着，又有连续几声轻微的怪响，像是鞋子踢在什么物体上的声音。

一瞬间的迟疑，让白洛歆收回敲门的手，身子微微前倾，将耳朵贴上了门。

而下一秒，她就被一声难抑痛楚的闷哼声吓得往后退了一步，藏在衣服下面的袋装酱肘子扑腾掉了下来。

她连忙弯下身捡起，再抬头，看见不知什么时候打开的房门里一身黑色丝绒长裙的女人时，又被吓了一个激灵，愣了好半天，才尴尬地打起了招呼。

“文、文阿姨好……”

那是裴家唯一承认的长媳，裴睦的生母文琴，在裴睦去世后，她的身上就再未有过除黑色外的颜色，白洛歆每次看见她，都觉得她比从前越发的沉默和诡异。

而今天的文琴倒是表现比以往亲和些，消瘦的脸上保持着淡淡的笑容，声音温和：“是洛歆啊，来找阿玉吗？”

白洛歆愣愣地点点头，又摇摇头。

文琴的目光落在白洛歆还抓在手里袋子，笑了笑：“原来是给阿玉送吃的来了，他早上还嚷嚷着要吃呢，可他爷爷是个重养生的，家里早就不做这么油腻重口的东西了，也亏得你有心了，我替他谢谢你，没想到你能和阿玉成了朋友，我真的很开心。”语罢，侧过身，露出背对着门口坐在书桌前的少年。

“阿玉，复习了这么久功课，也该休息了，和洛歆好好说说话吧。”文琴吩咐完，又转过头对白洛歆道，“洛歆啊，你进去吧，我去给你们拿点水果。”

文琴慢悠悠地走下阶梯，等到高跟鞋声越来越远，白洛歆才恍然回神，迟疑了下，慢慢步进了恭玉的房间。

“恭玉。”

她不敢走的过近，停在他身后一臂之距，轻轻叫了声。

“酱肘子放下，你哪来哪凉快去，小爷我忙着呢。”

少年的声音听起来并无甚不同，可白洛歆还是耳尖的听出了一丝颤音。

而最让她觉得不对劲的，是从方才开始，他就保持着一个僵硬的姿势，没有动，也没有回过头。

于是，也不知道是哪里来的勇气，她猛地一步上前，站到了恭玉旁边。

恭玉被她的举动吓了一跳，因为吃惊而圆睁的桃花眼里，映着一个同样惊吓不已的白洛歆。

“你、你怎么了……”

白洛歆的目光从他白得异常的脸和唇色，一一扫过，最后落在他紧握着书本的手上。

那不是正常握书的样子，紧攥的拳头像在拼命忍着什么，挺得笔直的身子也显得不太正常。

恭玉被她这么一看，有些心虚地移开了手，随手朝她扔过一本书：“看什么看，谁让你过来的，赶紧回你家去。”

白洛歆被砸的往后退了一下，但并没有依言转身回家，而是略显执拗地看着男生问：“你看起来好像不舒服？”

“关你屁事！”

“你肚子痛？”

问的烦了，失了耐心的少年一拍桌子站了起来，对她怒目而视：“我来大姨妈行不行啊！”

只是还没站到一秒，又扑腾一下坐了下去，再也忍受不住，趴在了桌子上，一手捂着腹部，另一只搁在桌面上的手微不可见的颤抖起来。

“恭玉，”白洛歆心里咯噔一下，束手无策中，犹豫了下，还是问了出来，“刚才……文阿姨她，是不是打你了？”

她听见的那几声怪响，应该就是脚踹在人身体上的声音，她曾亲身遇见过街头暴力，那声音她绝对不会听错。

俯在桌上的恭玉很久都没有动作。

白洛歆不放心，怕他会出什么事，鼓起勇气搭上他的手臂：“恭……啊”

他反手的动作很快，用力擒着她手腕的手下了死力，不知道是因为痛的，还是因为气的，那双无论何时都充满朝气的柔软眼眸此刻却充满了拒人于千里之外的冷漠。

这样陌生的恭玉让白洛歆莫名害怕，连痛都不敢叫，可怜兮兮地看着她，受惊的模样落在少年眼里，方才直冲大脑的恼怒微微散了些去，甩开她的手，沉着声道：“你要是胆敢将今天这事说出去，我跟你没完。”

白洛歆愣愣点点头，反应了几秒后，意识到什么似的，试探着问：“裴爷爷他们，不知道？”

恭玉看着她，只觉得头大，这看起来傻了吧唧的姑娘，没想到并不是个好糊弄的人，他现在只想她立马走掉，要是被文阿姨发现了，以文阿姨的疯狂，他简直不敢想小白会遭遇怎样的后果，于是，他龇了龇牙，加重了语气，扬着拳头吓唬她：“关你屁事！你再管闲事，信不信我揍你！我可不是那些虚了吧唧的绅士！女人我也照打！”

白洛歆看着他，沉默了，就在恭玉以为自己成功把她吓唬住时，她突然轻声道：“可是今天，你也管了我的闲事……”

“啊啊啊，烦死了，”话没说完，就被打断，恭玉烦躁地揉着头发，边挥手边翻白眼，“赶紧走赶紧走，酱肘子我不要了，你连人带肘快点消失在我面前，小爷我看了你就烦！滚！”

白洛歆叹了口气，知道他是真烦了她，他忍着痛定是不想让这件事声张，她撞破了他的秘密，本就让彼此都尴尬，唯有低了头，小声说：“好。”

走到门口，将酱肘子的袋子挂在了门把手上：“这是我答应你的，不能骗你。”

“白洛歆。”

他突然叫她。

她打眼望去，少年的脸上又恢复了方才那只出现了一瞬间的深沉。

“下次你的善心泛滥想要帮助别人时，最好动动你那个猪脑子想一想，别人需不需要，而你又有没有这个能力！”

这句话白洛歆听在心里，只觉得涩涩的，他说得对，这样一个胆怯懦弱的她，是根本帮不了任何人的。

下楼时，正好和端着果盘点心上楼的文琴打了个照面儿。

文琴问：“怎么这就走了？”

白洛歆垂下眼：“恭玉好像心情不好，不想让人打扰，我就……没进去了。”

文琴轻飘飘地哦了声，她是知道恭玉的性格的，白洛歆更是她看着长大的，知道这孩子天性柔弱，没有撒谎的胆量，于是，随口安慰了几声，便让白洛歆走了。

看着略显失望的女孩儿消失在楼梯下方，文琴拢了拢头发，继续朝楼上走去，行至恭玉房前，细指挑起还挂在把手上的酱肘子，瞥了眼房内的少年，恨意怵然浮于脸上。她转身关上门，朝恭玉走去，然后，就那么突然地，将袋子狠狠地，一下一下砸向那个将脊背挺得笔直的少年身上。

“家里的吃食是满足不了你了？你还能在这挑三拣四，可我的睦儿……我的睦儿啊，他最爱吃我做的海蛎煎蛋，可他再也吃不到了，他什么都吃不到了！都是因为你！你们抢走了我的一切，为什么还要夺走我的孩子！为什么你们不把这个孽种带走！为什么！”

女人疯狂的笑声里透着难抑的悲怆，恭玉闭着眼，一动不动，任由她发泄自己丧子的痛楚。

他想起初回到裴家的那日，他捧着父亲和母亲的灵位进了裴家祠堂，摆在了哥哥的灵位旁边，那一刻，他看着并列着的三个牌位觉得开心又难过。

开心的是，一家团聚，是哥哥生前最大的心愿。

难过的是，一家团聚，竟是以这样的方式。

他一直记得哥哥第一次出现在他面前时，那个高了他许多的少年，笑意盈盈地抓着他的手看了又看，爱不释手：“哪里的小孩儿，生的这样漂亮，真想把你接回家，天天看日日看，小孩儿，我叫裴睦，家庭和睦的睦，你可以叫我哥哥，来，告诉哥哥，你叫什么名字？”

他那时候以为哥哥是拐小孩儿的变态，对他充满了戒心和敌意，还闹了不少乌龙。

直到后来，当他知道裴睦是他同父异母的亲哥哥，也终于明白，哥哥说想要接他回家，并不是随便说说。

虽然他的身份让他有家不能回，可那些年，他在哥哥那里，是真真切切地感受到了什么是家人。

跪拜完毕之后，他转身对始终沉默地站在阴影处的女人说。

“文阿姨，虽然我不会叫你一声妈，但我会像哥哥一样，把你当作母亲，照顾你终老。”

这句话，是对文琴说，也是对裴睦说的。

然后，他在哥哥的灵位上按上了自己的小拇指。这是他们兄弟两人达成契约的标志，从今以后，哥哥的母亲就是他的母亲。

恭玉从小就知道，自己是婚外情的结晶，他们一家亏欠了文阿姨。

哥哥的意外身亡，成了压垮文阿姨精神的最后一丝稻草。所以她才会变成这样疯狂的模样，她打他，是因为痛，因为恨无可恨。

这世上，若有什么是文阿姨还活着的理由，那便是，恨着他。

只有他。

只剩他。

那天夜里白洛歆失眠了，她在床上辗转反侧，裴家复杂的家事在机关大院里不是什么秘密，就连她也大概知道一二，这估计便是恭玉挨打的原因，白洛歆越想越觉得心乱，最后成功的一夜无眠，顶着个熊猫眼早起，好赖顺利搭上了校车，没有迟到。

第一节课是语文，老师在黑板上写了新的诗词鉴赏。

“大梦谁先觉，平生自我知，草堂春睡足，窗外日迟迟。”

念到最后一句，她下意思往窗外看去，教学楼正对着操场，当她看见操场上那个风一样奔跑着的少年时，心脏蓦地重重跳了一下。

又迟到了啊。

原来他跑完一圈只要这么短的时间，而且精神头儿依然这么好，怎么昨天她就没注意到，他跑步的身姿，怎么就……那么，好看。

有人凑了过来，在耳边问：“看什么呢？”

她随口就答：“跑步。”

然后，微微一愣，反应过来什么，猛然转头，看着面前的语文老师，脸一下子烧了起来。

语文老师冷着脸，指着教室门道："你这么喜欢看外面，就去外面待着吧。"

站在走廊上罚站时，白洛歆认命地想到了一个词：红颜祸水。

贪图美色果然是没有好下场的，老祖宗诚不欺她。

这个道理，成年后的白洛歆更是深有感触。

那个时候，她去女子监狱接刑满释放的吴越越，车开到中途，被前面的交通事故堵在路上，路旁林立的商业大厦，她一眼就看见了巨大的 LED 屏上，给自己公司产品代言的恭玉的硬照，他迎着阳光奔跑，做旧锐化的滤镜下，他挥洒的汗珠，打湿的额发，以及线条优美的身姿都那么耀眼。

"哇这个小哥哥长得好帅啊！"

"是啊是啊，他是刚出道的新人吗？我之前都没听过哎。"

"快搜一下看看。"

旁边路过的两个女学生，不禁停了下来，仰着头对着 LED 屏讨论起来。

白洛歆忍不住轻轻笑了声，这么多年过去了，饶是她几乎每天都看着这张脸，每一眼都还会像初见那样被他惊艳到。

坐在一旁的吴越越顺着她的目光看过去，似是感慨："99%的人第一眼看见他都会对他有好感，而我就是另外那 1%了，从前我总以为他只是空有一副好皮囊，也觉得长得太过女相的男生大多薄情，怕你和他靠得过近会受伤害，现在我才知道是我错了，原来爱对了人，是会让人变得更好的。"

白洛歆收回视线，侧过头看着吴越越道："那你呢，你为了陆匪自毁前程，值得吗？直到现在，你还觉得他是你爱对的人吗？"

吴越越脸上的笑容慢慢褪去，很久，她才道："不管是对还是错，我不能否认的是，在我万念俱灰没有活下去的勇气时，是他朝我伸出了手，才让我看见了未来……"

“那后来呢？”

“后来啊……”

橘色夕阳铺洒的车内，吴越越靠着车窗，没有说话，美丽的眼睛深邃悠远，白洛歆没有打扰她，静静地听着收音机里的女声唱着从前的歌。

“谁爱上谁是谁的错。

谁又是谁惹的祸。”

白洛歆想，她的错她的祸，若要深究，大概就是在彼时，那个因为看他跑步而被罚站的上午，课间空无一人的走廊很静，只有从各个教室里传出来的朗朗读书声。

她百无聊赖地看着地上的蚂蚁来来去去，一夜未睡的困意慢慢涌了上来，不知不觉间，就做起了小鸡啄米的动作，不远处的楼道口晃过一个身影，她一个激灵，站直了身子，几乎是同一时间，那个原本一晃而过的身影又退了回来，瞪着她看了几秒，又四下看了眼，鬼祟地对她招了招手：“过来。”

白洛歆把头摇成了拨浪鼓，她正罚站呢，怎能乱跑错上加错。

“胆小鬼！”

恭玉翻了个白眼，撸了袖子就要朝她走过来，白洛生怕他在自己的教室门口捅出篓子，连忙摆手，不情不愿地小跑了过去，还没站稳，就被他直直照脑门儿拍下来的一掌拍得退了一大步。

“你早上怎么不在车站等着？”

白洛歆捂着发烫的脑门儿，还没缓过神来，愣愣就着少年的质问答：“我今天起得早，很早就走了……”

恭玉拿眼斜她：“我说，你就不能老老实实地像昨天那样在那里等着。”

“等？”她看着满脸不爽的少年，小心翼翼，不耻下问，“等什么？”

“还能等什么，等我啊！”

眼看白洛歆还是一脸懵懂，恭玉以一副看白痴的姿态看着她，一字一句地宣布：“以后，你上学放学都得跟我一起走。”

白洛歆傻了眼，将恭玉的话在脑子里过了好几遍，确信他说的就是自己理解的那个意思后，不解地问：“为什么？”

“不为什么，”恭玉耸耸肩，斜着眼，特大爷道，“小爷我乐意，你乖乖照办就是。”

白洛歆心里想着要拒绝，说出口的却是：“哦。”

等到心满意足的恭大爷走后，白洛歆继续回到墙边罚站，沮丧地想，她怎么就没有办法对他说个不字呢……

自那日开始，恭玉就掌控了她上下学的时间，唯一值得欣慰的是，大概是怕他迟了她会不等他，所以，他来的还算准时，跟着校车尾巴，总算纠正了他不迟到不痛快的毛病。

学校里，无论去到那里，只要她一和别人说话，恭玉总会神出鬼没地冒出来，笑眯眯地勾着她的肩膀，问：“小白啊，聊什么呢，带我一起聊呗。”

反复几次后，饶是她再笨拙也猜到了恭玉是为了什么监视着她，于是，无奈地叹了气，看着他竖起小拇指，认真说道：“文阿姨打你的事，我真的不会说出去。”

恭玉却摆了摆修长的手指：“你的承诺，根本不值得相信，得小爷我亲自看着才放心。”

她语塞。

她本就是个嘴笨的人，碰上不讲理的恭玉，便就只有吃哑巴亏了。

只是日子久了，难免有风言风语，讨论她和恭玉的关系，但是，和小说里常见的桥段不一样，那些人得出结论是，恭玉其实是喜欢吴越越，所以通过吴越越的好朋友白洛歆示好，不是有这么一句话么，要讨好一个人，就先得讨好她身边的人。

对于此番颇为乌龙结论，白洛歆也得出一个结论，那就是，不管是小说还是现实里，能做主角的果然都得有颜值。

端午的时候，正值裴老过寿，裴家包了羲和会所的场，宴请四方好友。

白老和裴老是过命的交情，自然也在赴宴之列。放了学，恭玉载着白洛歆直奔羲和。

赶到了包厢时，已经来了不少人，裴爷爷招呼她过去，给了她个大红包，又往她身后看了几眼，有些不自在地咳了两声："恭玉……怎么没和你一起来？"

这俩孩子似乎是在那一场闹剧里成了朋友，上下学都是一起，所以，今天他特地嘱咐了恭玉，叫他放学带白洛歆过来，也省了司机去接的麻烦。可那浑小子，总是爱整出些意外。

"是一起来的，"白洛歆怕裴爷爷不高兴，连忙开脱道，"他去上厕所了。"

裴老哼了声，孩子般的赌气道："你就别为那小子找借口了，我估摸着，肯定又跑哪旮旯儿胡闹去了！"

"老头儿，又在背后说我话坏啦？"正说着，正主儿来了，背着手，大摇大摆地从外面走了进来，"你怎么光长年纪，不长见识呢，不知道一般在别人背后说小话的人都会被逮个现行啊。"

裴老被他说的脸红，倒是一旁的白老，爽朗地大笑起来，指着恭玉道："老裴啊，谁要说这小子不是你亲孙儿，我第一个不同意，瞧瞧这说话的样子，句句能把人噎死，简直和你一模一样。"

裴老吹着胡子瞪他："胡说！我怎么能和这小混球一个样！"

话音落，一捧长势喜人的狗尾巴草出现在眼前，还沾着湿泥，应当是刚摘的。

恭玉晃着手，嘴角踐踐地勾了起来："那小混球给你的寿礼，你肯定是不要的咯。"

裴老没想到恭玉给他准备了寿礼，虽然这寿礼……实在是很寒碜。

"这什么玩意儿？！"

"狗尾巴草啊，春风吹又生，多么好的寓意啊。"

白老又爆发出一阵笑来："哈哈哈哈，说得好。"

裴老嫌弃地撇撇嘴，一把抓过恭玉手里的狗尾巴草："就你这张嘴胡诌乱蒙，得叫人看笑话了，一边坐着去，大家也别站着了，都坐过来，吃饭。"边说，边将那束狗尾巴草不动声色地收到了后方。

宴席吃了一半，白洛歆就同母亲先行离开了，理由是回家练琴，捧着碗的恭玉，看着女孩儿一一同长辈告别的样子，塞满食物的嘴里发出一声不屑的哼哼。

他吃饭时一直注意着她，本来是想再看一眼她脱下口罩的样子，只是千算万算，没有算到，她竟然练就了一番不脱口罩吃饭的绝技！但，意外的是，这份注意让他将她眼角微妙的情绪变化尽收眼底。

明明一万个不想回去，却连声"不"都不敢说出来。

做自己不喜欢做的事，和吃屎有什么区别！

这个小白啊，还真是弱！爆！了！

Chapter-3

患难

〔这不怎么完美的人生里，好在，遇见了你。〕

这一年的夏天来的似乎特别快，眨眼间，便到了暑假。

对大部分学生来说，大概就是用来诠释天堂的，而小部分被题海淹没的，就是白洛歆这类在期末考试里失利的了。

这天清晨，白洛歆一早就坐在书桌前，做着家教留下的作业，等到写完，已是一片大好阳光，她站起来抻了抻胳膊，窗外时有嬉笑声，她忍不住踮起脚尖去看，同她一般大的孩子们围绕在路边的一棵油桐树前，似乎是在抓知了，好不热闹。

有车从对面的大门里驶出，司机在狭窄的道路上停下，按了按喇叭，路边的孩子让开一条道，车后座的车窗被摇下来，裴老慈祥地和孩子们打了招呼，黑色中山装的胸口口袋上还别了朵白色小花。

白洛歆突然想起什么，看向电子钟上的日期，八月一日，今天，是裴睦哥哥的忌日……

两年了，这原本漫长的两年在这一刻，突然令她觉得时间过得太快。

午休过后，一家人火急火燎地准备去参加江州一年一度的慈善盛宴，而白洛歆自然是留下来看家的那个。

临出门前，奶奶突然叫住了她，嘱咐她道："晚上到了饭点，你就把饭菜放到微波炉里热一热吃，我多留了点，你热好了给恭玉送去，裴家今天就恭玉一个人在，我中午已经给他送过一次了。”

“放心吧奶奶。”白洛歆乖巧地点头，心里却涌起抑制不住的雀跃。

裴爷爷的寿宴过后，恭玉大概是终于相信她不会将他的秘密说出去，就不愿再同她一起上下学了，学校里见着她也是一副并不相熟的模样。

白洛歆也实在很想说，恭玉在她身边转悠的那个月里，吴越越和他完美的错过了彼此见面的机会，而当她某次向恭玉问起他记不记得吴越越时，恭玉翻着眼皮回忆了很久，然后一拍手，兴奋道：“哦哦哦，吴越越啊，我知道啊，就是咱大院门口那个卖卤菜的大妈嘛！”

白洛歆无语，但心中，却因恭玉不记得吴越越这件事而莫名感慨起来。

吴越越身上的光芒太过耀眼，和她在一起，被忽略的那个人永远是自己。

白洛歆从未觉得有何不妥，也习惯了畏缩在别人阴影下的生活，可是恭玉，却让她感受到，被人看见，记在心上，其实是一件很温暖的事情。

她已经很久没有见到恭玉了，也很怀念自己被他装在眼眸里的日子，不管是出于什么原因。

那天下午白洛歆再无心温习，看着时钟，数着时间，时针刚跳到六点，她噌地一下从座位上蹦起来，跑到厨房热起饭菜来，上次两家人一块儿吃饭时她注意到他口味偏重和辣，尤其爱吃那道南乳烧肉，于是，还贴心地在饭盒里加上了两块红油腐乳。

裴家院门的密码奶奶临走时告诉了她，熟练地穿过院子，她小跑到大门前，稳了下莫名雀跃的心跳，按下门铃。

一次。

两次。

三次。

很久都没人来应门，恭玉，该不会是跑出去玩还没回来吧。

不死心地往后退了一步，抬头望向二楼的大落地窗，刚好捕捉到一晃而过的人影。

于是，急得大声唤起来："恭玉，奶奶让我、让我给你送饭来了，你开开门。"

喀啦。

半分钟之后，门终于打开，而门口之人，却让白洛歆半晌儿都发不出一丝声音。

不是说，裴家今日，就恭玉一人在家吗?

"恭玉不在家，你回去吧。"

不同于上次见面时的温和，今天的文阿姨，面色冷冷，浑身上下透着股令人不安的气息。

"这样啊。"

白洛歆反应过来，默默点了点头，低下头正准备掉头离开，却在看见文琴高跟鞋面上暗色液体时，瞳孔怵然放大。

"恭玉借我的笔没有还，我自己去拿。"

瘦小的少女像条滑腻的泥鳅，在文琴还未反应过来时，便从门与人的间隙里钻了进去，向着楼上一路狂奔。

文琴冷冷笑了笑，将大门反锁，不紧不慢地跟了上去。

白洛歆一路飞奔，气喘吁吁地跑到顶楼，恭玉的房间门紧闭，而与之对面的祠堂大门却是敞开的，她凭着直觉往祠堂门口一站，傻了眼，门里那躺在地上毫无声息的人，可不正是她要找的人。

“恭、恭玉……”

白洛歆几步跑过去，看他眉眼紧闭，苍白如纸的脸，还有唇角的血迹，顿时吓得捂住了嘴，连声音都在发抖。

她怎么那么傻，明明知道文阿姨会在裴爷爷不在时打他的，早上看见裴爷爷走了，她就应该过来看一看的。

她蹲下来，扶住恭玉的肩膀轻轻摇了摇。

他一动不动，像个任人摆弄的破布娃娃一样，没有半分生气。

白洛歆心里一沉，捂着嘴哇的一声哭了出来：“恭玉，你、你是不是死了啊。”

而另一只还搁在他肩膀上的手，因为恐惧，不自觉地紧握起来。

“疼。”

有微弱的呻吟从手下传来，白洛歆猛然一下止住哭，瞪着少年仍未睁开的眼，怀疑是不是自己出现了幻听。

“妈的……”少年吃力地掀开眼皮，浓如墨的眼不满地瞪向她，“手拿开，疼死小爷了。”

她怔了半晌儿，直到他冲她龇牙咧嘴，她才如梦初醒般移开手：“你、你、你……”

恭玉撑着地板坐起来，捂着腹部大喘了几口气，然后向着眼泪汪汪将他望着的白洛歆，没好气儿道：“我没死，你可以放心走了，快走。”

白洛歆觉得心塞，他怎么总是喜欢赶她走啊，这样的时候，她怎能泰然离开，她曾经因为自己的胆怯铸成不可挽回的大错，是再也不能错第二次了。

而且这个人还是裴睦哥哥的弟弟。

于是，死皮赖脸地轻轻覆上他的手，轻声劝："恭玉，我们一起走，你先和我去我家，我家没人在的，你不用担心会被人……"

"走啊！！！"

高跟鞋声越来越近，恭玉急得大声吼出来，带的自己天翻地覆一阵咳。

"走？你们一个都别想走，"门口有阴冷的声音传来，俩人一同望去，只见文琴握着门把手，目光阴森，被祠堂的烛火映得像是书里邪恶的巫婆，她幽幽的目光落在白洛歆身上，轻轻笑了，"果然，洛歆你早就知道了，是上次来时发现的？阿姨是看着你长大的，你什么时候变得这么坏，还学会了骗大人，啊，我知道了，一定是这个孽种带坏你的。"

白洛歆哪里见过这样的文琴阿姨，即刻吓得小脸煞白说不出话来，恭玉见状，反手将她往身后拉了拉，挡住了文琴的视线。

"阿姨，她没有胆量说出去的，让她回去吧。"

"为什么不说出去？"文琴像听到了什么笑话般，大笑起来，"我巴不得所有人都看看你这个孽种现在的样子，这才是你该有的样子，什么裴家小少爷？裴家只有裴睦一个少爷！你！明明就是个孽种！却鸠占鹊巢了！为什么明明错的是裴家，却给了我这么重的报应！为什么我儿子死了，你！你们一个个！还能安生地活着！"

说到后面，文琴几乎是在歇斯底里地哭吼，恭玉越看越觉得不对劲，压低声音，对身后的白洛歆道："趁现在，快走，跑出去。"

一秒、两秒、三秒。

身后人不动如山，恭玉无语地翻了个白眼，他算是发现了，真不是他脾气不好，而是只要和这个白痴在一块儿，自己就会被她气到无语。

他只有把希望放在文阿姨身上，他不想外人因裴家的家事受到伤害。

"阿姨，你说得对，裴家人是不配安生的活着的，白家和裴家是世交，让白家人出去把外表光鲜的裴家内里的肮脏说出去，不是很好吗？”

文琴却笑了，那笑声透着癫狂和凄楚，特别瘆人：“说出去，我的睦儿就能回来了吗？”

她笑着笑着，笑出了眼泪，看着恭玉，眼神空洞：“你哥哥很喜欢你的，他从前老是跟我说要把你接回来，我当时不懂他，还骂了他好多次，是我错了，睦儿，你喜欢什么，想要什么，妈妈就该给你什么……不该让这成为你的遗憾啊。”

文琴扪着心口，痛苦地啜泣起来：“妈妈知道错了，妈妈现在就弥补你，让他永远陪着你好不好，还有她，你很喜爱的白家妹妹，洛歆丫头，也让她陪你好不好，睦儿，你开心吗，你一定会很开心的。”

语罢，文琴的嘴角勾起一抹笑意，在愈发诡异的笑里，她往后退了一步，然后猛然关上门，落锁的声音传来。

“阿姨！”

恭玉想要站起来，无奈刚起到一半，受伤的腿部一阵抽痛，又重新跌回地面，发出难抑的痛哼。

白洛歆一直目瞪口呆地看着文琴，听到恭玉的痛哼，才猛然回神，伸手想要扶他，手刚伸手一半，被他狠狠一瞪，又缩了回去，看了看门的方向：“恭玉，文阿姨怎么把门锁了？”

“你问我啊？”恭玉指了指自己，看见女孩儿傻乎乎地点了点头，一副根本没意识到现在他们的处境的懵懂状态，恭玉就觉得气不打一处来，“我问谁去！”

怒气牵动了身上的伤，他痛得蜷起了半个身子。

“很痛吗？”白洛歆皱起小脸，一脸担忧地看着他。

恭玉别过头，懒得搭理她，直到有呛人的味道从门的方向传来，打眼望去，便看见袅袅的烟从门缝钻了进来。

恭玉的脸色瞬间又白了几度。

白洛歆自他身后探出个小脑袋：“那是什么？”

“烟。”他转过头，冷冷地瞪她，“是火烧起来的烟。”

白洛歆傻了两秒，脑子转过来后，蓦然瞪大了眼。虽然她亦觉得方才的文阿姨不太正常，但她着实没想到，事情居然会发展到这一步，放火……

白洛歆的心理活动全写在了脸上，恭玉看在眼里，就气不打一处来，忍不住伸手往她脑门儿上戳去，破口大骂：“白洛歆，我就没见过像你这样赶着找死的人，就没人教过你，看见不好的事千万别靠近，遇到了危险也要逃得远远的，你倒好，叫你走你偏不走，现在好了，满意了？不是我说，你丫是不是居心叵测，垂涎我的美色，一天到晚就想着不能跟我同生，便要跟我同死？”

白洛歆觉得自己冤枉极了，耷拉着肩，小声道：“你别骂我了，刚才真不是我不走，是我害怕，我、我一害怕就腿软……走不了了。”

再说，自从发现他被文阿姨虐打的秘密后，她就一直吊着一颗心，所以，刚才那种状况，她如何能够泰然地一个人跑掉。

不过这句话她没敢当着恭玉的面说出来，从上一次撞见他被虐打，他对她说出那番话，她就知道，恭玉看似对谁都和善热情，可实则是个很抗拒别人的好意的人。

他不需要给予，自己，也吝啬给予。

恭玉看着白洛歆突然就愣了，漂亮的眸子里有着异样的东西在流动，良久，捂着额头无奈地笑起来。

和她相识这么久，他对她也算了解了个八九分，光长年纪不长胆，平时连个“不”字都说不利索的人，明明自己怕到腿软，自己都顾不上自己，却还顾虑着他的安危，他觉得自己有些被感动到了，缓和了眉眼的愠色，问她：“那你现在就不怕了？”

“怕啊……”白洛歆看了眼不断从门缝涌进来的烟，悄悄往恭玉那边挪了挪，小声道，“恭玉，我们真的要被烧死在这吗？”

恭玉抬头环顾四周，看着一众牌位，心里没底道：“就看裴家的老祖宗，还希不希望我这唯一的血脉延续下去了。”

室内的浓烟越来越多，所幸当初把这层楼建成祠堂时就用了不少防火材料，除了源源不断涌进的烟雾，火暂时没有烧进来，白洛歆搀着恭玉移至相对通风的气窗下面，俩人开始大眼瞪小眼，静静等待救援，或者死亡。

“白洛歆，你后悔吗？”突然，恭玉问她。

白洛歆默了一下，然后把问题丢了过去：“那你，后悔吗？”

后悔没有早些把文阿姨对他做的事情告诉大人，就不至于发展到现在这个地步。

恭玉将手枕于头后，大大耸了个肩：“说不后悔是假的，毕竟把你也扯了进来，不过我后悔的是今天跟裴老头儿赌气，没和他一起去给我哥做祀，至于文阿姨……她是我哥的母亲，她做什么，我都不会怪她。”

听他提起裴睦，白洛歆内心瞬间震动的厉害，语气稍显苦涩：“你……跟你哥哥，感情很好？”

恭玉看了她一眼，笑了笑：“你们外人肯定都以为，我这个在我哥死后才冒出来的私生子，从前跟裴家是没交集的吧。”

恭玉要强，从来就不是个会揭开伤疤给人看的人，可如今，在生与死的临界点，他和白洛歆说这些，不是为了博取同情，只是想要告诉她，那个完整的他。

“我爸去世后，我和我妈没有其他亲人，我妈病得很重，我们温饱都成问题，不知道怎么办时，我哥找到了我，每次我哥来看我，都会拿着钱和一些吃穿用度来，虽然不多，可是那是那时候的我们唯一的接济。后来，我妈病死了，我被接到了宁家做我恭老爹的儿子，再后来我知道我哥是我的亲哥，我很开心，也很伤心，原来我有很多家人，可他们不要我，因为，我的存在，是他们的耻辱。”

“我哥说，就算裴家所有人都不承认，我也是他唯一的弟弟，他会给我一个家，那时候他为了我与裴家起了争执，裴家切断了他的经济来源，为了早日把我接到身边，他瞒着裴家出去接了几份工作，有时候我会想，他那样的一个人，怎么就会失足落水呢，是不是因为我，才会让他太过疲惫才会不小心……”

不是这样的，不是因为你，不是你的错啊。

白洛歆无力地摇着头，眼泪啪嗒啪嗒往下掉，却说不出一句话来。

他的声音听着轻快无异，可白洛歆还是在其中听出了强装和哽咽。

白洛歆咬着唇，眼泪不住地往下掉，说不出话来，很久，她才断断续续，抽泣着道：“裴睦哥哥，是世界上最好的人。”

“嗯。”

少年闭上眼，羽毛似的睫毛带着些许雾气，微微颤动。

两人各自沉浸在悲伤中，让时间安抚着伤痛，很久都没有动静。

不知不觉间，外面的火烧得噼里啪啦作响，祠堂内的浓烟也越来越多。

白洛歆的呼吸越来越紊乱，被烟呛得不住咳嗽，她出了很多汗，浸湿了衣服，整个人像从水里捞起来一样。

原来命运都是有安排的，就算曾经逃过一劫，可总归是要还的。

这样也好，她不怨也不悔。

只是为什么，裴家的两个孩子，都要因为她……

烟雾越来越多，眼睛被熏的又痛又模糊，饶是两人隔着这么近的距离，看对方都有些模糊，她扭过头，用力想要看清恭玉，气息微弱的同他道："对、对不起啊……"

对不起，裴睦哥哥。

对不起，恭玉。

"你说什么？"

恭玉没有听见，他看她一副咳得喘不上气的样子，忍不住戳戳她："咳咳，喂，我说，都这个时候了，你还戴那么大、咳咳……口罩在这里，是嫌死的太慢了吗。"

耳后蓦地一热，呼吸瞬间通畅了许多，白洛歆吃力地抬起头，看见修长的手抓着她的口罩在她眼前晃了晃，口罩后面，是少年得逞的笑意。

白洛歆头脑发涨，连伸手夺回口罩的力气都没有了，她觉得自己可能回光返照出现幻觉了，不然，他的笑怎么闪着金灿灿的光呢。只是方才他摘她口罩时，耳后那短短的肌肤相触，温热似乎一直没有散去，比这逐渐升高的室温还要炙人。

"小爷我大发慈悲救你一命，你可别死在我前头了，咳咳，呛死小……咳咳……"

之前被文琴踢了不少脚的腹部因为咳嗽和吸入过多的浓烟而剧烈地痛起来，恭玉疼得说不出话来，咬着牙关，嘴角不住的抽筋，余光里，白洛歆的状态也越来越差，靠着墙，眼睛半合，软软地像没有什么力气的样子。

他忍住痛，喘了几口气，又伸手推了推她："咳、小白，咳咳，记得下辈子，别遇见我，看见了也要绕着走……这样，你才能活得、活得久一点儿啊，咳咳咳……”

白洛歆的呼吸越来越困难，眼睛痛的睁不开，她想要说些什么，张口却又吸进去一大口呛人的烟雾，差点儿背过气去，浓烟造成的窒息感让她恍惚，意识不断与多年前那个同样遭遇窒息的她重叠，又分开。

浑浑噩噩中，她的意识越来越远，与死亡最接近的时候，人的求生意识无意间迸发，她看着眼前模糊的人影，一如当年，轻轻地，嘶喊着：“裴睦哥哥，裴睦哥哥……”

救救我，救救我，我真的很害怕……

“洛歆？”

黑暗之中，白洛歆猛地睁开眼，如溺水的人破出水面，吸了一大口气，剧烈地咳嗽起来。

旁边有人连忙过来扶住她的肩膀，心疼地顺着她的胸口：“你可醒过来了，吓死妈妈了。”

妈妈？

白洛歆慢慢回过神儿来，环顾四周，意识到自己此刻是身在医院里。

他们得救了？

“妈妈……”

一开口，白洛歆就被自己嘶哑的嗓音吓了一跳。

“你吸入过多浓烟，嗓子给折腾坏了。”母亲言简意赅地对她道，端过水杯递给她，“妈妈去叫医生来给你检查一下，你先躺着。”

母亲很快就跟医生一块儿回到病房，细心的检查后，医生宣布她已没有大碍，只需好好休息几日，母亲这才算放下心来，喂了她点清粥和梨膏后就催促她休息。

她听话地闭上眼，脑子却是清醒的，她记得恭玉让她别闭眼，后来的便什么都不知道了，也不知道恭玉现在在哪儿，她都被救出来了，恭玉呢？

白洛歆越想越难安，被子下的手紧紧揪在一起，等听到母亲以为她已睡着而走出病房后，她小心翼翼地睁开眼，她在黑暗中等待了半晌儿，确定母亲不会折回时，才谨慎地下了床，轻手轻脚地猫身跑了出去。

如果恭玉也被救了，那他一定会和她一起被送到这个医院来的。

于是，无头苍蝇般一间间病房找起他来，一间又一间，直到推开尽头最后一间病房门，她悬着的心猛然落了下来，身子一垮，失重地靠在了门框上。

夜里十一点的医院已经慢慢结束了喧嚣，靠近走廊末尾的这间病房，更是静得只能听见加湿器工作的嗡鸣声，窗外是越渐黝黑的夜，白洛歆将室内的灯光调暗了些，然后搬了张凳子，轻轻放在他床边，坐下，认真打量起他。

说来也许没有人相信，这是认识他这么久，她头一次正视他的脸超过一秒。

他睡着的样子和平日的他像是两个人，安宁静谧，过分精致的脸如同造物主手下一件上等的雕物，多看一眼都觉得是亵渎。

可白洛歆却觉得，现在躺在这里的恭玉，收敛了光芒，看上去却要容易靠近一些。

床上的人动了动，白洛歆连忙垂下眼睑，正襟危坐。

很久，都再没有动静，白洛歆等了一会儿，掀起眼皮，偷偷瞄了过去，却叫那双琉璃般的眼眸逮了个正着。

那眼神虽然还带着倦意，可其中却杂了一丝玩味和稀罕。

“我说小白，经此一劫，你倒是想明白了啊。”

少年开口，沙哑的声音没比她好多少，可这仍影响不了他聒噪的脾性。

白洛歆没有听懂他的意思，顺着他的话“啊？”了声。

恭玉在自己脸上比画了个手势，白洛歆下意识地摸上自己的脸，手一顿，惊呼一声捂住脸，她是在这刻才意识到，自己方才只惦记着出来，竟然忘了戴上口罩。

“遮什么遮，我是看你一眼就会被你丑死还是怎么地了，我说小白，你怎么也是和我经历过生死的人了，小爷我感念你当日不弃，当你是朋友，是朋友，就要坦诚相待，你说是不是这个理来着，所以你往后在我面前，就别戴那劳什子口罩了，一点儿都不真诚。”恭玉冲她翻白眼，摆摆手，一副皇恩浩荡的模样。

朋友……

白洛歆有些动容，心里震动的厉害，悄悄觑了恭玉一眼，小声道：“可是……这样，不难看吗？”

恭玉毫不犹豫地答：“难看啊！”

“……”

白洛歆满腹的期望一下子直泄千里，她无语，这人还真是不知道婉转。

“可是，你不觉得很特别吗，就像我其实是有些脸盲的，路啊人啊我都不太能认，可像你长得这么有特点的，就算丢到茫茫人海里，我也绝对不会认错。”

他说得认真，但这听起来像是夸她的话却刻意提及了她的长相不同于一般人，白洛歆有些哭笑不得，想了想，慢慢地说：“其实我还小的时候，是不戴口罩的。”

那个时候她没有美丑观念，而在家人眼里，孩子无论生成什么样，都是他们最美的宝贝，机关大院的人也很善良，没有对她区别对待，当然，那时候的她也不懂得分辨什么是同情和善意的谎言，她一直以为自己和其他人是一样的，只是脸上多了一块颜色……

“有一天，妈妈带我去动物园玩，那是我第一次去动物园，我贪玩迷了路，自己一个人走到了广场前，我在那站着，等妈妈找到我，”她顿了顿，明明隔了那么久的时光，可那天的羞耻和难堪却仍旧那样清晰，那样刺痛，“后来，有一个叔叔走了过来，抱着他哇哇大哭的孩子，很生气的质问我，为什么我都不知道遮一遮，不知道我这个样子……是会吓到其他小朋友的吗。”

这是她一直藏在心底深处的私密，她在那个时候起认识到自己与其他人的不同，别人不会像她那样长了令人害怕的胎记，所以，口罩成了她十来年来不可脱卸的日用品，也是从那个时候起，她变得越来越自卑，在她潜意识里，她的存在本身就是别人的困扰。

女孩儿轻飘飘地吐了口气，故作轻松的模样，和快要哭出来的五官成鲜明对比。

他想他大概明白了为什么她总是活在母亲的阴影下了，她容貌的缺陷让害怕与这个世界接触，她的内心敏感得像是地震仪，一点点的风吹草动，都能被她臆想成自己的过错。

恭玉觉得心中的某个角落柔软地塌陷下来，令他突然很想抱一抱这个令人心疼的姑娘，好好地保护她。

可他只是直起身，对她招了招手：“小白，你过来。”

白洛歆不明所以，却还是听话地靠了过去，他朝她伸出手时她以为他又要戳她脑门儿，惯性地闭了眼，下一秒，头顶却被温热的手心覆盖住，和略显笨拙的抚摸。

她有些难以置信地睁开眼，少年眼里流淌着，温润细碎的笑意，如春日杏花微雨，让人迷醉。

“你和我的朋友，很像，曾经他也把自己当成别人的困扰，活得很辛苦，好在，他遇见了我。”他开口，声音不同以往，她愣了一下，继而想起他上次提到那位“朋友”时，好像，都会潜意识柔软了语气。

她觉得自己的心里有些奇怪的情绪在慢慢升起，类似于……嫉妒？或者沮丧？

对他说这些，不是要博取他的同情，只是俩人说到这里，她就自然而然说出这些，她想让他知道，仅此而已。

只是，还未细想，就被他下一句话震得七荤八素。

他说：“好在，你遇见了我。”

夜里，白洛歆躺在床上，毫无睡意，满脑子都是那个不一样的恭玉，以及，那句让她感觉被雷追着劈了几百回的话，那话太过震撼，以至后来，当他拍着她的肩叽里呱啦说了一大通，什么如来佛主显神通，让他来做罩她的救世主，以后谁要欺负她只能踩着他的尸体过，她只是傻傻点着头应和。

后来他兴许是累了，孩子一样，说着说着就靠着被子睡着了，她才讪讪回到自己的房里。

然后，就是辗转难眠，她从来就不是个聪明的孩子，所以，思量甚久，也思不出个所以然来，叹了口气，她翻了个身，目光落在枕边的口罩上，她伸手，摩挲着自己的唇，静了几秒后，突然就轻轻地笑了。

而在其时，她也不懂得自己为什么突然觉得开心，少女的心愫，她也是用了多年才参透，从年少到年长，无数个温暖的瞬间全部来自他，她因为他，心脏的各个角落，一点点变得柔软，她想，这么多年，感动良多，她却始终欠他声一感谢。

恭玉。

这不怎么完美的人生里，好在，遇见了你。

这一年暑假快要接近尾声时，白洛歆的生活起了天翻地覆的改变。

那一日，她正在房里温习课本，楼下忽而热闹起来，数道人声中，少年兴奋地大嚷声尤为明显："白爷爷，您可比我家这老头儿懂行多了，以后，您就是我亲爷爷！爷爷！"

而后，就是来自爷爷的爽朗大笑以及裴爷爷气急败坏的骂声。

白洛歆哪里还有心思学习，放下笔，打开门走出去，想要看看发生了什么事。

"哎哟喂！"

刚走到楼梯处，就差点儿与人撞了个满怀。

她惊魂未定，看着胸前背后各背了一个包的少年，瞪大了眼："恭玉？"

少年一见是她，就乐开了花，扶着她的肩膀一转，一边推她一边火急火燎地催促："快，带我去你家采光最好最大最通风东南朝向夏天不热冬天不冷的房间。"

他一口气说完，白洛歆莫名打了个哆嗦："什、什么……"

如果她没理解错，恭玉这意思，是要上她家住？

"什么什么什么！哎呀你怎么这么笨哪！你你你就站在这里得了，给我看好了通道，别让那老头儿上来跟我抢房间！"

恭玉不耐烦，一把推开她，自个儿兴致勃勃地一间一间地挑了起来，上上下下看了半晌儿，最后选了正对着她楼上的那间，在门上贴了张纸后，啪的一声关上了门。

世界总算是清静了下来了。

白洛歆站在楼梯口，看着门上写着“恭玉の宅”的纸条，有些发愣，尚没有弄清发生了什么事。

直到那日迎接裴家老小进驻的饭桌上，白洛歆才总算弄明白了来龙去脉，文琴放的那把火，虽没造成伤亡，但仍将裴家房子内部烧得乱七八糟，要想长久地住下去，唯有重新翻修房子。

裴老本来想找白老商量一下附近口碑好的中介找房子临时住下，没想到，白老大手一挥，豪爽道：“老哥儿，哪儿都别去了，搬来搬去多麻烦，就住咱家，不差你家这几张嘴。”

于是，裴老带着恭玉，还有裴家的老仆福伯，浩浩荡荡住进了白家。

而文琴，在纵火发生后，就被震怒之下的裴老，强行送进了市精神病医院治疗。

让白洛歆意外的是，第一个开口替文琴求情的，是恭玉。

还是在那日饭桌上，恭玉对裴老格外殷勤，倒酒夹菜，一口一个爷爷，叫的不亦乐乎。待到裴老被奉承的晕乎乎，满面红光之时，恭玉眨着大眼，作乖巧状，摇着裴老的臂弯，说：“爷爷，一家人在一起多好啊，不如，咱们把文阿姨接回来吧。”

话音落，整个饭桌都安静了，白洛歆一口饭将将要咽下，差点没噎住。

裴老脸上的笑慢慢凝固成严肃，看着恭玉，舌头也不卷了，说的斩钉截铁、清清楚楚：“不可能。”

如果不是这次纵火，他不会知道文琴一直在他不在家的时候虐待恭玉，他对裴家这个儿媳，一直以来都是亏欠的，他知道她的痛苦，可这并不代表，她可以将这种痛苦加诸在裴家如今仅剩的血脉身上，甚至差点就让裴家绝了后。也是因为这次纵火，他对这个才找回身边的孙子，有了不一样的看法，这孩子，看似顽劣不堪，却又有着超过成年人的隐忍和懂事。令他不禁感慨，在他不闻不问的那十几年里，恭玉到底是遭遇了怎样的冷暖，才造就了这样一颗玲珑心。

剔透而坚硬。

血脉相连，在这个陌生了十来年的孩子身上，他头一次感受到了心疼。

“除了这件事，你说什么我都能答应。”

于是，裴老放低了姿态，圆了个说法，想给爷儿俩彼此一个台阶下。

饭桌上其他人自然也明白裴老这番话的意思，不由纷纷打圆场。

“阿玉，你就要些实在的，让你爷爷现在就把他藏的那几个古董给你，那可是他的心头肉，你就割他肉，让他疼疼。”

“是啊，小少爷，您不是嚷嚷了很久想要那双最新的滑板鞋吗？”

众说纷纭中，白洛歆一直看着恭玉，所以，他脸上每一个细微的变化，都清晰地落在她眼底。

他脸上的笑意未变，可眼里耀眼的光却一点点，冷了下去。

等大家你一言我一语的说完，他直起身，一丢筷子，温雅地拍了拍手，微笑着，一字一句：“可巧了，除了这件事，你的任何东西，我都不稀罕。”

最后一个尾音和他嘴角的笑一同消失，他淡淡扫了一眼饭桌上脸色各异的众人，转身，离开。

行云流水，一派潇洒。

仿若身后一桌目瞪口呆的人都同他毫无干系。

餐厅里鸦雀无声，白洛歆一口饭含在嘴里，忘了咽下，如鲠在喉，这看起来目空一切的恭玉，为什么……为什么让自己又害怕又羡慕呢？

Chapter-4

星尘

{在那个仰望星空的夜晚，她注视着千万年前自己发出的光芒，只觉得这真真是再好不过，再圆满不过的时光了。}

从小颠沛流离的生活，让恭玉有了个认床的毛病。

在白家陌生的床上辗转了一天，这才稍稍有点儿困意，一声电锯般的高八度琴声就直接将他好不容易积累的困意冲得烟消云散，恭玉暴躁地揉了揉睡的乱七八糟的头发，直冲下楼，砰砰砰地叩起了门。

琴声戛然而止，几秒之后，门被打开了个缝，露出白洛歆怯生生的脸。

“恭玉……啊！”

长腿少年毫不客气地先挤进一只腿，接着整个身子都挤进门里，而后利落地一下关上门，白洛歆被他这番闯入吓到，抱着琴弓往后退了几步：“你、你要干吗？”

“我说小白，你难道这里有问题吗？”

恭玉拽了拽自己的耳朵，一脸怨愤地质问着。

白洛歆老实地答：“没有，我听力很好的，我妈妈领我去医院检查过，我的听力甚至要比常人更敏锐，能听到普通人很难听见的声音。”

恭玉对天翻了个白眼，又狠狠瞪她：“你耳朵那么灵就没听出你拉的那琴难听的要死？”

原来是因为这个啊。

白洛歆沮丧地垂下了脑袋，她没有音乐细胞，也不喜欢大提琴，可母亲对她期望很高，相信勤能补拙，然而时至今日，她依然像个刚摸到大提琴的新手。

恭玉向来直言直语，不是个会考虑他人感受的人，但是此刻，看着白洛歆耷拉着肩膀，抱着琴弓可怜兮兮的样子，他忽然思虑起自己的话是不是说得太重了，于是，满肚子的火气消了大半，清了清嗓子，放低声音道：“我的意思是你不适合大提琴，或许换一种乐器，就……很好？”

“不会好的，”白洛歆自艾地摇了摇头，“我根本没有音乐天赋，再换十种也还是一样。”

“那为什么……”

恭玉识趣地闭了嘴，他后知后觉地记起那日裴老头儿寿宴上的一幕，在她那过于强势的母亲面前，天生软弱的她哪里有话语权。

恭玉有些愤愤，又有些可怜她，正想要说些什么，外头忽然传来白母的上楼声。

“洛歆啊，琴声怎么停了？”

白洛歆惊恐地瞪大眼，看着尚杵在她屋里的恭玉，慌了神：“怎、怎么办，你……”

“别这样看我，打死我也不躲床底了！”恭玉瞪她，转身直接踩上书桌，推开窗，娴熟地顺着油桐树跳了下去，白母进门时，正好看见白洛歆扑过去要关窗的动作。

“洛歆，你在做什么？”

白洛歆解释的声音干巴巴的：“风、风有些大，冷……”

“这么热的天，你这孩子怎么说冷呢？”

白母走过去，在白洛歆紧张的神色里往窗外狐疑地看了几眼，几分钟前，她分明听见咣当咣当下楼的声音，如今这楼上可是住了外人的，不得不多存一点儿心。

窗外，风从簇簇浅绿的油桐果间掠过，沙沙声细不可闻，只有那此起彼伏的虫鸣，喧哗不歇，像在出演一场永不谢幕的音乐会。

树影摇曳，月色清冷，是再普通不过的，盛夏的夜。

白母放下心中的怀疑，关了窗，继续教育起女儿来。

而黑暗处，那靠着墙根而立的少年，一向傲慢轻佻的眼角，此刻却添了些其他的意味。

这天晚上白洛歆无精打采地调完琴弦，重重地吐了口气：“好累呀。”

“嘁——”

凭空出现的嗤笑声让她吓得差点儿把琴丢出去，往声音处看去，窗外，蹲在树干的少年一派气定神闲，正弯着一边嘴角看着她笑。

“恭、恭玉？”

她打开窗，看着他无语，这人属猫的？怎么偏爱爬树？

“做自己不喜欢的事，不累才怪。”少年冲她做了个鬼脸，“活该！”

然后，他站起来，几步跨了过来，好整以暇地蹲在窗台上，一只手抓着窗框，一只手对白洛歆招了招，笑眯眯道：“你来书桌上，近一点儿，我跟你说个要紧的事。”

“啊？”白洛歆虽有迟疑，但仍旧毫无防备地脱了鞋爬上书桌，还未站稳，就被人一把勾住了脖子，“啊！唔——”

下一秒，她的惊呼声就被恭玉自颈后圈过来的手紧紧捂住，少年还颇为不满：“你这么大声，是想招来谁啊，我跟你说不管你招来谁，咱们这两只拴在一根绳子上的蚂蚱都得完蛋！听懂没？”

白洛歆慌忙点头，恭玉见了，这才满意地松开手掌，只是圈在她脖子上的手依旧没有松开，像怕她跑了似的，下了力气，白洛歆被他勒得难受，挣扎着拍了拍他的手臂：“恭玉，你、你松手……”

“嘘！”

恭玉不满地瞪了她眼，从怀里掏出个录音机，按下播放键，瞬间，拉大锯一般的琴音就萦绕了整个房间。

白洛歆傻眼了，这是什么？

恭玉咧着嘴，神秘地笑了：“小爷我录了几天，找音像店老板做了剪辑，是不是跟真的一样儿，有这个替着，你想去哪都行。”

白洛歆虽然笨，可她不傻，很快就抓住了他这句话里的重点，立马出声：“我我我哪都不想去。”

恭玉愣了愣，笑了，八颗贝壳一样的小牙被灯光照得闪闪发亮：“哦？怎么你以为，我会征求你的意见？”

直到坐在恭玉的自行车后座，冷风兜头灌来，白洛歆才稍稍回了点神。

她怎么也不会想到，恭玉的胆子竟然大到这个地步，直接将她扛下了树。

要是爷爷知道，他特意留在后墙，引以为傲的那棵老油桐，竟成了她“离家出走”的工具，估计得气到吐血。

想到这里，她打了个寒战，后怕地戳了戳恭玉的后背：“恭玉！你、你到底想干吗？”

“不干吗啊，就是你太听你妈话了，跟一小太监似的，你妈就是老佛爷，说什么你都点头道喳，我实在看不下去了，你曾帮过我，我怎么能眼睁睁看着你在水深火热里呢，所以咯，就带你体验一次，不听你妈的话也不会死的过程。”

风将他一本正经的声音吹散在华灯初上的街道，白洛歆想到了什么似的，认命地闭上了嘴。

她算是听明白了，他这是在报当初火场里她非要帮他忙的仇，以彼之道还彼之身罢了。

恭玉载着她一路来到中山巷里一间破旧的豆汁店前。

同店里忙着招呼客人的老板娘打了个招呼后，恭玉就领着她径直上了天台，不过几平方米的天台上，搭了间小小的铁皮房，铁皮房外是一张旧长桌，和随便摆放的凳子。

白洛歆望了望四周，又望了望恭玉：“恭玉，这是哪儿啊？”

“阿玉，不给干妈介绍一下，这小姑娘是谁啊？”

陌生声音自身后响起，白洛歆有些怕生地悄悄往恭玉身后挪了挪。

在这一刻，或许他俩人都没有意识到，她已将他当作可依靠的浮木，而他，也自然地充当起她的保护伞来。

恭玉嫌弃地瞥了她一眼：“路上捡来的，非要跟着我，赶都赶不走。”

“才不是。”

白洛歆怯生生地从他身后探出头，抬眼望了眼老板娘，然后，便是一愣。

老板娘将手里捧着的蛋糕放在长桌上，笑着道：“你啊，又长一岁的大人了，怎么还是没个正经的时候。”

“诶！还没唱生日歌吹蜡烛呢，不能吃！”

“我饿！”

“饿也不行，你来我这儿，就得遵着我这儿的规矩。”

“行行行，我怕了你了，女人老了，就是麻烦！”

一老一小吵吵闹闹，你一言我一语，白洛歆却始终安静，不发一语地看着蛋糕上果酱写着的“阿玉生日快乐”的字，摇曳的火光中，面前的少年满脸不耐，但那双黑曜石般的双眼，像浸了幽谷的山涧，比何时都要温柔。

今天，是他的生日吗？

可她努力回想起今天白日里的一切，裴爷爷和福伯的表现像是根本不知道这件事。

她记得裴爷爷的寿宴上，他虽不正经地送了一捧狗尾巴草，但，那也说明他将裴爷爷放在了心上。

被最亲的人遗忘，是一种什么感觉呢？

白洛歆的心里突然涌上酸涩的味道。

“恭玉。”

撅着屁股鼓足了气准备吹蜡烛的少年腰间被人轻轻戳了戳。

他怕痒地抹开身，凶巴巴地瞪着近在咫尺，正仰头望着他的女孩儿：“干吗？”

“生日快乐。”垂在身侧的手蜷成拳头，深吸了口气，像是给自己打气，一字一句，斩钉截铁：“我记下来了，以后，也会一直记得，你的生辰。”

恭玉愣愣，戴着口罩的少女，他看不见她的表情，只看得见那双努力做出笑来的眉眼里，有着轻纱般朦胧的涩意。

他忽然想起了哥哥，那一年，他还小，却日日因私生子的名头受着白眼，为病榻上的母亲犯愁，他已经好几年没有过过生日，那天他路过蛋糕店，在门口停了很久，艳羡的目光全数落在偷偷跟在他身后的哥哥眼里。

后来回到家，就是在这个天台上，哥哥端着蛋糕，还有送给他的生日礼物，轻轻摸着他的头，说得很慢，却掷地有声：“以后，我会一直记得，你的生辰。”

他那时像只浑身竖着刺的小刺猬，虽感动的厉害，但嘴上还硬着：“你记得？！你骗人！你能记一辈子吗？”

“嗯，”哥哥点点头，对他勾起小拇指，“我会记一辈子，如果一辈子太短，我也会让别人替我记得。”然后便笑着对立在一旁的郭姨道，“阿姨，这小子不信我，你做个见证吧。”

说出的话，成了造的口业。哥哥陨落在最好的年纪，他没有一刻不在为年少的妄言后悔。

被人放在心里的感觉，他其实很少感受到。因为没有，所以才比常人更珍惜来之不易的每一点。今早醒来，他当看着空荡荡的房间，想到已经去世的哥哥，孤独感油然而生，他承认自己失落了很久。

可是此刻，当他看着白洛歆，忽然觉得那颗失落的心，被慢慢填满了。

认识她月余，哪怕一起经历过生死，可他是到此刻才发现，原来，她长了这样一双生动的眼。

心脏，咚咚跳错了两个节拍。

“谁稀罕。”

他回，不屑地翻了个白眼，却突然伸出手，将一捧奶油拍在她头顶，然后为她的狼狈笑得前俯后仰。

老板娘揪着他的耳朵骂他，而被捉弄的白洛歆则摸着额上黏腻的奶油，望着猴一样上蹿下跳的少年，傻傻地笑。

多年以后，白洛歆在加德满都的一间书店里读过这样一句话：你身体里的每一个原子都来自一个爆炸了的恒星，你左手的原子与右手的原子也许来自不同的恒星，这是物理学中最富诗意的东西，你的一切都是星尘，星星都死去了，你今天才能站在这里。

她忽然就想到了那个奶油、烧烤、豆汁、酱料和笑闹声交织的夜晚。

在那个仰望星空的夜晚，她注视着千万年前自己发出的光芒，只觉得这真真是她这辈子，最最好的时光了。

两人没有在豆汁店待多久，分完了生日蛋糕，就离开了。

中山巷外，街边的停车场，恭玉刚将被几辆摩托挤在中间的自行车搬出来，一抬眼，目光越过白洛歆的肩膀与几步开外正从酒店里出来的长发女孩儿撞在一起。

女孩儿一惊，步伐不觉一顿，本来波澜不惊的脸在看到恭玉旁边背对着她而站的白洛歆时变了颜色，牵着她的西装男注意到她的异常，鹰鸷的目光扫过来，落在恭玉身上，有着危险和警告的意味。

恭玉皱起眉，觉得女孩儿长得有些眼熟，脑子里飞速搜寻了一遍，方才记起，这是那个在学校里总和白洛歆出双入对的那个，叫什么越的。

恭玉挑了挑眉，淡淡扫了他们几眼，然后收回目光，将车头一转，不动声色地挡在白洛歆面前，拍了拍后座，催促道："走了。"

直到两人的身影消失在车流里，陆匪捏了捏手心变得冰冷的小手，沉声道："你认识？"

吴越越还盯着远方，茫然地点点头，又摇摇头："学校的同学，见过几次，不是很熟。”

“明天我让杨舜安排转校。”

“不用了，陆叔叔，”吴越越淡淡抽出自己的手，“您知道的，我不喜欢去适应新的环境。”

“陆叔叔……”陆匪低低重复了声，抬手抚在少女冰凉的脸上，拇指暧昧的摩挲了下，笑了笑，“好。”

后来白洛歆回想起来，那真是惊心动魄的一夜，侥幸之神站在了她这一面，录音机深藏功与名，没让母亲发现她曾偷偷离开过房间，而她被压制在体内十多年蠢蠢欲动的勇气，和追逐远方的不安分，便也是在那一夜悄然埋下了种子。

只是到了后半夜，她天生娇惯的肠胃便起了反应，又不敢惊动母亲，佝偻着身子摸黑下楼找止泻药。折腾到大半夜，才得以入睡。

迷迷糊糊中，她被楼下窸窸窣窣的声音吵醒，揉着眼睛出去时，才发现动静是从厨房里传来的。

等下去了，才听得清楚。

“这都是些什么？”

“不知道啊，我的老天，这怪味儿，真冲。”

“还能是谁，肯定是那小子的恶作剧。”

白洛歆凑过去望了一眼，当即一愣，那装在简易食品袋里的灰绿色液体，可不正是恭玉昨天临走时特地从豆汁店老板娘那讨来的。

白洛歆觉得自己仿佛知道恭玉的心思了，他同老板娘那么熟悉，豆汁一定是他最喜好的东西，他将自己喜好的东西拿了回来，放在厨房里，大概是想感谢白家收留他们一家老小的好意。他比谁都单纯，自己觉得好的东西，便认为全天下的人都同他这般想。

这个少年，他张扬跋扈目空一切，却也善良的不动声色。

看着母亲提着带子将两大袋子豆汁全都倒进了洗手台里，白洛歆的心里突然涩涩的。

等到恭玉下来吃早餐已是半个小时后的事情了，餐厅里也只剩下白洛歆一人，恭玉在她身边坐下，叼了个馒头，往厨房里转了圈，回来后用手肘撞了撞她，清了清嗓子，问："小爷我的东西呢？是不是被你偷喝了。"

白洛歆从他一下来就绷着全身，就怕他会问她这个，她支吾了几声，然后抬头咬着筷子，看着他，顺着他演戏："啊，那、那是你的啊，我……不知道，就喝了，爸爸妈妈也喝了，他们……很喜欢。"

乖孩子做惯了，说起谎来，磕磕巴巴，演技拙劣。

恭玉看着她，没有说话。

白洛歆被那双清明澄澈的眸子这样注视着，只觉得自己所有的遮掩都荡然无存了，她和她的谎言，就这么赤裸裸地暴露在他面前，她羞愧的想找个缝钻进去。

"好喝是吧，小白啊，"恭玉拍拍她的头，咧开嘴，笑得天真又烂漫，"你知不知道有句话叫作，吃人嘴软拿人手短？"

"知、知道啊……"

白洛歆点点头，看着恭玉越发灿烂的笑容，忽然有种不祥的预感。

午饭过后，便是安静地午休时间。

三楼转角的房间被偷偷打开了条缝，白洛歆转着眼珠子，瞄了半晌儿，在确定没有人时，才轻手轻脚地整个钻了出来，往楼上跑去。

“恭玉。”

她站在贴满涂鸦纸的门前，声音压得极低，一面紧张地看着四周，一面心如擂鼓，万分纠结，不该啊，她不该出现在这里的，就像昨天她也不该偷偷逃家，可她怎么就在恭玉的唆使下，一次又一次的胆大妄为了呢。

就在她心中擂起退堂鼓想要离开时，门开了，少年的手臂强而有力，一把将她扯了进去，门后，他一手撑在门上，居高临下地看在被他困在门与手臂间的女孩儿，不满地哼哼：“怎么这么慢！都超过十分钟了，你能不能有点儿时间观念！”

“我、我、我……”

白洛歆吸了吸鼻子，我了半天也没我出个所以然来。

恭玉对着天花板翻了个白眼，放下手，挥了挥：“别废话了，你开始吧。”然后，大咧咧往床上一躺，跷起二郎腿，捧着本漫画书，看了起来。

白洛歆哦了声，看了看少年乱七八糟地屋子，认命地蹲下身，从脚下扔得零乱的书本开始整理起来。

一边整理，一边在心里嘀嘀咕咕，乱，怎么能这么乱，连下脚的地方都没有，难怪他早上强行碰瓷，半是逼迫半是威胁地让她来给他整理房间。

白洛歆委屈地瞄了眼床上一派悠闲的恭大少，在心里学着他的模样，翻起了白眼。

她时刻注意着墙上的时钟，加紧手里的动作，好不容易才将地上的东西收拾干净，腾出走路的空间。

再然后，就……从书架开始吧，站起身，白洛歆往书架前一站，却看着书架中央的位置，微微地，愣住了。

在这样乱糟糟的环境里，唯独，这书架上的一小方天地，是干净整洁的，一点儿灰尘都没有，看得出，主人天天有打扫。

那是一个相框，照片角度离奇，画面上，午后古朴安静的室内只有俩人，石台上坐卧着的少年低头看书，而在他身边不远，托着腮逗弄玻璃瓶里蟋蟀，圆脸大眼少女笑得神采夺目，让看见的人忍不住被吸引。

白洛歆的心里突然涌上奇怪的感觉，看着照片，闷闷开口：“这是……偷拍？”

恭玉从漫画里抬起头，下了床，走过来，看着照片里的宁泽川，他的记忆又回到去年暑假，嘴角浮现笑意，连声音也变得柔软了：“是啊，他不喜欢拍照，是我偷偷拍了洗出来的。”

白洛歆看着他脸上的笑容，心里的酸涩感越来越重了，她垂头，盯着照片里的少女，轻声道：“她很好看，你……一定很喜欢她吧……”

听见有人夸自己最好的朋友，恭玉瞬间觉得自豪起来，笑嘻嘻道：“那还用说吗。”

夏风微颤，女孩儿仰望的金色天光中，少年笑的温暖和煦，那是正好的天气，正好的早晨，正好年纪里，他和她。

一个自问，一个自答，会错了意，爱情几种滋味儿里，她尝的第一口，便是酸和苦。

白洛歆曾经以为，那一夜的逃家是她人生仅此一次的疯狂。可当第二日练琴时分，恭玉坐在窗外的油桐树上，晃着录音机对她笑得一脸奸诈时，她便哀叹着想，难怪人都说美丽的东西是危险的。

从古至今，那么多英雄好汉都前仆后继，沦陷于此，何况她一个小女子。

凡事大都如此，有了第一次，就有第二、第三次，养肥了胆和一颗侥幸之心。

暑假最后的时光便是日日在这样的疯狂里结束的，开学第一天，母亲送她上学，在办公室里同副校长说了很久的话，上学期期末考试的成绩导致她在文理分班中被直接分到了理科最差的五班，母亲得知这个消息后黑了好些天的脸。

从办公室出来，母亲将她送到教学楼门口，语重心长对她道："周校长说了，如果这学期期末你能考进前百名的话还是有机会换班的，不要让妈妈失望，知道吗？"

"我会努力的。"

白洛歆低下头，愧疚之余又明显力不从心。

白母看她的样子，恨铁不成钢地叹了口气，什么都没再说，就走了。白洛歆看着母亲的背影难过了好一会儿，才转身往教学楼里走去。五班被分配在教学楼最偏暗的角落，教室里零零散散坐了几个人，班主任老师坐在讲台上翻着名册，看她进来，问了名字，便笑道："白洛歆是吧，你坐那儿。"

白洛歆落座后便拿出教辅书做预习笔记，教室里进进出出，她仿佛置身于外，直到那轻佻明媚的声音响起。

"恭玉，老恭的恭，如花似玉的玉。"

白洛歆手一抖，圆珠笔在书上带出长长一道折线。如擂鼓般的心跳中，白洛歆错愕地抬起头，周围是因他而此起彼伏的窃笑，还有女生兴奋的交谈声，白洛歆却觉得恍惚。

“安静！都安静，笑什么笑，你，坐那儿！”

班主任拍了拍教案，指的位置正是白洛歆旁边的空位。

恭玉抬眼望过来，又立马扭过头，大声道：“报告老师，我不要坐那里！”

班主任一愣，一下子不知道怎么接话了，班里来头最大的，便是白家和裴家的孩子，尤其是裴老，帮过不少人却从没求人帮过忙，这一次，他为了自己的孙子开口，学校的领导都给他一分薄面，他自然也是，才特地将这个倒数第一的孩子安排在最好的位置，可如今这情况，却是他始料未及的。

清了清嗓子，班主任问：“你说说，为什么不要坐那儿？”

“我个子高，坐前面会挡着后面的同学，而且我两眼5.0，第一排应该照顾近视的同学。”恭玉眨巴着水汪汪的眼，一副懂事又乖巧的模样，白洛歆的嘴角抽了抽，这个人怎么就练就了一副心安理地胡说八道的本领。以她对他的了解，他无非是觉得坐在老师眼皮子底下不好干其他的事。

可年轻的班主任却信了，感动道：“那你就自己挑个位置坐吧。”

“好的老师。”

身后熙熙攘攘，白洛歆忍了老半天，还是借着翻书包偷偷回了头，余光中，恭玉坐在斜后方最后一排，和前座的女同学笑呵呵地不知在说些什么，女同学年轻的脸红红的，被他逗得咯咯直笑。

白洛歆觉得那天在他房间看见那张照片时的酸涩感又在胸腔里翻腾起来，沮丧地扭回身，全然没有了看书的心情，直到身边有人落座，同她打招呼。

“你好，我叫宋昀，你叫什么？”

“白洛歆。”

她的思绪游离于状态之外，随口应着，没有抬头。

宋昀眉眼微挑，他长这么大就没被这样敷衍过，没想到转校生涯的第一天他就遭到了人生的滑铁卢，他觉得这戴口罩的女孩儿有点儿意思，不免存了番心思多看了几眼，他的注意力都放在了白洛歆身上，并没有发现，来自斜后方敌意甚重的注视。

前座本来和恭玉聊得热火朝天的女孩儿注意到恭玉忽然的沉默，好奇地顺着他的视线望过去，除了一颗颗后脑勺儿，什么异常也没有：“恭玉，你在看什么？”

恭玉收回视线，咬牙切齿地笑了笑：“没什么，一只苍蝇罢了。”

早操过后有二十分钟的休息时间，白洛歆如往常，去操场的老槐树下等吴越越一同去食堂。她和吴越越不在一个班，这是俩人间不成文的规定，每天，谁先到，谁就在这里等。

等了没多久，吴越越没见着，倒是来了个矮了她半个头的男生，戴着棒球帽，叼着根棒棒糖，对她说了句“吴越越说她今天有事，不来了，让你别等她”便急吼吼的跑了。

“她……”

白洛歆一句话提在嗓子眼儿，问也来不及，化作叹息声吐了出来，虽然她是千万个不愿自己去人多的地方，可耐不住年轻易饿的五脏庙，唯有捏了捏小拳头，给自己打了气，跟在了往食堂行去的大部队后头。

就像恭玉常给她灌输的，她总不能靠她妈一辈子。

她也总不能依赖吴越越一辈子的。

开学第一天，食堂的人比平时更多，白洛歆个子矮，又瘦小，被高年级的挤来挤去，半天都没排到她。

“给你。”

脸上突然被贴了热乎乎软趴趴的东西，白洛歆受惊，下意识地往旁边一缩脖子，抬头，身侧不知道什么时候站了个陌生男孩儿，而他手里伸过来的，是个装在袋子里的热包子。

“我是宋昀，你同桌，”宋昀笑着提醒她，他想自己果然没猜错，方才两堂课，这姑娘根本没放半点儿注意力在他身上，“我看你排了许久位置都没动过，怕是等到上课也排不到的，刚巧我多买了一个，你要是不嫌弃，就拿去吃吧，喏，给。”

然后，不由分说地将包子塞到眼神尚在怔忪中的白洛歆手里。

白洛歆盯着手里的包子愣了愣，又抬头看了看微笑着的男生，有些莫名，又有些感动，轻声说：“谢谢。”

“应该的，”宋昀笑眯眯的，他长了双又细又长的眼，一笑，眼睛就完成了两道弯弯的月牙儿，特别有感染力，“在期中考试前，我们应该会一直做同桌，我刚转校到这里，以后，多多指教。”

白洛歆有些腼腆地点点头：“好。”

第三教学楼的天台门，砰的一声被人一脚踹了开来。

恭玉双手插在裤子口袋里，蹦了进来，看了眼正靠着栏杆冷冷看着他的长发女孩儿，微微一怔。

“是你？约我干吗？”恭玉走到她旁边，学着她的样子靠在栏杆上，然后侧过头，吊儿郎当地上下打量了下女孩儿，轻佻道，“不会是要和小爷我告白吧？那你可要快点了，跟我告白的人每天没有几百也有几十，我很忙，你就长话短说。”

吴越越冷冷一笑：“废话真多。”

恭玉也不生气，直起身，满不在乎地笑了笑：“那就不要说了好啦，我走了。”

“你那天晚上带白洛歆出去，她家大人知道吗？”吴越越冷冷喊住他。

恭玉看着她，突然就笑了，不答反道：“那天晚上我忘了东西，又回到了中山巷，你猜……我看到了什么？”

吴越越的眼皮跳了跳，脸上的表情有些挂不住了，默了默，勉强与恭玉直视：“她和你不是一个世界的人，不要把你那套作风安到她身上，她受不起。”

恭玉转头对她笑了笑：“她和我是不是一个世界的人我不知道，我只知道，她在她现在所在的那个世界里，很不快乐。”

吴越越怔住了，恭玉说的没有错。

白洛歆只有跳出那个她妈筑起的将她保护的太好却也锁起她本性的世界，才能快乐。

“你是她朋友？我倒觉得你像她妈，你们总要她不要这样，就好像不按照你们说的那样她就活不下去了，她不是小孩儿，她虽有缺陷可不代表她只能小心地活着，你们到底有没有想过，她想要的是什么？”

吴越越本意是想要教训恭玉，然而现在的状况，却是她始料未及的。

她知道白洛歆不喜欢大提琴，可她却从没让她不再继续弹下去，而恭玉却以另一种方式让白洛歆顺从了自己的心意。

吴越越突然发现自己竟然无话可说了，她认识白洛歆这么多年，却甚至比不上恭玉更懂白洛歆的心。

与此同时，走在链接两栋教学楼的空中走廊上的白洛歆，不经意地一抬眼，脚步却蓦然刹住。

虽然隔了一段距离，她还是眼尖地看见天台上面站的两个她熟悉的人，一个是吴越越，另一个是恭玉。

从她这个角度望过去，两人靠得很近，姿势暧昧而亲密，她能清楚地看见恭玉灿烂的笑脸，和这九月的太阳一样，闪的她眼睛又酸又胀。

脑子里是持续的嗡鸣声，她是在此刻，在刺痛的眼瞳里，在胸腔五味杂陈的翻涌里，意识到自己是喜欢恭玉的。或许是多年前桐花下的那一眼，又或许是在那日，他从天而降在她面前时，无数个可能的瞬间，他成了她心里的一颗种子，根深蒂固。

这实乃是件她想都不敢想的事情，她这辈子，可以喜欢任何别的人，唯一不配喜欢的就是裴睦哥哥的弟弟，而吴越越是她唯一的朋友，她善良美丽，和恭玉走到一起，才是众望所归。

可她抑制不住嫉妒在她身体里蔓延的速度，白洛歆觉得这样的自己实在太龌龊了，连自己都厌恶。

“怎么了？”

发现她停下来的宋昀回头问她，白洛歆垂下头，什么都没说，忽然朝前跑去，宋昀只看见她通红的眼角，来不及仔细琢磨，只能跟着她的步伐追了过去。

“白洛歆！”

天台上，恭玉仿佛听见了什么，微微侧过头，目光越过吴越越，向下方望去。

吴越越转过身，顺着恭玉的视线，看着空中走廊上一前一后的俩人，皱了眉：“那人是谁？”

恭玉把牙咬的咯吱响：“一个自视甚高的自恋狂。”

吴越越扭过头，看着恭玉脸上滔天的怒意，愣了愣，就笑了：“动物世界里，雄性猩猩具有很强的领地意识，对自己领地里的东西有着强烈的占有欲，如果有其他雄性侵入了它们的领地，它们会毫不犹豫地使用武力来捍卫领地。”

恭玉收回视线，瞪着她：“说人话！”

吴越越淡淡道：“你现在很像猩猩。”

破天荒的，恭玉没有怼回去，而是翻了翻白眼：“无聊，小爷我有要紧的事，没空跟你在这儿吹风。”

说着，转身就跑。

那一副火烧屁股的着急样，吴越越忍不住笑着摇了摇头。

“白洛歆不知道。”走到门口时，恭玉忽然扭头说道。

顿了顿，又加了句，“我没告诉她，只是提醒你一句，我认识的姓陆的，就没一个好人。”

直到恭玉走了很久，吴越越似乎才回过神儿来，她转过身，趴在栏杆上，点燃了一支烟，深深吸了一口，然后又重重吐了出来，白色烟雾里，她看着空中走廊上蓦然出现的恭玉，少年奋力狂奔追向刚好消失在走廊和教学楼接口处的俩人的模样，让她忍不住笑了出来。

“还真像个猩猩。”

那边厢，及时响起的上课铃声打断了恭玉“要紧的事”。

上午课后，同学们有说有笑地收拾书包回家，唯有坐在第一排的白洛歆还在艰难地辨认黑板上历史老师抽象风十足的粉笔字做笔记，宋昀看了看她，将自己的笔记本推了过去，笑道：“你带回去照着我记的抄吧，不用着急，明天给……”

“这多麻烦哪。”一只骨骼分明的修长大手按在宋昀的笔记本上，宋昀和白洛歆同时抬起头，看见居高临下看着他们微笑的少年，皆是一愣。

对宋昀来说，他一眼就看出了这张皮笑肉不笑的脸皮下莫名的敌意。

而白洛歆则是觉得，恭玉这个笑，比起他在天台上面对吴越越时的笑脸，实乃是敷衍。

“我向老师讨了教案，回头在咱家门口那小卖部复印一下再还回去，多方便。”

恭玉得意扬扬地晃了晃手中的文件夹，不待白洛歆说话，就主动抽出她手里攥着的笔，开始替她收拾起书包来：“你快点，回家迟了你妈又得唠叨了。”

“我……”

“走了！”

白洛歆尚在懵圈中，已经胡乱收拾好的恭玉把她的书包往背后一甩，又自然地拉着她的手腕往门外走，一切发生在电光石火之间，白洛歆只来得及回头给宋昀一个抱歉的眼神，就已经被恭玉拉出了教室。

宋昀盯着教室门口看了好一会儿，才慢慢扭回头，他盯着笔记本上黑乎乎的掌印，推了推鼻梁上的眼镜，脸上的笑慢慢扩了开来。

“有点儿意思。”

从教室去停车场的路上，恭玉将白洛歆瞄了又瞄，终于忍不住，问：“你那个同桌，对你怎么那么殷勤？”

“啊？”白洛歆愣了一下，意识到他说的是宋昀后，中肯答，“哦，他人是挺好的。”

恭玉阴阳怪气地笑了声：“哈！挺好？你跟他说了几句话？认识几分钟？”

白洛歆弱弱解释：“他……早上在食堂，我没排到队，他给了我一个包子。”

“白洛歆，你真的是个二！白！”恭玉蓦地停住，指尖点着白洛歆的额头，一本正经道，“古人说得好，无事献殷勤，非奸即盗！你说你，要脸蛋儿没脸蛋儿，要钱没钱，人家凭什么又是给你包子，又是借你笔记啊。”

白洛歆似乎被说通了，愣愣点了点头，哦了声。恭大少很满意，摸着下巴笑了笑，拍拍她的肩膀，继续胡说八道：“古人还说，这个社会是很可怕滴，你还小，没阅历，很容易招惹一些心术不正的人，不过你别担心，小爷我可是个百年难遇的正人君子，你又同我有生死之交，以后，我会罩着你的哈。”

前面那句古人说的，白洛歆知道是出自王实甫的《西厢记》，但后面这句古人说的，白洛歆绞尽脑汁也没想到出处，于是，便轻轻问道：“你说的这个古人是谁？”

恭玉转了转眼珠："恭子啊！"

"公子……"白洛歆蹙眉，她听过孔子老子墨子，这个公子，倒是没有听过哎。

"发什么呆，快上来。"

白洛歆蓦然抬起头，恭玉不知什么时候已走到前方，骑在他那辆自行车上，正回头冲她嚷嚷。

"你，要送我？"

她受的惊吓明显大过于惊喜，已经在脑子里飞快地寻找，自己是不是又不小心撞破了他的什么秘密。

想来想去，便也只有天台上那一幕了。

他和吴越越……

像是有一颗柠檬在胃里炸开，她酸得佝偻起了背，眼里闪烁的光慢慢黯淡了下去。

少年咧着嘴，笑的明媚，一贯没心没肺的样子，并没有注意到女孩儿眼神的变化，他微昂着下巴，大拇指朝内，指着心脏的位置，吊儿郎当地喊："是啊，我罩你嘛！"

语罢，拇指擦过鼻翼，帅气非凡。

白洛歆苦涩地笑了笑，这个人哪，什么时候才可以正经一点儿。

当时的她怎么也没想到，这一句玩笑般的话，却让他在往后的日子里，将她宠成了手心里的宝，也让她疼到了骨子里。

只是，凡事物极必反，他亦然没有逃过，剜骨掏心的下场。

Chapter-5

错 调

「她若愿意，我便娶她，她若不愿意，我便一生不娶，守护在她身旁，即便是以兄妹之名，如有违背，我便一生孤苦，不得好死。」

也不知道是不是恭玉那些话给白洛歆造成了心理暗示，之后，她再看宋昀时，竟也觉得他对她似乎热情的有些太过了，所以，也下意识地回避着。

宋昀虽是转校生，但凭着不差的外表和超高的双商，短短时间内便得了不少女生的青睐，于是，白洛歆的行为在这些女生的眼里就有些不识好歹了。

体育课上，男生们在和隔壁班打篮球，白洛歆和一群女生站在旁边加油助威。

太阳很大，她用手遮在眉骨处，注视着活跃在球场中间穿着白色汗衫白色短裤的少年，运球，传球，灌篮，引来一阵欢呼和尖叫，她的心跳就像篮球，被他行云流水的动作带动。

裁判一声哨，中场休息，恭玉满头是汗，边往场下走边随意掀起衣摆擦汗，露出精壮结实的腹部，周围又是一阵尖叫，白洛歆慌忙别开眼，只觉得脸烧得厉害。

“白洛歆，我多买了一瓶，给你。”

旁边递过来一瓶冰镇的雪碧，白洛歆抬头，看见宋昀温和的笑脸，脑子里闪过恭玉的话，下意识地摇了摇头：“我、不能喝冰的。”

“这样吗，那好吧。”宋昀有些失望地垂下手，又笑了笑，“今天很热，你要小心别中暑。”

宋昀刚离开没多久，白洛歆背后就叫人拍了拍，她回头，班里的女同学对她道：“白洛歆，体育老师让你去器材室拿个新的记分器。”

女同学是体育课代表周蓉，白洛歆不疑有他，便向器材室走去。

等到了室内体育馆堆满体育器材的器材室，白洛歆翻找了一会儿，身后有窸窸窣窣的脚步声传来，她回过头，看见几个女生包括周蓉在门口排成一字，表情怪异地看着她。

白洛歆急忙道：“你们不用来帮我，我自己找就可以了。”

没想到，她的话却让几个女孩子大笑起来。

“哈哈，你看她说的什么啊，真是搞笑。”

“还真把自己当小公主了，就她这样，也就装装柔弱骗取男生同情了。”

“唉！你们听说过没，她长得可丑了，所以才会戴口罩。”

“你们见她摘过一下口罩没？”

女孩子们看她的目光渐渐变得不怀好意。

白洛歆再迟钝，也明白了自己是有哪里得罪了这些女孩儿，让她来器材室拿记分器根本就是个幌子，无非是想脱离大众的视线，在无人处给她们一个独处的机会。

“喂，白洛歆，摘了口罩给我们看看哪。”

白洛歆下意识地攥住耳后，往后退了步。

“你自己不摘，那我们帮你摘吧。”

几个女孩儿蜂拥过来，白洛歆想逃，转身却踩到地上的网球，摔倒在地，与此同时，四周伸过来的手直冲她面门，白洛歆吓得尖叫，女孩子们毫不客气，动用蛮力，去扯她口罩的同时，顺便扯下她的头发，还用长长的指甲在她脸上划过去。

白洛歆一人难敌众拳，很快，就在混乱中被人扯去了口罩。

有人按住她想要捂住脸的手，迫使她直面那些惊讶、幸灾乐祸又满是恶意的目光，周蓉两指捻着她的口罩，凑过去，用力拍了拍她的脸，笑了起来："还真跟我们长的不一样啊，这什么啊，红兮兮的，真恶心。"

"就是，你们看，还搓不掉呢，长在那的。"

"你说要是宋昀看了你这副模样，还不得把自己膈应死啊。"

白洛歆只觉得脸上火辣辣地痛，她努力睁大眼睛，但还是挡不住屈辱的眼泪。

她一哭，女孩子们笑得更开心了，周蓉不忘威胁："我告诉你白洛歆，你敢将今天的事告诉老师，我就卸你一条胳膊！"

"哟，怎么这么热闹啊，你们笑什么呢，说给小爷听听，让小爷也乐一乐呀。"

突如其来的声音让众人纷纷转头去看，白洛歆也抬了眼，泪眼蒙眬中，白衣白裤的恭玉和阳光一起出现在打开的门外，他靠着门框，挑着眉眼懒散地看过来，一派看热闹的模样。

"恭玉，你看她，听说你们住一个小区，你也没见过她本来面目吧。"周蓉是恭玉的前桌，暗恋他许久，迫不及待地向他炫耀自己的战果。

"哦，是吗，"恭玉笑了笑，信步走来，"让我瞧瞧。"

他一步步，越过满地散落的球，越过满室的阴影，来到了白洛歆跟前。

白洛歆觉得他走来的这一路真的很漫长，他蹲下身子，一指轻轻抬起她的下巴，越渐漆黑的眼瞳里却没有往常调笑的意味。

白洛歆眨了下眼，又滑落两行泪，顺着脸颊流到了他的指尖。

"是不是很有趣。"旁边的女孩子们一阵嘲弄的笑声。

恭玉也笑了声，扭过头，扬手就是一巴掌，打在了离他最近的周蓉脸上。

啪的一声，特别清脆。

方才还洋溢着笑声的器材室内瞬间安静了下来，白洛歆傻了，周蓉更是一脸震惊地捂住脸，根本没有反应过来发生了什么事。

“恭玉！你干吗呢！”最先回过神儿来的女生大叫，“你怎么打人！”

恭玉笑了笑，保持着蹲下的姿势，一手托脸，手肘撑在膝盖上，歪着头向捂着脸的体育课代表，一派天真无邪道：“我眼神不太好，刚才，你拍她脸，拍了几下来着？”

这话一出口，任谁都听得出来恭玉是站在白洛歆那边，在为她报仇来着。

周蓉正对着他，所以也将他眼里的狠辣看得一清二楚，知道他并不是在同她们开玩笑，吓得一屁股坐在地上，一张嘴，哇的一声哭了出来。

旁边的女孩子去扶她，生气地骂恭玉：“你一个男生，怎么能打女生！”

“打女生的男的都不是个东西！”

“你别以为你是男的我们就怕了你，你有种把我们都打了。”

“啧，”恭玉掏了掏耳朵，皱了眉，“真是吵。”

然后，握住白洛歆的手腕，拉着她站了起来，将不知何时拿到手里的口罩细细替她戴好。

“恭玉……”

白洛歆轻轻叫了他一声，软软糯糯的声音，带着受了委屈的轻颤。

恭玉叹了口气，拍了拍她的头，语重心长：“不是说了，我罩你吗，我虽不能时时看着你，但你记着。”他顿了顿，微侧了头，看着抱团儿的女孩子们，冷冷笑了，“别人打你一巴掌，我势必会还一巴掌，别人若敢卸你一胳膊，我便卸她一双。”

热浪倾袭的操场上，篮球赛还在如火如荼地进行着，白洛歆坐在远处的双杠下，小口小口吃着甜筒，又像是想到什么抬头看了看坐在双杠上狼吞虎咽的少年。

少年吞下甜筒最后一点儿尖，意犹未尽地舔了舔嘴角，一撇眼，注意到抬头看他的女孩儿，不客气地朝她伸过手：“你不吃就给我。”

白洛歆怔怔，望着那双干净修长的手，握着甜筒的手往怀里收了收。

“小气劲儿。”恭玉翻了个白眼。

“不是的，这个我吃过了。”白洛歆脸红了红，从口袋里掏出几个硬币，递了过去，“我还有钱，要不，你再买个？”

“不去，我懒癌晚期。”恭玉抻了抻胳膊，脚勾着双杠，半躺了下去。

有蝴蝶扑棱着翅膀自他身边飞过，恭玉玩心大起，伸出手，意外的是，那只蝴蝶竟然朝他的掌心飞来，最后停在了他的掌心。

“哇哦。”

恭玉惊喜地喊了声，一仰而起，小心翼翼将蝴蝶递到了白洛歆眼前。

视线拉长后，眼眶里出现的是少年笑意盈盈的脸。

“白洛歆。”

她仰起头，不知他葫芦里卖的什么药。

“你有没有发现，这只蝴蝶像什么？”

两人一同注视着停留在他掌心的蝴蝶，白洛歆认真看了一会儿，老实地摇摇摇：“像什么？”

“笨，”恭玉弓起指，在她额上弹了一记，“你没有照过镜子吗？”

他将掌心拖高，大声地笑起来：“你嘴角的胎记，很像一只蝴蝶。”

白洛歆一愣，继而心底生出些复杂的情绪，有感动，有羞涩，在她的认知里，蝴蝶是美丽的，原来，在他眼里，她被人诟病嫌弃的胎记，是美丽的吗？

蝴蝶被少年咯咯地笑声惊动，扑扇着翅膀逃离他的掌心。

恭玉无趣地撇撇嘴，双手撑开，躺在双杠上，闭目养起神来。

沉默了一会儿，白洛歆抬头又问：“恭玉……你不回去参加篮球赛，真的好么？”

“有什么不好，输或赢跟我有什么干系。”

白洛歆哦了声，别过头，懊恼地咬了咬唇。

她其实想问他的是，他怎么会去器材室，还想问一问他为什么要那么帮她，可是这些话，到了嘴边，却又统统问不出口了。

就像他说的那样，她要脸蛋儿没脸蛋儿，要钱没钱，对她好，唯一能解释的，不过是为了那日火场里同生共死过的恩情罢了。

她才不会自作多情到，以为恭玉是喜欢她。

当然，学校里大部分人的观点同她很是一致。那几个欺负她的女同学自知理亏，没敢将实际情况说出去，而是在背后偷偷散布她们无意撞见白洛歆口罩下的真容后，被恭玉以武力威胁的流言。

本以为会引起大众对她们的同情和对恭玉的鄙视，但大众关注的重点完全偏离了主题，纷纷表示，恭玉明面上为白洛歆出头，实则是为了讨吴越越的欢心，毕竟，吴越越和白洛歆这对奇怪的闺蜜组合一向是A中十大未解之谜之一。

还有好事者在学校论坛上贴上了恭玉和吴越越独处天台的照片，在这个颜值即正义的年代，恭玉与吴越越在一起的画面满足了大众的审美，赢得一片赞誉，至于白洛歆的真容到底如何，也就没人去关注了。

这是几位当事人始料未及的，尤其是被打了一巴掌的周蓉，更是恨得牙痒痒，她爸都舍不得打她一下，从来也只有她打别人的份，没想到她竟然会因为一个丑八怪遭受奇耻大辱，她颜面无存，越想越觉得屈辱，实在是咽不下这口气，周蓉平时跟社会上的人有来往，她放了狠话，谁能替她教训恭玉和白洛歆，出多少钱她都愿意。

话放出去没多久就有人联系了她，来人将她约到废弃的地下停车场，黑色加长宾利停在中央，穿黑色西服的男人将她引到车窗边。

她才站定，车内便有低沉的男声传来："你要教训的，是住在机关大院的那两个孩子，恭玉和白洛歆？"

"没错。"

"你不怕他们家的背景，会让你惹祸上身。"

周蓉不屑："那又怎样，我家也不比他们家差。"

男人轻蔑地摇了摇头，笑了声："那，就明天吧。"

"你要多少钱？"

"钱？"车内的男声笑了笑，"免了，就当作慈善了。"

周蓉愣了愣，皱着眉问："我能问一下……"

她话还没说完，车就加速开了出去。

行驶中的车内，男人转了转大拇指上的古铜戒指，眼神愈发深沉，非礼勿视，非礼勿闻，这两个孩子看了不该看的东西，自然，就不要怪他狠心了。

隔日是周五，一大早，恭玉的右眼皮就跳个不停，最后，拿了个透明胶，将眼皮整个黏起，才算消停。

白洛歆看着变成张飞眼的恭玉，憋了半天笑，没忍住，低着头笑得肩膀一耸一耸的，在恭玉投来杀人的目光后，连忙转移话题道："恭玉，我奶奶说，右眼跳灾，你小心一些。"

恭玉不屑地翻了个白眼："迷信！"

下午最后一堂课结束，班主任例行前来嘱咐周末安全事宜，无非是千篇一律远水远火珍惜生命。等到班主任的结束演讲，宣布放学时，橘色的晚霞已映红了大半边天。

学校里其他班级早已走完，剩下的五班众人走在偌大的校园里，显得特别空旷。

恭玉载着白洛歆晃晃悠悠刚骑出学校没多久，就被突然出现在自行车前的周蓉给拦住了。

恭玉猛地一刹车，看见满脸挑衅的周蓉，斜了眼："又是你？"

周蓉喊："恭玉，是男人就敢作敢当，你打我一巴掌的账我们得好好算一算。"

"无聊。"恭玉翻了个白眼，掉了车头，便想绕过周蓉骑走。

没想到刚踩了几下脚踏，又是一个急刹，恭玉看着张开双臂杵在车前的周蓉，来了脾气，一边骂着"大爷的"一边就要下车。

白洛歆从车后座偷偷探出半个头，看了眼好几天没有来学校的周蓉，觉得她的脸色有些不太对劲儿，不由伸手去拉恭玉的衣摆："恭玉，算了，我们走……"

"白洛歆！你们谁都别想走！你这个脸上长疤的恶心货！臭婊子！"

周蓉尖叫的声音引来不少人侧目，恭玉彻底怒了，一脚跨下车。

"你他妈再骂一句试试！"

"我说她恶心！不要脸！勾引男人！"

周蓉瞪大眼，浑身都气愤的直哆嗦。

恭玉是这样，宋昀也这样，她就是不甘心，她明明是个美女，可为什么自己会输给一个丑八怪！为什么这两个在学校里冒尖的男生会对那个丑八怪另眼相看！为什么她那么喜欢的恭玉会为了一个丑八怪对她动手！别人以为恭玉是因为吴越越而护着白洛歆，可她知道不是这样的，她看得出来，恭玉虽然对谁都是一副笑脸，可他只有在看白洛歆时，是连眼睛都在笑！

如果是吴越越，她倒心服口服，可是，竟然是这样一个丑八怪，这让她如何甘心！

"恭玉！"

“你放开！”

眼看恭玉真的生气了，白洛歆连忙跟在后头下车，去拉他，两人正在拉扯时，四周忽然涌上七八个手里拿钢管的人。

情况急转直下，饶是白洛歆，此刻也明白了周蓉是有备而来。

恭玉冷笑了声，将白洛歆拉到身后，环了眼四周：“哟，我说你今天胆怎么肥了，原来，叫了帮手啊，不过周蓉，你还真是蠢，跟这些社会渣滓混在一起，你就不怕引火自焚？”

周蓉脸白了白，没有说话，走到如今这一步，她是怎么也回不了头了。

“臭小子！嘴放干净点！”为首的光头扬着钢管叫嚣，“今天爷就让你知道什么是祸从口出！”

“今天小爷我就让你知道谁才是爷！”

恭玉跳起来就是一记飞腿，直冲光头胸口，光头防不胜防，被踹得退了好几步后跌在地上，气急败坏地喊：“给老子卸了他的腿！”

人群一拥而上，恭玉把白洛歆往后一推，便飞脚迎了上去，当年他被送去江州第一豪门宁家，是当作宁家管家恭培林的儿子来养，成日和宁家的家仆保安们混在一起，他贪玩，对什么都感兴趣，也以“保护宁小少爷”为由缠着宁家的保安学了点拳脚。

所以，他根本没有将这几个混混儿放在眼里，弯腰、出拳、飞脚，穿梭在乱棍间，叫白洛歆看得目瞪口呆。

但俗话说得好，流氓不可怕，就怕流氓有文化，懂得变通，声东击西。

一个黄毛捂着胸口从地上爬起来，愤愤的目光刚好瞥见了站在后方的白洛歆，顿时有了主意，随手抡了个酒瓶大叫着就冲白洛歆跑去。

恭玉与几个人缠打在一起，眼风里见这惊险一幕，乱了心，被钢管直接敲在手臂上，他吃痛一缩，只能大声喊：“白洛歆！跑！”

白洛歆一害怕就脚软，此刻，更是慌得脚都迈不出去了，认命地闭紧了眼。

“啊！！臭婊子！放手！”

预期的疼痛并没有传来，反而是酒瓶落地的清脆声与黄毛杀猪般的尖叫同时响起。

白洛歆奇怪地掀开眼皮，就傻了：“吴越越？”

不知是从哪蹿出来的，吴越越正拽着黄毛的手指，以一个奇怪的姿势反手别下，抬脚狠狠冲黄毛背部踹去，黄毛被踹了个狗吃屎，抱着手滚在地上惨叫。

白洛歆还处于震惊中，瞪大眼：“你怎么来了？”

“嗨——”

吴越越没有答，不解气地又踹了黄毛几脚，倒是不远处，躲在电线杆后的人冒出个头，冲白洛歆招了招手，棒球帽，棒棒糖，矮个子，白洛歆突然想起这个有过一面之缘的传话小弟。想来，定是这位小同志看见了跑去和吴越越通风报信了。

吴越越撒完了气，往正同几人打在一起的恭玉那看去，摇了摇头，评论：“废物。”

恭玉一个踉跄，弯身躲过一拳，回头就骂：“吴越越你说谁废物呢！”

“说你。”吴越越淡淡回了句，清冷的眸子里满是不悦，“洛歆差点儿受伤。”

恭玉语塞，第一次没有回嘴，将气全撒在了几个混混儿身上，出拳狠戾，毫不留情。

转眼间，几个混混儿已经躺在地上哀号了，恭玉喘着气，拍了拍手，正要炫耀，脸色忽然一变：“小心！”

话出口，已经迟了。

吴越越的警觉心都放在几个混混儿身上，没有将吓得蹲在一边的周蓉放在眼里，所以根本没有想到周蓉会出手，在恭玉出声时，她只下意识地将白洛歆扯到背后，酒瓶直直打在了她脸上，从左眉到右脸，触目惊心。

空气一瞬间安静下来。

恭玉愣了，白洛歆愣了，吴越越也愣了。

只有仍举着半截儿酒瓶的周蓉，阴恻恻地大笑起来。

朱色的血顺着酒瓶前面尖利的部分一滴滴流下，吴越越茫茫然伸手摸了把脸，然后看着满手的鲜血，身子晃了晃，白洛歆这才反应过来，倒吸了口气，哇的一声哭出来，抱住软软倒下的吴越越大哭："越越！越越！"

警察局里，做完笔录的恭玉和白洛歆等着家人来领。

不过十来分钟，白家人都赶来了，白母一看见恭玉，就气不打一处来："又是你！你又做了什么！你对洛歆做了什么！"

恭玉看了她眼，没有说话。

被无视的白母更是气愤，扑上去就想要打恭玉，被白父和白老拦了下来后，还在骂骂咧咧："我就知道你这种败类早晚会进局子里！有人生没人教的野种！"

"行了秋君！"

"安静安静，注意点，这里是警局，要吵要闹去外面！"警察不满地拍了拍桌子，递过来本文件，"签了这个，就把自家孩子领走。"

警察四下张望了下："这位男同学的家长呢？"

周围没有人应声，白奶奶轻轻撞了下白老的手肘，示意他出声，白老看着坐在长凳上的恭玉，叹了口气，没有作声。

这时候，一个小警察跑了过来，行了个礼，说："报告，刚才裴老来了电话，意思是，打架斗殴，该关多少天就关多少天。"

警察往恭玉那儿看了眼，点点头：“行了，把他带走。”又转头对白家众人道：“你们可以走了。”

“洛歆我们走。”

白母自然地去抓白洛歆的手，拉了拉，却没有拉动。

“洛歆？”

“我不走，”白洛歆抬起头，抽开了自己的手，盛满泪水的眼里满是歉意和倔强，“不是恭玉的错，惹祸的是我。”

如果不是她那么笨，就不会中了周蓉的圈套，去器材室，就不会发生之后的事情了。

白母瞪大眼：“你说什么胡话呢？”

白奶奶静静地看着白洛歆，有一些意外，她这个孙女，因为容貌上的缺陷，从小就被一家人保护的太好，儿媳更是以自己的方式溺爱囚困，以至这孩子从来没有自己的主见，说好听点是听话，难听点就是软弱。

而像今天这样，明目张胆的反驳她的母亲，还是头一次。

“是我招惹了别人，恭玉和吴越越都是因为我才出的事。”

提到吴越越，白洛歆忍不住哭起来：“妈，我要去医院，吴越越受了很重的伤，我要去看她。”

白家人都有些震惊，白母更是将白洛歆反常的现象归咎于恭玉，觉得定是女儿跟恭玉走近了，在恭玉的教唆之下，才会变得这么不听话，于是，咬牙切齿地攥紧女儿的手：“我就不该同意让姓裴的一家住进来！自从那小子来机关大院，都惹了多少祸了？两手都数不过来！从来都只有他招惹别人的份，谁见过别人主动招惹他了？他给你灌了什么迷魂汤让你跟着他一块儿撒谎，他有娘生没娘教，你妈我还好着呢！白洛歆，你听好了，你哪都不能去！回家！好好反思一下你最近的行为！”

“妈！”

白洛歆几乎是被白母硬拖到车上的，无论她怎么哭喊求情，白母就是不为所动，一到家，就把她关进房间，反锁上门。任凭她如何哭喊，都不为所动。

后来她哭得累了，半眼皮重得不行，半梦半醒间，她听见门开开合合，叮铃哐啷上下楼的声音，有人在争吵，不时有玻璃掷碎的声音。

这注定是几个家庭都不能安眠的夜晚。

明华医院 VIP 病房里的人也一样，房里没有开灯，男人注视着病榻上缠着纱布的昏睡少女，目光冷冽，如同暗夜夜里的黑豹，低低在思考着什么。

有人敲门，男人沉沉应了声："进来。"

"陆先生，美国的林医生正在飞来江州的路上。"来人对他弯了弯身，又压低声音道，"周家的事情已经按您的意思处理好了。"

陆匪点点头，扬手示意："记得擦干净手。"

"是。"

病房里又安静下来，陆匪看着沉睡中的少女，戴着古铜戒指的手温柔轻抚过她脸上的纱布，不解的地轻语："那个姓白的小姑娘何德何能，让你如此护着她，可小月牙儿啊，你不要忘了，你的身体发肤都是我的，可不要为了不相干的人，随意轻贱了。"

黑暗中，昏睡的少女似乎梦见了什么骇事，眼皮不安地颤动起来。

因为裴老的特别关照，恭玉被拘了三天才放出来。

警官将他的书包递过去过去："你家人来接你了。"

恭玉站起来，随意将包往背后一甩，不发一语地往前走。

"你一个学生，就不能好好背书包？"警官看不过眼他痞里痞气的样子，刚一扯住他的手，恭玉就嘶了声，额头瞬间布了层汗。

警官久经沙场，一眼就看出不对劲，撸了他的袖子，袖子下，又红又肿的胳膊泛着青紫，警官皱眉，问："这是你打架时受的伤？"

"关你屁事。"恭玉翻了翻白眼，将袖子重新扯了回去。

警官打量了他眼，目带赞赏："你这小子也是硬气，这么多天，也不哼一声，等出去了，让你家人赶紧带你上医院接好，别整坏了胳膊。"

"家人？"

恭玉轻轻嗤笑了声，头也不回地往外走，一出大门，就叫久违的阳光刺得睁不开眼。

裴家的车已停在警局外头等候，裴老摇下车窗，狠狠瞪了恭玉一眼："快给我上车！"

恭玉眯着眼望过去，慢悠悠地走过去，又慢悠悠上了车，刚一坐稳，脸上就挨了一巴掌。

"混账东西！"

裴老下手重，啪的一声，恭玉半边脸眼看就肿了起来。

恭玉哼都没哼，静静地正回头，看着裴老，道："打完了？打完了就让人开车，你不是最好脸面，在这里，可是有很多双眼看着你呢。"

裴老被戳到要害，气得满脸通红，转头吩咐司机："开车！"

车刚一开出警局，裴老又骂了起来："你什么时候能学着好！你爸爸，你哥哥，哪一个像你这样，成天惹祸！"

恭玉露齿一笑："反正在你眼里，只看得到我的不好。"

人都是只信自己的第一印象，第一眼就讨厌的人，怎么能看顺眼，那么，永远就只能看见他身上的不好。

解释就是狡辩，不如便将这个人当作狗屁，莫要影响了自己的心情，人生不如意十之八九，若不能让自己快活，那未免太对不起自己了。

恭玉一副云淡风轻、无所谓的态度让裴老一口气噎在心口，半晌儿说不出话来。

恭玉懒得理他，靠在车窗上，闭目养神，受伤的胳膊一阵阵作痛，他皱起眉，因为痛而清醒的大脑里，满是那日抱着吴越越崩溃痛哭的白洛歆。

小白……

他真的真的，很担心她。

不知过了多久，车子一个颠簸，恭玉睁开眼，看见车正驶进阔别了几个月的裴家大门，看见他的疑惑，坐在一旁的裴老道："因为你，我都没脸去见几十年交情的老友了，以后，你不许靠近白家半步！"

裴家内部的重装还未结束，裴老为防恭玉继续惹祸，索性让恭玉和他睡同一间屋里。

这天夜里，裴老的鼾声震天，而睡在另一头的恭玉却因为胳膊痛得睡不着，痛到实在受不了，恭玉摸索着爬下床，去洗了个冷水澡，回来时，他看着床上依旧鼾声震天的裴老沉默了会，然后，一步一步，小心的，朝门外退去。

出了家门，他的目的地很明确，白家的后墙。

带着白洛歆偷溜多次，两人早就有一套自己的暗号，果不其然，他在树下学着猫叫了两声，三楼的窗就被推开了一扇，露出那张丑丑的、特征明显的小脸。

恭玉弯起眉眼，笑了，那块压在自己头顶上好些天的乌云，也一下子被吹散了。

"恭玉！"

女孩儿憔悴的脸上满是惊喜，继而又做错事般捂住嘴回头，两人静了好一会儿，才重新转过头，刻意压低的声音难掩激动："你你你什么时候回来的？"

她知道他被裴爷爷特地交代关进了拘留所，而裴爷爷也在那天夜里搬出了她家，恭玉随性惯了，她本以为他不会主动来找她，可是这个人，次次都不按常理出牌。

“今天，怎么，想小爷啦？”恭玉仰着脑袋，笑呵呵地冲她抛了记媚眼。

白洛歆的脸红了红，一时不知道该怎么接话，支吾了半天，突然想到了自己心里的要紧事：“恭玉，你能不能带我去看吴越越，我被我妈禁足，吴越越流了那么多血，我很担心她。”说到这里，白洛歆的眼眶又红了。

恭玉做出一副无比震惊的模样：“我说小白，你跟我在这树上爬上爬下了那么多次，还能被禁足呢？我都白教你了？”

白洛歆瘪着嘴，可怜兮兮，老实道：“没有你在，我不敢……”

这几天，她确实恶从胆边生，推开了窗，甚至跳到了树枝上，可一看树枝与地面的距离，她就怂了，唯有继续缩回房间做她的“囚犯”。

恭玉心里莫名涌上一片美滋滋的味道，咳了咳，嘴里嫌弃道：“看来没有我，你是成不了大器的。”然后，无比灿烂的笑了，一双桃花眼炯炯闪着光，说，“那你还等什么，来吧，咱们早去早回。”

白洛歆露出几日来第一个笑容，重重点了点头。

一切都如往常，从她的房间到树上，这一路他看着她走过数十次，而今天，不知是不是因为太想见到吴越越，还是因为在树下的他给了她勇气，她走的尤为顺畅，转眼就到了树干处。

最后一步，她跳下来，他接住她。

每一次，他都能准确、安稳地将她接在怀中。

这一次，她也相信他，没有半分犹豫地跳了下来。

女孩儿前倾的姿势中，恭玉却瞪大了眼：“等……”

他被重新见到她的喜悦冲昏了脑袋，忘记了疼痛，忘记……自己的胳膊还受着伤，根本无法抬起来。

可来不及了，他只能眼睁睁地看着她的衣角自手心滑过，然后重重摔在地上。

这一切，就发生在眨眼之间。

他根本什么都做不了，身体像被寒冷的冰水浇过，每一个毛孔都炸了开来，僵硬无比。

他忽然想起第一次带着她离家，她树袋熊一样抱着树干，不敢下来，于是，他诱哄她："别害怕，我会接着你。"

可他做了什么？

他辜负了她的信任。

江州的秋，风冷冽而汹涌，油桐树下一片枯黄，面朝下的白洛歆蒙了好一会儿才有动静，用力撑着自己抬起头，脸上一片潮湿麻木的感觉，有什么东西正在不停往外涌着。明明灭灭的灯光中，碎石铺陈的地面上，不知何时落在这里的碎玻璃片闪着骇人的红光。

视线里，少年满脸自责痛苦的模样，身体里某个位置忽然清晰地疼起来，她张了张嘴，想要告诉他，她没事，她一点儿都不痛。

可事实却是，她一张嘴，便呕出一口血来。

少年的瞳孔怵然放大，灵魂像被这一口血拉回体内，他目之所及的一切，统统变成了炙人的红色，他突然大叫起来。

"白爷爷！白叔叔！开门！开门啊！"

白洛歆愣了，她从未敢想，永远张扬阳光的他会发出这样绝望的声音。

恭玉声嘶力竭的声音不仅吓到了白洛歆，也划破了大院平静的夜，惊醒了睡梦中的人，最先跑出来的白父看见趴在地上一脸血的女儿，转身给了恭玉一巴掌，抱起白洛歆就跑。

"快！快叫救护车！"

"怎么了怎么……啊！洛歆！"

白母的尖叫声中，越来越多的住户亮起了灯，纷纷跑出来看情况，触目惊心的一幕，让大伙儿一时间议论纷纷。

裴老听到动静也跑出来了，惊醒时没有看见恭玉他已是预感大事不妙，而当他看见白父怀中满脸血的白洛歆，又看了眼脸色煞白的恭玉，顿时明白了什么，几步跑了过去，狠狠一脚踹倒了跟在后面的恭玉，浑身颤抖着指他，怒不可遏：“你这个孽障！孽障！”

恭玉被踹倒在地，受伤的胳膊重重与地面撞击，大脑一阵嗡鸣，他趴在地上，咬紧牙关，脸上青筋暴起，痛的直抽搐，即使努力咬碎了牙，口腔里一片血味，他却怎么也站不起来了，他只能再一次的，眼睁睁看着，什么也做不了。

在那个比白昼还要喧嚣的黑夜里，他看着离他越来越远的白洛歆，怎么也不会想到，当他再一次见到白洛歆，竟隔了七年的时光。

这个秋日的夜，似乎比往年的任何时候都要萧索，随着白家一家人的离开，大院里围观的众人渐渐各自回了家，夜似乎又归于平静，只有跪在白家大宅前的少年低垂着头，没有半分动静，就像一座石刻的雕像。

裴老背着手来来回回走在门口，不时眺望几步之外的大路，似乎在等待什么。

一直到东方泛起鱼肚白时，大路上缓缓开进来一辆车。

裴老赶紧迎上去，而雕像一样的少年也终于有了动作，冻僵的身体动了动，微抬起头，看向车上陆续走下的白老夫妇和白洛歆的父亲。

等了一夜的裴老面露歉意：“老白，我……”

白老满脸疲惫，脚步未停：“进去说吧。”

走到门口，白老顿了顿，侧头看向恭玉，冷冷道：“你也进来，你是成年人了，你的错误，得你自己担着。”

恭玉冻了一夜，半天站不起来，跟在后头的白奶奶见状，终究是心软，上前拉了他一把，这一拉，心思细腻的白奶奶便瞧出了他右手的不自然下垂状态。

“你的手怎么了？”

“不小心碰了下，没事的。”恭玉侧过身，轻描淡写。

进房时，裴老正在询问白洛歆的情况。

“做了手术，脱离了危险期，最严重的是脸上，已经联系了美国的皮肤修复科专家。”

白老淡淡几句，已经说出了事情的严重性。裴老一时不知该如何接话，刚好看见恭玉进来，便指着一旁厉声喝道：“在这跪好了！你洛歆妹妹要是出事，你也吃不了兜子走！”

空气安静的可怕，几人各怀心思沉默着。直到机关大院的保安送来了监控录像带，一行人坐在电视前，将事情经过看了个完完整整。

白老的脸色愈发肃穆阴沉，一眼就看出了问题所在，监控上这两个孩子的表现太过于轻车熟路，并不像第一次。

他和面色同样难看的裴老对视了眼，对一旁的保安道：“把这两个月的监控，都拿过来。”

“好的！”

保安很快便取来了监控，白老翻了翻，从恭玉搬进白家的那一天开始看，几盘带子看下去，几个人的面色都难看到了极点。

“荒唐！”

白老按下了暂停键，看着恭玉，一字一句道：“恭玉，你怎么解释？”

“还解释什么？一个成年男孩儿，诱拐未成年女孩儿离家，能是什么！”

“叔叔，”恭玉直起腰板儿，打断义愤填膺的白父，“洛歆是你女儿，你再怎么气我，也不能这样怀疑她，她不喜欢大提琴，不想练琴，我只是让她遵从自己的内心，做她自己喜欢的事。”

监控上，每次两个孩子的确都是在白洛歆练琴的时候溜走的，白奶奶皱了皱眉，问：“你说她不喜欢大提琴？”

恭玉抬头看了她一眼，轻轻点了点头。

“她喜欢的事？她是我的女儿！你凭什么以为你比我还了解她的喜好？”白父越说越气愤，拍着桌子站了起来，“你还有理了还？”

“我……”

恭玉还想辩解些什么，被冲过来的裴老一巴掌打在脸上：“你不告知大人，就这样偷偷摸摸带她出去还有理了？”又转头向白家众人道，“对不住了各位，这次的事情我绝不姑息，一定给白家一个满意的交代。”

白老沉默了，他皱着眉，细细端看着恭玉，半晌儿才开口：“即便我们相信，那别人呢？这机关大院这么多号人今晚可都看见了，你让别人心里怎么想？洛歆以后，还能不能在这个地方清清白白地活着？”

恭玉沉默了，白老的话并不是随便说说，今晚，他确实也听见了闹哄哄的人群里有人窃窃私语。

“怎么流这么多血，是不是流产了？”

“对啊，你看那不是裴家的私生子吗，住在白家好几个月，前几天不知道为什么白家吵了一夜，裴老当夜就搬出去了。”

“对对对，我听说了我家孩子说了，白洛歆和恭玉好几天没有去上学。”

“这俩孩子不会早恋偷食禁果了吧？”

人言可畏，是他从小就知道的事。他自己虽有身正不怕影子斜的骨气，可也仍是要活在这个言论如刀的社会里。人是群居型动物，他是孤家寡人，可以无所畏惧，可小白呢，小白怎么办……

想到那个自卑敏感的爱哭鬼，有个声音忽然在体内问起了自己，他为什么在意着她的心情喜好？为什么喜欢和她待在一起？为什么偏偏是她？

他在心底，认真地问着自己。

而答案，是显而易见的。

这一瞬间的清明，竟让他忽然轻松起来。

他扶着膝盖站了起来，环视每一张或愤怒或羞愧的脸，一向玩世不恭的脸上难得有了认真的神色，他一字一句，声音铿锵：“白爷爷、白奶奶、白叔叔，如果你们担心的都一一应验，那么，她若愿意，我便娶她，她若不愿意，我便一生不娶，守护在她身旁，即便是以兄妹之名。”

少年竖起两指，举过头顶，掷地有声。

“我恭玉对天起誓，如有违背，我便一生孤苦，不得好死。”

Chapter-6

破茧

〔“你知道木曼陀罗的花语吗？”

“为你冲锋陷阵，为你乘风破浪，你身边一切的灾祸都是我的天敌，我会保护你，至死方休。”〕

这是中缅边境的闭塞县城，造纸厂位于县城最偏僻的区域，背靠一座小山，爬到山顶就能看见如蛇一般蜿蜒绵长的湄公河。

此时已是深夜，造纸厂如往常般一片漆黑静谧，而离造纸厂不远的蒿草丛里，有两个身影窸窸窣窣的嘀咕些什么。

李达再次检查了背包里的隐蔽设备，向一旁猫着腰的女孩儿道："小白，我这心跳，怎么跳这么快？"

女孩儿回过头，文静地笑了笑："第一次都这样的。"

"……"

谁还不是第一次啊。

李达一口气憋在喉咙管，上也不是下也不是，脸色憋得通红，这个白洛歆和他一样，是今年的应届毕业生，两人在一堆应聘者中过五关斩六将，终于进了江州知名媒体《朝闻夜谈》的社会新闻部。

实习第一天，部长就给了他们实习任务：出一篇占据新闻头条的报道，否则，自行请辞。

连老员工都难拿到的头条，让他们这两个新人去做，这不是强人所难是什么？

他们为此犯愁许久，最后好不容易在网络论坛找到一家造纸厂污染的新闻线索，于是，他们跋涉几千里，来到了这个小城，装扮成美术学院的写生学生，悄悄调查污染事件。

但这造纸厂大约是做贼心虚，一个月下来，他们愣是没有发现一点儿有用的线索。

直到几天前，他们在大排档吃饭时偶然听见一个醉酒的船工说造纸厂的老板用一笔丰厚的报酬在今夜租了他两条船。

李达和白洛歆一听，便相视一笑，夜黑风高时要办的事，一向不是什么好事。

于是，今天黄昏，他们就躲到了这片蒿草丛里，守株待兔。

“来人了！”

白洛歆低低喊了声，李达回神望去，造纸厂外零星有几人四下张望，接着，又有十数人鱼贯而出，抬着两个大箱子，往山顶而去。

“他们这是做什么？”李达用口型问。

“不知道，先跟过去看看。”白洛歆摇摇头，将身形压的更低了些，就要往那些人身后跟去。

“等等，这、这不会是什么邪教组织吧？”李达拉住她，有些腿软了，如今这地段这时间，简直符合杀人越货的天时地利人和，不由吞了吞口水，结巴道，“要、要不还是、还是算了吧小白，我、我家三代单传……”

白洛歆回头看他，脸色有些微微怔，然后一反常态地笑了，她朝他伸出手，温声道：“把器械给我，你在这等着，我身形小，跟在后面不容易被发现，而且我们不能都跟过去，万一真有什么事，还得留一个人叫外援么不是。”

没等李达说话，白洛歆便扯下他的背包，利落地系在自己身上：“三个小时后如果我没下来，你就报警。”

说完，就猫着腰，借着蔓延至山的蒿草丛，往山顶去了。

不知道走了多久，当白洛歆的腿酸痛不堪时，造纸厂的人终于停了下来，夜色中，白洛歆隐约看见不远处波光粼粼的河面停着两条渔船，而下一秒，人群迅速变成两列，拉着绑在渔船上的绳子，将渔船拉上了岸。

“开箱检查。”

造纸厂老板拿着手电，大声吩咐道。

人群里立刻闪出一人，几下撬开自山下带来的箱子，随手拿起一包白色粉末，撕开，抹了点在指尖，贪婪一吸，眉开眼笑：“是好货。”

这一串熟练的动作，让躲在草丛里的白洛歆傻了眼，不由倒吸了一口气，她这是瞎猫碰上死耗子了？

这伙人居然是打着造纸厂的幌子贩毒？

“很好！兄弟们，干活儿！”

造纸厂的人拿出电焊等工具，开始将装满毒品的箱子焊死再焊接在船底下。

白洛歆兀自冷静了会儿，从背包里掏出社里配备的夜视照相机，对准方位按下快门键。瞬间，白色的闪光灯咔嗒一下照亮了整片河滩。

“有人！”

手电灯光打过来，举着照相机的白洛歆就那么傻了眼，她简直欲哭无泪了，李达这个蠢货……检查了这么多遍设备，居然没有关闪光灯……

不待她多想，几人便冲上前，拎小鸡一样将她自蒿草丛内拎了出来，毫不怜香惜玉地丢在地上。

白洛歆她到底是个女孩子，直面穷凶极恶的毒贩时，也禁不住头皮发麻，会想，自己是不是要被灭口了。

念头刚一出现在脑中，一杆枪就对准了她的方向。

“妈的胆够肥！”举枪之人狠狠咒骂了声，扣下扳机，眼看就要开枪，一只手握住了枪筒。

“在这里搞出人命你是不是傻，给老子丢进货舱，开出中国境内，再杀了丢河里喂鱼！”造纸厂老板阴沉沉地下令，手下立刻过来，几下就将白洛歆绑起来，扔进了渔船的货舱。

白洛歆被扔下来时撞到了阶梯角，湿热的血即刻顺着头流了下来，她躺在一堆鱼虾上，闻着血和鱼虾的腥味，痛得将头蜷到了膝盖处，巨大的耳鸣声中，她害怕地哭了出来。

她就要死了吧？

可她怎能这样轻易死掉，她好不容易才走到今天，只要成为《朝闻夜谈》社会新闻部的正式员工，她就有机会去调查当年的那件事，还吴越越一个清白了。

砰——

突然的枪响吓了白洛歆一跳，她惊恐地抬头，这才惊觉，外头电焊声不知什么时候停了，而接下来，撞击声、枪声、惨叫声，交织成一片，隔着厚厚的甲板模糊不清地传进她耳中。

她从前看过不少港剧枪战片，实在不敢去想象外面发生了什么事情，害怕地将自己藏在了船舱角落。

外面的声音渐渐安静下来，死一般的寂静后，舱口忽然传来一道比一道大的撞击声。

白洛歆打了个颤，眼泪还含在眼里，抬头望向舱口。

哐啷一声后，舱门被人整个掀了起来，如同黑暗中突然出现的光幕，白洛歆只见一个瘦高人影跨了进来，手里端着一把长枪，他在门口停顿了下，似乎在搜索着什么，片刻后，他目的明确地向着白洛歆所藏的角落走了过来。

一步，两步，三步……

白洛歆绝望地抱头闭上了眼。

“哟，还知道害怕呢？”

白洛歆微微一怔，她已经很多年没有听见这样痞气十足却又让人莫名安心的语调了，心中的恐惧瞬间消失大半，她慢慢掀开眼皮，一双黑色的皮靴首先映入眼帘，视线往上，是一身黑色劲装，胸前黑色作战背心上印着鲜艳的五星红旗。

中国军人。

白洛歆悬在胸中的大石头自此算是完全落了下来，吸了吸鼻子，结巴道：“你……是来救、救我的吗？”

“显而易见。”

男人戴着单孔套头帽，只留一双上扬的眉眼在外，看着她的眼神有些不悦。

“虎鲸虎鲸，我是弹涂，人质已找到，状态清醒，我现在就带她下去，over。”

男人微低下头，对着左肩上的步话机说道，他是特警队员，中缅警方早就注意到了这伙打着正经商人的旗号实则私贩毒品的毒贩，秘密联合调查了近两年，终于准备收网，他们飞鱼小队是被政府特派前来支援这次行动的，一行十人打头阵，埋伏在河岸边，从天亮等到天黑，看着这伙毒贩进了他们设下的天罗地网，当然，也看见了意料之外的人，一个鬼鬼祟祟的女孩儿，做贼似的出现在他们前方不远的蒿草丛里。

当闪光灯照亮河滩的那瞬间，他和其他九人愣是吓出了一身汗，幸好，这姑娘没有乱跑，否则，毒贩肯定会发现就在她身后不远的飞鱼小队，后果将会不堪设想。

想到这里，他不免多打量了下这个差点儿坏事的姑娘，普普通通一张脸，半边稀稀拉拉被未干涸的鲜血染红，触目惊心，他莫名就觉得心口一疼。

这种疼痛很奇怪，也很遥远，他已经很多年没有感受过。

他觉得今夜的自己有些奇怪，也许是这姑娘故作坚强的样子让他想到心底那个有些自卑的小女孩儿。

然而这种情绪是不适合出现在今夜这种紧张的缉毒行动里的，他用力闭了闭眼，再睁开时，便移开了视线，转移话题道："我现在带你出去。"

他俯下身，开始解白洛歆身上的绳子，两人一时间靠得极近，白洛歆只微微垂下眼皮，便能看见他扇子一样的睫毛，不知道是不是由于对方是军人的缘故，她觉得很有安全感，忍不住小心翼翼地舒了口气。

解绳子的手微微一顿，男人抬起头，视线与她撞在一起，大约是想到了什么，眼神一瞬间变得有些恍惚，白洛歆亦有些怔忪，因为就是这一瞬间，她似乎在那深邃冷毅双眸子里看见了无尽的柔情与愁思。

然而，只是一瞬间，他便恢复如常，动作利落地解开缚住她的绳索，扶着她的胳膊站起来："能自己走吗？"

白洛歆还有些怔，顺着他的话点了点头："啊？哦……可、可以的。"

男人突然道："你这呆头呆脑的样子，还真像我认识的一个人。"

白洛歆随口就问："谁？"

男人低低笑了声，却没有再搭话，领着她向舱门走去。

直到站在甲板上，白洛歆才发现原本空旷的山间河岸已停了几辆越野车，明晃晃的大灯将附近照得有如白昼，数十名公安干警正押着已被制伏的毒贩往车上走。

男人站在甲板上，同分散在河滩上与他同一装扮的特警打了个手势，并没有急着下去。白洛歆虽有疑虑，但不敢多问，老实地跟在男人身后一臂之距。

直到押送毒贩的最后一辆警车驶离，男人才有了动作，一边摘下自己的头罩，一边回头唤她："收工！我们可以下去了。"

清隽的五官就这么突然地暴露在山野间，也清清楚楚地印在白洛歆怵然缩紧的瞳孔上。

其实今天这一整天天光都算不上晴朗，白日里的阴云一直持续到日落，可在此刻，山谷骤然刮起的风吹开遮住月亮的阴云，银色月光把河面照得像一条白色带子，四面的嘈杂如烟般落定，一片寂静中，白洛歆张了张嘴，却没有发出声音来，口鼻间属于成熟男人的味道让她忽然有种眩晕的感觉，越渐模糊的视线里，她恍似看见了一只蝴蝶，扑棱着翅膀，一点儿一点儿，在两人之间盘旋飞舞。

面前被军装包裹的英姿飒爽的高挑儿男人不断与记忆中的少年重叠，那个笑起来张扬轻狂的少年，坐在盛夏被炙烤得滚烫的栏杆上，张开的掌心停着一只蝴蝶。

他笑着对她说："你嘴角的胎记，很像一只蝴蝶。"

一别经年，你有多遥远，我有多想念。

"你怎么了？"

这姑娘的眼泪几乎是一瞬间掉下来的，没有声音，顺着脸颊噼里啪啦地就落了下来。

恭玉有些发愁，他知道自己长了副好皮囊，不说万人迷了，千人迷还是有的，见过他的女孩儿中，有看着他就花痴傻笑的，也有看见他就脸红结巴的，但看着他掉眼泪的还是头一回。

“恭玉，什么情况，怎么还不归队？”

队长眼看船上的俩人迟迟未有动静，便过来看情况，一看见白洛歆的样子，尾音弱了下去，转而对恭玉使了个略显严厉的眼色。

恭玉接收到这眼神里的信息，无奈地翻了个白眼：“我说老大，你这什么眼神，又赖我了不是？我是那种……哎哟！”

话还没说完，屁股上就挨了一大脚。

“我还不知道你小子？用脚趾头想都知道你又说什么阴阳怪气的话来酸人家了，”队长斜觑着恭玉，“去！把车开过来！小姑娘受伤了没看到吗？赶紧送人去医院。”

恭玉一手捂着屁股，一手敬了个军礼，委屈巴巴地皱着眉眼：“是。”

转身，却感受到衣摆处突然拉紧的力道。

恭玉转过头，盯着那只攥着他衣摆的小拳头看了一会儿，嚷嚷：“唉，队长你看见了啊，是她先动的手。”然后，不耐地歪了头，问向小拳头的主人，“我说这位妹妹，你又怎么了？”

眼底尽是陌生与疏离。

白洛歆的手指微微颤抖，鼻子便有些酸，她轻轻松开了手。

“没……”

他不记得她了。

他曾和她说过的，他有些脸盲，所以，大部分人在他眼里都是一个样的，现在，他看她的眼神，就和他看那些路人时一样的。

可是白洛歆想，他不记得她，这样也好，有的人相认了又如何，左右不过是生离或死别的下场，不如就在各自的天空里各自安好，于是，她眼里还含着未干的泪，却垂了头，浅浅笑了笑：“就……谢谢你。”

恭玉望着她的眼，莫名就有些心烦意乱，胡乱应付：“我去拿车。”

越野车载着二人，在静谧的山谷间行驶。

路过一条山涧，飞越过去时，强烈的颠簸差点儿让车滑出去，把握方向盘的恭玉好不容易稳住方向盘，抬眼瞥向后视镜，却是一愣，黑洞洞的车内，女孩儿靠着后垫，长发垂下来，遮住了脸，他看不清她的表情，却隐约有种感觉，她在哭。

他一生见过很多眼泪，却独独见不了这种隐忍的眼泪。

比如他第一次见着小白哭时，她就是如这陌生姑娘一样，哭得隐忍又悲伤。

可是小白，他的小白，他找不到她了。

心里一阵钝痛，恭玉别开眼，踩下油门，越野车轰的一声如箭离弦，像是要宣泄所有不甘与痛苦。

这一路到医院，俩人没做过多交流，一句“到了”，一句“谢谢”，便分道扬镳，一个往东，一个往西，像两条永不交汇的平行线，融化在不同的黑夜里。

候医时白洛歆透过医院的落地窗又看见的恭玉，他的车停在路边，他则站在路灯下抽烟，似乎是有什么烦心事，一根接着一根，烟雾在昏黄的灯光下缭绕。

“白洛歆。”

不知过了多久，护士出来叫号，她念念不舍地又看了眼路灯下笔挺的身影，垂下眼，跟着护士进了诊室。

等白洛歆处理好伤口从医院下来时恭玉已经不在了，她走到他方才待过的路灯下，空气里似乎还有些许未散的尼古丁，地上有烟头，还有一包揉搓成一团的烟盒，白洛歆将烟盒捡起来抚平，那是一包云南茶花烟，白色的简约包装上，写着一行诗：与君初相识，犹如故人归。

这天夜里回到住处的白洛歆梦见了恭玉。

自打奶奶去世后，她已经有很多年很多年没有梦见他了。

梦里他一身单衣薄裤，站在深夜大雪纷飞的路灯下，冻得直跳脚，不停往楼上紧闭的窗户张望，那窗户拉了厚厚的窗帘，白洛歆就站在那后面，指尖挑起小小一道缝，深深注视着他。

她看着他的眼神，从神采奕奕变得暗淡无光，她的心脏像被人不断地握紧，疼到连呼吸都是累赘。

后来夜深了，静了，天也更冷了，她在屋内，都能听见狂啸的北风，席卷着这世上最后一点儿温度。

他似乎冻得有些神志不清了，将自己抱成一团，靠着树干，絮絮叨叨似乎是在说些什么话。

她屏住呼吸，极好的听力下，她听见了他在胡言乱语些什么。

“小白，好久不见，你有没有很想我啊。”

“小白，我是恭玉，你有没有忘记我？”

“小白，十八岁生日快乐啊，这是小爷我特意给你弄来的礼物，你、喜不喜欢……”

“小白……你这个白痴，是不是不会写回信啊。”

白洛歆捂着嘴，难受地哭了出来。

再后来，他连声音都没有了，栽倒在雪地里。

她的大脑一顿，转身就要冲出去，可刚打开门，就被不知在门外站了多久的奶奶给拦了下来。

“他能爱一个人成痴，便能恨一个人成魔，你说，他要是知道裴睦的死因，你、你们、哪一个，还能安生地活下去？”

奶奶用力握着她的手，和她说了很多话，可她只记得这一句，成了她一生的梦魇。

梦里的画面一转，变到了被大火包围的裴家祠堂，他和她靠坐在一起，呼吸渐渐微弱，他说：“他是我哥哥，我很爱、很敬重的哥哥。”

然后，砰咚一声，她跌入深不见底的水里。

浑身都是水压所致的剧痛，迷迷糊糊间，她看见有人破水而入，将她举出水面。

白洛歆大喘了口气，从梦中惊醒，她抱着自己抖得像个筛子，敞开的窗户外，月亮已经被完全遮住了，雨悄无声息地落下来，一夜未歇。

这天晚上，李达并没有回民宿，白洛歆打了一夜他的电话，都是不在服务区的状态，到了第二日晌午，电话依旧是无服务状态，白洛歆这才开始急了。

她穿着雨蓑去了昨夜两人分手的蒿草丛里，又去了县城唯一的长途车站，都一无所获，白洛歆越想越觉得心慌意乱，转头就去了当地了警察局报警。

白洛歆挑拣着说了半夜去山上的事情经过，话里省略了与抓捕毒贩有关的细节。

“你说你们是记者？”

“是的。”

“哪个社的？有工作证吗？”

“有的，给。”

负责的警察拿着两人的工作证反复看来看去，又走到远处去打了个电话，在这期间不时朝白洛歆看几眼，过了有好一会儿，才回来同她道：“你跟我来一下。”

“我跟你们领导确认过你们的身份了，这事闹得有些乌龙，”路上，警察简单地向白洛歆说明了情况，“昨晚我们的干警在抓捕一伙穷凶极恶的罪犯时看见你那位同事在附近鬼鬼祟祟的徘徊……就把他当同伙一起押来了，他说什么吧也都当他是诓人的。”

白洛歆尴尬地客套：“对不起，是我们给你们的工作添乱了。”

警方为防止毒贩串供，将这批抓来的人都是分开关押在单间拘留所。

缩在角落里的李达一看见进门的两人其中一个是白洛歆眼泪就出来了，一个大男人，哭得话都说不清，白洛歆连忙过去扶他，一边拍着他的背安抚，一边竖起指放在唇边说了一句嘘，就拉着他走了。

直到出了警局外，白洛歆才松了口气，刚要开口，李达就哇的一声哭了出来：“小白，我他妈真不是个男人！怎么就让你一个女孩子深入险地，你吓死我了你，你要是出了什么事，我这辈子还怎么活啊！”

原来他是因为这个才哭的啊。

一个痛哭的男人实在是焦点，眼看围观的视线越来越多，白洛歆连忙安慰他：“我这不是好好的么，你、你别哭了。”

李达抹着眼泪，拍了拍胸脯道：“小白你放心，以后你就是我妹子，我罩你一辈子，有我一口吃的就绝不会饿了你。”

白洛歆有些恍惚，万物的发生总有巧合，总在不经意间，让过去和现在交汇在一起，而这一瞬间，李达的话让她深埋在记忆力的那个画面骤然清晰起来，那个躺在市明华医院病床上信誓旦旦对她说要罩她一辈子的少年，就好像在昨天，这么近，又那么远。

她微微叹了口气，抬头看见李达竟越哭越伤心，赶紧又安慰了几句，见他仍旧没有好转，自己也实在没有法子，四下看了眼，便冲着街对面的小摊儿转移话题道："唔，我肚子饿了，你请我吃炸串吧。"

"好！"

还未走过马路，一群刚放学的小学生就争先恐后的围到了炸串摊儿前，本着先来后到的原则，李达自觉在后面排起了队。

白洛歆站在人群外面等他，雨越下越小，到此时已是蒙蒙细雨，白洛歆脱掉身上的雨蓑，甩了甩水珠，上扬的余光里，就那么猝不及防地看见了刚从警察局里走出来的男人，明明长身玉立，却非得抻着一只脚站得歪歪扭扭，冲送他出来的警察点头哈腰，狗腿十足，但一转身，便换上一副吊儿郎当的表情，痞里痞气地揉了揉鼻子，双手插兜地蹦跶进了雨雾中。

这任谁看了都是一个被拘留刚放出来的市井混混儿。

不同于昨夜的英姿飒爽，换上便装的他，白色卫衣黑色五分裤，一双人字拖，慵懒随意，还带着少年的张扬狂傲。

她记得好多年前，他夜夜带着她翻树逃家的那会儿，带她去了好多地方，什么小吃街、庙会、游乐场，他好像认识全世界的人，总有人来跟他打招呼，说着她从未听闻过的，光怪陆离的世界，那个时候，他在前面走，她在后面小心翼翼地跟着，踩着他的脚印，生怕自己一不留神，会丢了他。

白洛歆没有发现，此时的她正在重复少年时的举动，等到发现，自己已经跟在他身后走了好长一截路。

"小白！你怎么自己走掉了。"

追过来的李达一把拍在她肩上，白洛歆恍惚回神，还未来得及作何反应，视线焦灼处的男人却像是感应到了什么，突然转头朝她的方向看过来。

他回头的一瞬间白洛歆吓了一跳，连忙往李达身后躲去。

李达微微一愣："你怎么了？"

白洛歆觉得自己是糊涂了，对啊，她怎么了，她躲什么躲，这么多年过去了，昨夜那一面，他不是也没有认出她么。

可她还是控制不住的红了眼圈，心里一片苦涩。

她拉了拉李达的衣角，头几乎低到了胸口："没事，我们走吧。"

那边厢，隔着雨雾和人流的恭玉看着向着街的另一头走掉的两人，微微蹙起了眉。

他其实早就看见了她，在她跟着他身后走的第一步开始，他当兵多年，若没有这一点儿敏感的观察力，早就不知道栽几回了。

她在他身后跟着，却迟迟没有上前同他说些什么，这姑娘太过奇怪了，可他还来不及仔细揣摩出些什么，另一个男人的出现就打破了这场跟踪的游戏。

人流里，那两人的身影逐渐被掩盖，直至彻底消失。

恭玉的心里突然有种怅然若失的感觉，可失去的是什么，他自己也想不明白。

回到民宿后不久白洛歆就接到了部长的电话，他们俩惊动了警方，白洛歆不傻，她知道警察那么轻易放了李达，一定是和他们社里确认过了，他们俩干的事儿，社里大大小小的领导也应当都知道了。

"叫你们出个头条，你们还真在社里搞出个头条来，厉害啊，行了，你俩啊，把带的经费花完赶紧回来吧，别死撑着了。”

这可真是出乎她意料，老大居然没发火。

白洛歆的心情因此好了许多，吃了饭便和李达去客运站买了当日离开县城的大巴票。

他们去的迟，只买到最后一班，离开车还有很长一段时间，李达便拉着她去集市买礼物带回去。

今夜是下元节，又刚好赶上县城的七日集会，琳琅满目的摊位将集市唯一的道路几乎摆满，而人……白洛歆粗摸看了眼，咂舌地想，这县城的人没有生活压力果真是很会享受生活啊，这几乎半个县城的人都来了吧。

然而这副热闹的景象，在她生活的那个城市里，几乎是看不见的了。两人是头一次参加这样盛大的民间节日，新鲜感十足，一路大包小包买了许多东西，白洛歆还买了当地手织的白面纱，煞有介事的蒙在脸上，重温年少时光。

两人在湖心桥下被人流阻了下来，再往里，人叠着人，就很难挤进去了。

“小白妹子，这人太多了，要不，你在这拿着东西等我吧，”李达想了想对她道，有些不好意思地指着桥对面人群最拥挤处的花灯摊儿道，“我女朋友学民间艺术的，很喜欢这种花灯，我想买一个带回去送她。”

白洛歆笑着点点头：“好。”

县城与缅甸相交，夏天要比其他城市热上许多，风卷着热浪，将拥挤的人群吹得更加乱，白洛歆站在湖边，望着络绎不绝的想要从桥这头到那头的人们，忽然就想到大学第一年语文课，语文老师是个浪漫的人，让他们每个人用古诗来形容与心爱之人的初遇。

那一天刚好是七夕，她想到那年的白色油桐，迎着阳光拨花而来的少年，便脱口而出：“金风玉露一相逢，便胜却人间无数。”

满堂寂静，半晌儿后，老师鼓了掌，说：“人生得此一遇，虽死无憾。”

金风玉露一相逢，虽死，无憾……

砰的一声，有烟花在头顶炸开，人群一阵喝彩，不知谁带头嚷了声，人群全都朝着湖边涌去，白洛歆还沉浸在回忆中，愣愣被人流挤着往前，丝毫没有注意到再往前几步就是一片湖。

电光石火间，她被人猛地拉住手腕往回一扯，重重摔在一个温暖宽厚的胸膛里。

白洛歆吃痛地啊了一声，猛然抬起头，下一瞬，便彻底僵硬了身子，只愣愣看着几乎与她鼻尖贴鼻尖的脸。

那是一张雕工精细的狐狸面具，白色的底，红笔细绘，妖媚惑人，露在外面的一双眼睛，眼尾自然上扬，和面具上的红色眼线浑然天成，三分清隽七分邪气。

白洛歆知道那是谁。

心脏被撞了般重重跳了声，一时间，大脑万籁俱寂，白洛歆仿佛又看见了她人生里那个绝望的午后，从天而降的少年，让她乱七八糟的人生有了苟延残喘的理由，胸口忽地像被谁狠狠撞了一下，然后，就连同这方天地一起，又重重归于平静。

就在这样的平静中，她看见他的眼神瞬息万变，握着她手腕的手也不觉颤抖。

“小……白……”

他的嘴唇张了张，一字一句，瞳孔如地震般，晃动的厉害。

下一秒，他不由分说地就伸手去扯她脸上的面纱，她没有躲，清清楚楚地看见，那双眼睛里的流光溢彩，又慢慢被绝望和失落所替代。

“是你？对不起……我认错人了。”他的手沉沉垂下，似乎还未从大起大落间回过神儿来，愣愣转身，手里还紧紧攥着从她脸上扯下来的面纱，垂头丧气的模样，如针一般，轻轻扎在她的心口，模糊不清地疼了一片。

她何时见过他这般颓败的样子，她心中的少年，永远鲜衣怒马，永远意气风发，永远明媚张扬，他该有的千万种神采里，永远都不会是现在这副模样。

五感仿佛就在一瞬间回归，她的手动了动，做出了想要抓住什么的动作。

人是最善于撒谎的动物，一生可以骗很多人，却是怎么也骗不了自己的。白洛歆知道她再也无法掩藏自己的目光和想念，顺从了自己的心，喊出了那个在心里喊过千万遍名字。

“恭玉……”

“你怎么知道我的名字？”他怵然停步，慢动作一样转过身，狐狸面具后的眼泛着探究的光，将她从上到下，细细打量，“你到底是谁？”

“是我，”她忍不住抽噎了声，“我是白洛歆……”

是你一直放在心上的……小白。

恭玉仿佛没听清她的话，盯着她的脸看了好一会儿：“小白？你是小白？你怎么变成这样了？”

他上前一步，不由分说地捧住她的脸，狐狸面具朝她迫近，动作迅速地捏起她的左颊，扯了扯，拽了拽，望向她的眼底难掩震惊：“这里的蝴蝶呢？”

蝴蝶？

白洛歆愣了愣，原来，他是因为这个才没有认出她？

一瞬间，白洛歆有些啼笑皆非，吸了吸鼻子，同他解释：“那时候我从树上摔下来，伤了脸……治疗的时候，医生顺便修复了胎记……”

恭玉了悟般瞪大眼，原来如此，之前看见她时他的反常通通有了解释，难怪她虽然总让他有些异样的感觉，可他却因为一个胎记没有多去想。

直到这一刻，他才意识到，他已经很久没有见过她，她再也不是那个他妥藏在心里的自卑姑娘了。

这些年，他写的信全部石沉大海，他从炎热的西沙偷跑回大雪纷飞的江州却难再见她一面，他寻找多年用尽无数方法竟没有一人愿意告诉他她的下落。

他的小白就在他看不见的时光里，悄无声息地长大了。

他似自嘲又似开心地笑了声，抬头拍了拍她的头，一本正经道："还是有蝴蝶好看，现在啊，不是小爷我说，真的丑。"

"哪有……"白洛歆被他说的脸红，吸着鼻子，不服气地轻哼了声。

恭玉不由分说就摘下自己的狐狸面具，直接套在她脸上，扶着她的脑袋，左看右看，怎么看都很满意。

他的小白，才不要给别人看。

"我说什么来着，这样顺眼多了。"

他的动作很轻，扣住她后脑勺儿的掌心温热，迟迟没有放下。

曾以为再见她时的千万种情绪，不甘、愤怒、喜悦，在这一刻，全都变成了失而复得的温暖，柔情蜜意顷刻间就装满了整颗心。

还能再见，真好啊。

他说不出动人的情话，只想好好抱抱她，亲亲她，问问她，六年前，他在她家长辈前立下的誓言，她知不知道。

"小白，我……"

手机忽然响起，恭玉默了默，颇为无奈地叹了口气。

他今夜是偷溜出来的，他从小在街坊里长大，一向爱凑热闹，人越多他就越开心，也越尽兴，所以当他知道县城今夜有下元节集会时，便让队友给他打掩护，自己跑了出来。

也幸好他来了，才没有错过他的小白。

命运从来不会亏待有缘之人。

“恭玉！你快给老子滚回来！要开会了！！”

手机里，队长的咆哮声几乎吼穿了耳膜，恭玉皱着眉将耳机拿远了些：“知道了老大！”

挂了电话，他揉着耳朵侧过头，眼风里瞥见露在狐狸面具之外的两只烧红的耳朵，扑哧一下笑出来，又咳了两声，交代道：“我现在有事要离开一下，你在这里等我，不需要很久的，我很快就回来，你一定一定不要离开。”

他有太多的话想要问他，他也等了太久太久。

队友催促的口哨儿声响起，他知道自己不能再多留，更怕来不及，从口袋里掏出个小锦袋塞到她怀里，凑近她耳边，轻轻说了声：“十八岁生日快乐。”

这份迟了好多年的成人礼物，他替她留了许多年，总想着什么时候见到了，一定就要交给她。没想到，这一等，就等了这么久。

最后再看了她一眼，他转身隐没在人群里。

县城外的蜿蜒山路上，一辆大巴正在黑夜里安静行驶。

白洛歆和李达坐在最后一排的位置上，李达一上车就睡着了，车子一个颠簸，李达差点儿没倒她身上，她扶正李达，然后往里坐了坐，侧过头时，刚好看见车窗倒影的自己。

标准的M型唇，整齐的牙，怎么看……都还算顺眼。

真的，丑吗？

恭玉嫌弃的眼神在脑海里挥之不去，而她的心也因为想到他而慢慢揪了起来。

他叫她等她，他总会叫她心乱如麻，不能冷静思考利弊，可当他离开视线，她发热的大脑渐渐冷却，而奶奶的话适时地出现在大脑里。

“他要是知道了裴睦的死因……”

她忍不住打了个寒战。

她怎么会忘记，那日大火里，他说起裴睦哥哥时眼底除了悲伤，还有期盼。她知道，他看上去没心没肺从不把任何人或事放在心上，却要比谁都在乎“家”这个字。

而她毁了所有。

十一月的深夜，长途车内开了暖风空调，可白洛歆却仍旧觉得冷，仿佛有寒意侵袭到了骨头缝里，她不由自主地抱紧了自己，手里一直攥着的小锦袋因为这个动作掉在了地上，她捡起来，想了想，打开了锦袋，拿出里面的东西。

是一朵被塑封的风干花。

“木曼陀罗？”不知道什么时候醒来的李达瞥见白洛歆手里的干花，不由一愣。

白洛歆侧头：“啊？这花叫作木曼陀罗？”

李达点头：“对啊，这花可少见了，你哪弄来的？”

白洛歆随口说：“哦，刚才路边一个人给的。”

李达坏笑道：“哈这人是不是看上你了。”

“啊？”

李达看着白洛歆一副不明就里的样子，咳了声，神秘地问：“你知道木曼陀罗的花语吗？”

白洛歆摇了摇头，这花她头一次看见，之前听都没听说过，怎么会知道它的花语。

“为你冲锋陷阵，为你乘风破浪，你身边一切的灾祸都是我的天敌，我会保护你，至死方休。”

此刻十几公里开外的县城集会，人潮并未因为夜色变深而散去，开完紧急会议的恭玉气喘吁吁地跑到河边，却是一愣，哪里还看得到让他魂牵梦萦的倩影，只余一个白色的狐狸面具，孤零零地躺在梧桐树边。

他扶着膝盖，大口大口地喘气，全身被汗浸的湿漉漉的，像是刚从水里爬起来一样，缓了一会儿，他弯身将面具捡起来，面具上弯起来的嘴角，像是在嘲笑他的愚蠢。

他握着狐狸面具的手渐渐攥紧，咬牙切齿地道：“白！洛！歆！”

多年不见，他的小白本事见长了啊！

Chapter-7

暗涌

「后来好多个时候，回忆至此，她悲哀地想，她人生里最美好的年华，也在那个夜里，戛然而止了。」

站在江州市女子监狱的大门外，白洛歆仰起头，望向那缠着复杂电网的高墙，监狱地处江州最偏远的郊区，交通不便，鲜少有车，即使她搭了最早的大巴过来，也折腾到现在才到目的地，正午的太阳炙烤得她睁不开眼，白洛歆揉了揉眼，赶紧踏了进去。

“刘管教。”

在大厅里等候的狱警刘管教是白父朋友的侄子，这些年她来探监也多亏了这层关系的便利，白洛歆同他打了个招呼，便轻车熟路和他往探视间走去。

“她最近怎么样？”

“还是老样子，你要同她说说，活跃点，争取个减刑什么的，”刘管教意有所指，“在这里，太安静了不是什么好事。”

白洛歆心领神会地叹了口气：“谢谢刘管教，我会和她说的。”

两人走到探视间门口，守在一旁的狱警开了门，白洛歆正要进去，却耳尖的听到了脚步声，一步步整齐有力，像是经过长年的训练般，白洛歆不由扭头望去，隔着一条走廊的距离，她只来得及捕捉到楼梯口身着迷彩服的笔挺背影。

白洛歆心里一怔，思绪就飘到了湄公河边的夜晚，穿着警服，陌生又熟悉的英俊男人，还有那个遗落在路灯下的茶花烟盒。

与君初相识，犹如故人归。

天涯明月新，朝暮最相思。

“不进来，在外面想什么？”

里面等候的人淡淡催促了声。

白洛歆回神，对着等候在探视间里的人笑了笑：“越越。”

过大的蓝色囚服穿在她身上显得特别臃肿，从前傲人的长发早在入狱时就被剪至齐肩，未施粉黛的脸略显苍白，白洛歆的目光落在戴着手铐的纤细双手，心里又是一酸：“你又瘦了。”

“我最近减肥嘛，”吴越越轻描淡写地转移了话题，“没到探视日，怎么提前来了，你不是在实习？还是……那边出了什么问题？”

白洛歆连忙摆手：“没有，我实习得很顺利，我们老大还给了我两天假。”

吴越越意外地抬了抬眉：“我们说的是同一个《朝闻夜谈》吗？”

即使身在狱中，她也曾在陆匪那里对《朝闻夜谈》有所耳闻，国内老牌顶尖媒体，有着绝对的话语权，对员工的苛刻和挑剔程度，也是业内顶尖的。

白洛歆也有些意外，她本以为此次捅了这么大一个乌龙，肯定会被社里处罚，没想到回去后老大不仅没有罚她，还让她独立完成关于特警队的专访稿，她从背包里掏出最新的杂志，略带乞求的目光看向站在一旁的刘管教，刘管教眨了眨眼，算是默许她的行为，白洛歆立马将杂志推到吴越越面前，有些腼腆地笑了笑：“这个，是我的第一篇专访。”

吴越越笑着接过：“那我可要好好收藏。”

趁着吴越越翻看杂志的空隙，白洛歆简单同她说了这次惊心动魄的实习之旅。

只是，她没有将遇见恭玉的事同吴越越讲，无非是不想让吴越越在监狱里还要操心自己的事，她总要学着自己长大，自己处理人生中每一个猝不及防的意外，才能做别人的依靠。

“对了，越越，还有一个好消息要告诉你。”

这也是她今天来的目的，白洛歆难掩雀跃之色，身子往前倾了倾，说：“我们部长答应带上我一同去做中天集团的专访了。”

吴越越翻页的手一顿，自杂志里抬起头，脸色有些不自然：“中天集团？”

“对啊，这些年我一直在寻找当年案子的线索，我查了当时牵涉在其中的几家公司账目，虽然什么都没有查到，可我发现，这几家公司的股东名单里，都有中天集团董事长陆胜，而偏偏当时中天集团却和案子没有半分瓜葛，其中，肯定有问题，只是中天集团不像其他小公司那样，我爷爷的关系在那儿不顶用，我什么都查不到。所以这也是我怎么都要进《朝闻夜谈》的原因，这些年，中天集团的大小消息，都是《朝闻夜谈》独家报道，越越！我相信我很快就可以查清当年的真相了。”

白洛歆越说越激动，可吴越越的眉头却越皱越紧，待白洛歆说完，吴越越脸上的平静已完全散去：“真相？真相早就已经盖棺论定了，洛歆，我都已经坐了五年牢了，再有一年就出去了，你做这些，到底……有什么意义？”

白洛歆一时没有反应过来，抱歉道：“我知道我的能力有限，让你等了这么久……”

“我的意思是，”吴越越提高了音量，有些急躁地打断白洛歆的话，“洛歆，我是当事人，我的诉求才是最重要的不是吗，现在，我唯一的诉求就是你别再插手这件事。”

“你可以无所谓，我不能，我不要你背着这个污名一辈子，我不想再听见别人骂你……骂你……”

想到那些难听的话，白洛歆说不下去了，倔强地抬头：“我坚持。”

沉默半晌儿，吴越越疲惫地笑了声：“你长大了。”

她到底是在监狱里待的太久了，她从前总担心，没有她护着，这个唯唯诺诺、胆小卑微的小女孩儿一定走得很艰难，可在高墙之外的那个世界里，小女孩儿已经学会自己站起来了。

她不知道，自己是该欣慰还是感伤。

可她要怎么同她讲，她固执着要寻求的真相，只会比判决书上的那个更叫人难堪。

吴越越疲惫地别过头，闭眼揉了揉太阳穴：“我累了，今天，就这样吧。”她站起来，镣铐碰撞在一起的清脆声越来越远，坐在椅子上的白洛歆，左手握着右手，半天都没有动弹。

丁零零的声音中，她的脑子里出现的是四年前高考结束那天，学校下课铃声四起，高三生扔了漫天的试卷和习题中，站在警车前对她回眸一笑的吴越越。

那一种决绝的美，想到就心酸。

从监区出来时，刘管教看着外面的日头有些感慨：“你哪次来不是和她聊到超出探监时间，哎，今天这怎么回事，怎么就这样了呢？”

白洛歆只能配合地苦笑了声：“是啊，怎么就这样了呢。”

“估计今天天气太干燥了，人都心浮气躁的。”刘管教叹了口气，将女孩儿之间不寻常的行为归咎于天气，但撇头见白洛歆低垂着脑袋仍旧一副心事重重的样子，便压低声音转了轻快的语调，“明天我放假，要不晚上一起吃饭吧，我知道有家韩料很好吃，最适合这样的天气了。”

白洛歆满脑子在想吴越越的事，根本没注意刘管教说了什么，就随口“唔”了声。

“那……”

刘管教满脸欢喜，正要安排具体时间，那边厢，却横空插进一道冷冷的声音。

“她没空。”

不远处，穿着迷彩军装的男人迎面走来，深藏色肩章缀着两条金色细杠和一枚星徽，彰显着他的身份。

刘管教立马站直了身姿，敬了个标准的军礼：“长官！”

男人冷冷瞪来的视线让刘管教莫名起了一身汗，顿时僵直了身体，大气不敢出，索性男人只瞥了一眼就将目光移到了白洛歆身上，他在她面前停下，挑起一边嘴角，皮笑肉不笑：“白洛歆，好久不见。”

慢半拍的白洛歆这才抬起头，眼睛在看到面前之人时怵然收紧。

他不是应该在千里之外的特警队吗？

他怎么会在这里？

他找到她了！

大脑一瞬间空白，只有原始的本能驱使着她，像只被狐狸逼到绝境的小兔子，慌不择路地转身就跑。

恭玉眼疾手快地一把抓住她衣后领，向后一提，女孩儿原地跑步的滑稽姿势让他忍不住笑了出来。

“我说小白，你闹够了没。”

白洛歆一抖，慢慢停了下来，转过头来，不敢同他对视，别开眼，心一横道：“我们认识吗？”

“哟嗬——”

恭玉眉一挑，有些意外，这小白，竟还学会了这睁着眼说瞎话的本领。

一旁看着白洛歆被人抓小鸡一样拎在手里的刘管教憋不住了，忍不住出声：“报告长官，你……会不会认错人了。”

“你这是在质疑我的视力？”

眼刀冷冷射过来，刘管额头冒出了汗，面色通红地解释：“报告，我不是这个意思，这中间是不是有什么误会，我和她认识，可以为她做担保……”

“就你？”恭玉漫不经心地扫了他眼，又觑了眼满脸做贼心虚的白洛歆，“我手下的逃犯，化成灰我都认得。”语毕，手臂一拽一收，便横着白洛歆的脖子将她紧紧压在自己胸前。

白洛歆没料到他来这一出，惊慌失措地叫了声：“恭玉！”

“现在认识我了？”

恭玉哼了声，利索地反扣住她的手，脸上溢出满意的笑容，押着她往前走，“走。”

“你你你要带我去哪儿？”

“瞧你这话问的，这儿是监狱，我能带你上哪儿？”

“我要回家……”

“回家？呵，我告诉你，白洛歆，以后这就是你的家了，今儿个小爷就先让你熟悉一下。”

“……”

目送恭玉押着白洛歆走进监区大楼，俩人的对话声再也听不见，刘管教这才放下一直举着的手，掏出手机，电话一接通，他连招呼都忘了打，着急地嚷起来：“白叔叔，不好了！洛歆她被当逃犯押走了……”

“恭玉，你放手，压着我头发了。”

一拐进没人看见的楼道，白洛歆就又挣扎起来，恭玉稍稍松了点手臂，却仍旧保持着押解她的姿势，并没有要放手的意思。

白洛歆无奈："我不会跑的。"

恭玉嗤之以鼻："你最好收起你心里那些小九九，我相信你也不想明天你我因为大闹监狱而上头条吧。"

白洛歆语塞，这人真神了，她刚才确实在心里盘算来着，自己用尽全力逃跑的胜算或是借口去厕所翻窗逃跑。

可恭玉这句话让她全然打消了这些念头，她太清楚他能干得出的事了，索性把头低到胸口，生无可恋地任他去了。

她一路注视着地面和各种鞋底，也不知过了多久，脖子都酸了，恭玉仍旧没有停下。

她忍不住侧头问："你要去哪，不是迷路了吧？"

回应她的，是恭玉略显尴尬的一记白眼："闭嘴。"

最后还是在路过狱警的指引下才到了目的地，恭玉不带停顿，抬腿就是一脚，直接踹开了监狱长办公室大门。

门内正端着杯子喝水的男人一口水喷了出来，狼狈地咳了一身。

"对不起啊，老王，打扰了。"

这幸灾乐祸的语调让白洛歆忍不住汗颜，想也知道恭玉此刻的脸上应该挂着怎样招人嫌的笑容，但在监狱长好奇地望过来时，她还是传递了个歉意的眼神。

"恭老二，你这是……"

这小祖宗怎么还押来了一姑娘。

恭玉并不想同他解释白洛歆这件事，单手从口袋里掏出张皱巴巴的文件，摊开递到他眼前："裴老头儿跟你说过了吧，这是手续，你安排下，我要见她。"

"是说过，你要见她随时都可以，"监狱长接过文件，扶着眼镜边看边道，

“我找到她时是在半年前，但你爷爷也没说具体要干吗，我怕出什么意外，就把她转来我们监区了。”

“啥？半年前？”

难怪他一跟裴老头儿提要办退伍手续，老头儿就跟他说人找着了，他就说嘛，天下哪有这么巧的事，原来老头儿跟他玩阴的，将人藏着掖着这么久，无非是逼着他早日退伍扛下裴家大旗。

当年绑着押着送他去当兵的是他。

后来明着暗着让他退伍的也是他。

恭玉咬牙切齿地骂了声：“去他的老头儿。”

“咳咳咳。”监狱长刚喝进去的茶又喷了出来。

恭玉不耐烦地摆手催促：“别喝了，赶紧带我去见人，现在立刻马上！”

监狱长雷厉风行，层层交代下去后，恭玉要见的人在三十分钟后就被狱警带来了办公室。

白洛歆已被恭玉拉着坐在待客的沙发上，门开时，几人一同抬头望过去，白洛歆微微一愣，那被狱警押着的女孩儿让白洛歆想到了吴越越，短发、蓝色囚服、手脚上的镣铐，她的年纪明显要比吴越越更小些，脸上还带着未脱的稚气，她在他们对面坐下，有些警惕地打量他们，白洛歆的目光转到她胸前的名牌上，那里写着“祁月”。

“你就是祁月啊。”

出乎意料的，恭玉开口的声音异常温柔，似乎还带着些说不清道不明的亲近。

白洛歆不由扭头去看他，又是一愣，他脸上的笑柔得像要掐出水来，他本就好看，这一笑，更是春色无边。

白洛歆的心里泛出些苦涩的味道，她不动声色地垂下眼，指甲一下子抠进了手心里。

好看的皮囊配上温柔的神情向来容易让人卸下防备的，祁月的神态明显放松了点："你是？"

恭玉笑了笑："我是你爸爸的下属。"顿了顿，又道，"你爸爸让我来看看你。"

白洛歆注意到，祁月的脸色在听到"爸爸"两个字时又紧绷起来。

"他自己为什么不来，"祁月轻蔑地哼了声，"哦，我知道，他实在太忙了。"

"你若能理解，那是最好了，你爸爸他并不是在忽略你，你的事情，不用着急，他会想办法让你早日出狱的。"恭玉难得的好脾气，仿佛把他鲜有的耐心，全都用在了这个女孩儿身上。

"我不需要！"哪知道祁月一听这话立刻就炸了，咄咄逼人的，直接向恭玉质问起来，"我妈死的时候，他在哪里？"

"我没饭吃的时候，他在哪里？"

"我露宿街头的时候，他，又在哪里？"

气氛一下子变得剑拔弩张起来，监狱长端着茶杯，看似在镜片后的眼睛一直在两人间游走，白洛歆一只手还被恭玉抓在手心，她很明显感觉到他的手不自然地握紧，像在隐忍着什么般，嘴上还在试图晓之以情："你离家之后，你爸爸一直在找你，他失去你的音讯，直到最近才知道你的下落，并不知道你身上发生的那些事，他很关心你。"

"关心？关心到见我一面都要人代办？还是因为我这个坐牢的女儿会给他的职业生涯抹黑？你告诉他，他不用这样假惺惺！反正在我心里，他早就是个死人了！"

祁月越说越激动，狱警不得不按住她的肩膀，以防她有更过激的举动。

恭玉在沉默，薄唇紧抿，脸上方才温润的笑容已全然不见了踪迹，没有骂回去，也没有起身就走。

这太不正常了，白洛歆心里咯噔一下，虽有疑惑，但她不敢说话，也不知道说什么，这两个人所谈论的话题里，她只是个局外人。

凝重的气氛里，监狱长终于放下一直端在手里的茶杯，看了看腕上的表，发话了："时间差不多了，先带下去吧。"

"是。"

祁月被带走后，恭玉还保持方才的姿势沉默着，不知道在想什么。

白洛歆忍不住，晃了晃被他握着的那只手，叫他："恭玉……"

恭玉回神般大喘了口气，一下子靠在沙发背上，摘下帽子，揉着头发："现在的小孩儿真难搞，根本没有办法交流啊，你瞧瞧她说的话，我要是他爸，早就在这里血溅三尺了吧。"末了，又加了句，"吐的。"

监狱长心有灵犀，扶了扶眼镜笑："唔，对你啊，我可是深有同感。"

恭玉装没听见，转头对白洛歆眨着眼认真道："小白，不如以后别要小孩儿了吧？你看到了，我搞不定呢。"

白洛歆被他问的一愣，脑子还没有转过来："什么？"

"喂，老王，这小孩儿的案子怎么样，有没有可能减刑。"恭玉话锋一转，已经又将话题转到了祁月身上。

"她犯的是集资诈骗罪，原则上来说，追讨回的钱越多，是可以适当减刑的。"

"集资诈骗罪？"白洛歆一个激灵，心里一晃而过一个念头，脱口就道，"监狱长，我想问一下，案发时她多大年纪。"

"你问这个干吗？"恭玉看向她，刚才还恹恹的，怎么忽然就对祁月的案子有了兴趣。

监狱长扶着鼻梁上的眼镜，不由多看了她几眼："犯案时未成年，说来也巧，榕州的警方收集好证据逮捕她时，她刚满十八没多久，有了刑事责任，定罪定得很快。"

当时找到祁月时，他就翻查了她的案底，也曾为她小小年纪就要在监狱里荒废青春而惋惜。

白洛歆听了监狱长的话，皱着眉，低头沉思起来。

同样是未成年犯案，刚到可以负刑事责任的年龄时就案发被捕。

同样的，集资诈骗罪。

脑子里零散的线索不断闪回，似乎有什么东西就要呼之欲出。

她猛然站起来，欣喜若狂地喊了声："我知道了！"

当时人们的关注焦点都在于为什么几个商场里摸爬滚打的商人会被一个未成年少女所欺骗，其中必定有一些桃色交易，一时间，沸沸扬扬都是关于未成年人正确的价值观和性教育的报道。

可在长达三年，如此庞大的资金流走中，即使有人要查账，试问，又有谁会去查一个未成年少女的账目呢？

可不可以大胆的假设，这本身就是一个有预谋的资金转移，而吴越越和祁月，只是作为一个媒介，一个替罪羊？

"我说小白，你知道什么了你？别这么一惊一乍，小爷心脏病都给你吓出来了。"

恭玉被她一连串的举动弄得丈二和尚摸不着头脑。

"谢谢你，监狱长。"

白洛歆难掩激动，来不及解释什么，便握住恭玉的手："恭玉，快送我去《朝闻夜谈》总部大楼，要快。"

飞驰的越野车穿过女子监狱的大门，恭玉常年驾车在山区追捕犯人，车开得极稳，坐在副驾驶位的白洛歆正低头用手机翻查资料，没有注意到与之擦肩而过的黑色轿车，正是自家那辆。

驾车的中年男人心急如焚，车一停稳，就直冲大楼，手里也没闲着，拨通刘管教的电话："小刘，洛歆人呢？"

此时《朝闻夜谈》的大楼里，正是报纸出片前期，上下忙成一片，社会新闻部独处一个楼层，部长对下属苛刻的同时又很庇护，为他们争取来《朝闻夜谈》独一而无二的福利——所有部门里唯一两人一间独立办公室的部门。她和李达共一间，如今李达沾了她的光，放假陪女友去了。

白洛歆领着恭玉横冲直撞，却不忘礼貌地同茶水间里刚出来的两人打招呼。

"顾大好、吴姐好。"

然后，便急冲冲地闯进自己的办公室里。

"那不是白洛歆？"

"是啊，不过她今天不是在休假？"

这看起来不起眼儿的小姑娘实习期的事情他们都有所耳闻，老大说她是天生招新闻的体质，也是天生做新闻的料，一篇人物纪实专访还拿了头条，漂亮的成绩让老大对她刮目相看，偏爱程度大有将她收为关门弟子的样子。

"哇靠，她身边那个兵哥哥好帅啊！"已经嫁为人妻的吴姐忍不住泛起了花痴。

顾大疑问："那不是个漂亮的兵妹妹吗？"

"老顾，你是瞎吗？那么大颗喉结你没看见啊。"

白洛歆一进办公室就跑到了文件柜前埋头翻找起来，恭玉小尾巴一样跟在忙忙碌碌的她身后，几次想开口，都被她突然转身的动作给打断。

两人间的办公室摆了两张大桌子和三个柜子，剩下能够人走动的空间着实很狭小，恭玉长手长腿的更为不便，白洛歆找了半人高的文件摞在自己桌上，转身差点儿撞上来不及躲闪的恭玉，怔了怔，这才意识到自己眼前这个大活人尚未解决，可手头上的事，更为重要，她试着同恭玉打商量：“那个……恭玉，你先回去吧，唔，你给我个电话，等我忙完，再联系你好吗？”

恭玉摆摆手，答非所问：“你忙，你忙。”

白洛歆当他是同意了自己的意见，便不再多话，坐到办公桌前，打开电脑，开始就着找出来的文件，一条条检索起来。

办公室里，一时间只剩下翻阅文件和键盘的声音。

恭玉站在白洛歆身后看了一会儿，发现她已完全进入工作状态甚至忘记了他的存在后，便轻手轻脚地在她对面的办公桌坐下。

两肘撑在桌上，他托着下巴，若有所思地看着她，脸上是说不出的满足。

他终于能够好好的，放肆的，看着她了。

他还记得年少时她被逼着拉大提琴的样子，缩着肩膀勾着背，一副逆来顺受的小媳妇样儿，可怜兮兮。他其实一向看不惯这种在家长自以为是的压迫下长久不敢言语的小孩儿，之所以拉着她扛下“起义大旗”，最重要的还是她是白家的孩子，令裴老头儿既敬又畏的白家，而他，是要和裴老头儿对着干的。

不过这都不重要了，他曾担心过，在他离开后，没有人领着她，她会迷失在父母给她设定的那条路里，做自己不喜欢的事，越活越不开心。

现在他看着她，只觉很欣慰。

原来，她在做自己喜爱的事情时，是这样一副浑然忘我的状态啊。

若说他之前还对她的避而不见和不辞而别有所怨愤，但在此刻全然平息，心中如花开落地，茫茫然升起了一片温暖祥和。

白洛歆的头是骤然间痛起来的，她这些年总睡不好，落下了头痛的毛病，时差只要一连轴转，就会头痛不已，这事她没有告诉任何人，只自己在随身带的包里备了药。

白洛歆一手扶住额头，一手去勾埋在被她扔了一桌的文件夹下的背包。

门忽地被人一脚踹开，白洛歆自然地抬眼望去，心中一怔，怀疑自己是不是做梦般，揉了揉惺忪的眼睛。

恭玉端着杯冒着热气的咖啡，看见她傻傻望着他，也是一愣："忙完了？"

"……"

"什么工作这么忙，你坐在这儿这么久，不饿不困吗？"

他径直走过来，将手中的杯子同她桌上已经冷掉的咖啡换了换，重新坐回她对面，挺不高兴地看着她。

白洛歆盯着桌上热气腾腾的咖啡出神，慢半拍地意识到，眼前这个恭玉并不是她的幻觉，他没有离开过，在这里陪她到现在。

"不是公事，是我自己的私事。"

她一边机械地答，一边仔细回忆了下细节，自己今天喝进嘴里的咖啡永远都是热的，她如今当然知道是因为什么，她有些感动，眼眶也跟着红了起来，慌忙低下头，怕他瞧出什么端倪来，转移话题道："今天那个祁月，同你是什么关系？"

却没想，这随便一开口，就问出了自己心底一直在介意的事情。心脏，乱七八糟地咚咚跳着。

白洛歆做贼心虚般迅速看了恭玉一眼，又迅速移开眼，强装镇定地喝了口咖啡。

恭玉是何等的心细，又是个没正经的主，什么话他都能给衍生出别的意思来，捕捉白洛歆飘忽的眼神，立刻起了逗弄她的心思，弯眼一笑，抱了手臂微微向后一仰，道：“怎么了小白，你吃醋啦？”

白洛歆面上一红，窘迫道：“我只是好奇她的案子。”见恭玉脸上的坏笑越来越大，一脸不相信的样子，又慌忙提高音量，像要说服他，也说服自己般，补上句，“因为她和吴越越的案子一模一样。”

恭玉慢慢坐直了身姿：“吴越越？”

“嗯，她是高中毕业那天被警察带走，开庭时才知道她涉案一起集资诈骗罪，骗取投资人的金钱，金额庞大，已经流入国外，追讨不回来，人证物证俱在，判决下来后，她没有上诉，接受了判决结果，六年的有期徒刑。”白洛歆说。

恭玉是了解过祁月的事的，他之前只觉得这孩子在外头学坏了，如今白洛歆一说，他隐隐也觉得是自己想得太简单了，世界上哪有那么多的巧合，大都是有人刻意为之。

“难怪你会对祁月的案子感兴趣”，恭玉恍然大悟，“我就说呢，怎么会在女子监狱碰到你。”

白洛歆也是一愣，恭玉这话的意思是他去女子监狱并不是因为堵她？

见她一脸困惑的样子，恭玉解释：“祁月是我曾经班长的女儿，当年我被裴老头儿绑到西沙群岛当驻岛士兵，若非祁班长在，我可能早淹死了。”

白洛歆在等他继续说下去，可他良久没有声音，她抬起头，正好与恭玉的眼神对上了。

这一眼让白洛歆有些错愕，这个眼神太悲伤了，再想看的仔细些，他脸上已挂上了春风般的笑容，眼睛亮晶晶的，和平常并无两样。

“小爷我是个有仇报仇有恩报恩的人，不然你想，就那小丫头那破性格，我能忍她超过两秒？你这个醋吃的虽没道理，但不怕告诉你，我心里是很欢喜的。”

白洛歆被他说的脸红，却也没办法，只能弱弱地抗议：“都说了没有。”

恭玉笑的暧昧，冲她抛了记媚眼："没有？那你脸红什么。"

白洛歆无言以对，她总算是明白了，跟他争论，只有被欺负的份，于是闭了嘴，低头翻起自己整理好的资料来。

可恭玉没想放过她，觍着脸凑到她旁边，一副好奇宝宝的模样："你这么着急的回来，是因为这两起相同的案子吗？你查到了什么？"

白洛歆并不想让恭玉被牵扯进来，下意识地去遮挡文件，撒谎道："是其他的事。"

"哦——"

恭玉不动声色地直起身，眼睛却尖锐地往她用手压住的文件上看去。

"中天集团。"

他在心里默念，已然有了主意。

离开总部大楼时是凌晨四点半，东方已露鱼肚白，恭玉去车库拿车，白洛歆站在大楼门口等他，拿起手机想看时间，却发现手机不知什么时候已经电量耗尽自动关了机，一上车，她就接通车载电源开了机。

手机立刻嗡嗡嗡振个不停，有二十多个未接来电，都是家里的。

恭玉打过方向盘，眼风往她这边一瞥，夸张地叫了声："不是吧小白，你爸妈还把你当小孩儿管着啊？"

白洛歆有些生气："孩子无论多大，在父母眼里都是小孩儿。"

"是这样吗？"恭玉漫不经心道，"我孤家寡人，不是很懂这些父母亲情之类的。"

恭玉的父母在他很小时就去世了，白洛歆心里咯噔一下，知道是自己失言了："你还有裴爷爷呢，他是你亲爷爷，你怎么会是孤家寡人。"

恭玉嗤笑了声，似乎听见了什么大笑话："裴老头儿？你别看他什么都依着我，其实我心里明白，他根本不爱我这个孙子，我对他来说，只是延续裴家血脉和家产的一个工具，要不是我大哥意外去世，他恐怕这辈子都不想看见我。”

“恭玉……”

“谁对我真心，谁对我假意，我心里明镜一般，清着呢。”恭玉一副淡淡的态度，落在白洛歆眼里，却只觉得不是滋味儿，他家里的情况复杂，她也不知道说些什么安慰他，叹了口气，回拨家里的电话报平安。

电话几乎是立刻被接起来的，母亲的哭声几乎穿透了她的耳膜：“洛歆？是你吗洛歆？你怎么不接妈妈电话啊，你出什么事了？爸爸说你被人一个人当罪犯带走了，那件事不是已过去那么久了吗？怎么……”

白洛歆有些慌乱地捂住听筒，小心翼翼地看了恭玉一眼，发现他并没有注意到自己这边，压低声音道：“妈，我没事的，社里有点儿事急着处理，我就过来了。”

“有事？那你怎么不和爸爸妈妈说一声？电话也不接，不知道爸爸妈妈会着急吗？”

“对不起妈，我忙昏了头，没有发现手机没电……”

“没电没电，又是这个借口，你这工作到底怎么回事啊，怎么老让你加班，就没有别人了吗？我跟你说你这个工作还是趁早辞了，你爷爷的朋友是嘉明中学的老师，人家说了，只要你拿了教师证，就能立马给你安排工作……喂，老白，你抢我电话干吗？我话还没有和洛歆说完呢。”

“洛歆。”电话那头传来父亲的声音，“快点回来吧，注意安全，爸爸去小区门口等你。”

白洛歆觉得头又开始疼了，淡淡应了声：“好。”

挂了电话，白洛歆只觉得头痛，靠在座椅上眉头紧锁。

恭玉看见她的样子，猛然刹了车：“小白，你怎么了，脸怎么白成这样，要去医院吗？”

白洛歆摇摇头：“没事的，我只是太困了，休息一下就好。”

话音未落，眼已经紧闭起来。

“你家在哪儿？”

“把我送到金湖广场就行了，你记得叫我，我爸爸在等我，他会着急……”

说话声越来越小，最后一个音节几不可闻，恭玉看着俨然已经入睡的白洛歆，不由笑了笑，他伸手捋开垂在她眼上的一缕额发，又将车内的冷气调高了些，踩下油门朝目的地驶去。

大约是因为有心安的人在旁边，白洛歆睡得很沉，恭玉叫了她好几声她才惺忪睁眼，视线清晰时，又被几乎同她脸贴脸的恭玉吓了一跳，脸轰地一下烧了起来。

始作俑者却是一脸淡定，痞痞的笑了笑：“小白啊，是做了什么奇怪的梦吗，脸红成这样？”

白洛歆决定以沉默应对这个坏心眼儿的家伙，低头去解自己的安全带。

手刚按下扣，横空伸过来一只手，轻轻叠在了他手上。

白洛歆浑身一僵，不敢动弹，更不敢抬头。

“小白，我对你爷爷奶奶父亲母亲立过誓言，你知道吗？”

该来的，终究还是来了。

沉默良久，她慢慢地点了点头。那天她虽然不在，可事后，她还是从奶奶口中听见了他在两家长辈面前，立下的誓言。

“她若愿意，我便娶她，她若不愿意，我便一生不娶，守护在她身旁，即便是以兄妹之名，如有违背，我便一生孤苦，不得好死。”

她虽没有亲眼看见，可她能想象，说这句话时，他的脸上会有着怎样坚定的光芒。

叠在手上握紧了些，他一字一句："我这次回来，是要兑现诺言的，你，还认不认？"

良久，白洛歆才有动作，她抽出自己的手，抬起头来看他，带着叹息，一如从前般怯怯，却又无比坚定，她说："恭玉，算了吧。"

他流光般潋滟的眼，还有眼瞳里跃动着的火焰，一寸一寸地暗了下去。

她记得那天她满脸是血的躺在父亲怀里，她努力掀开眼皮去看他时，他也是这样一副表情，站在黑压压的天空，像什么呢？像深海里弃用的灯塔，沉默而悲伤。

她是在那一眼里，知道他对自己的感情，他爱恨分明，喜欢谁，讨厌谁，不愿伪装，向来都是大大方方的写在脸上。

后来好多个时候，回忆至此，她悲哀地想，她人生里最美好的年华，也在那个夜里，戛然而止了。

在无人知晓的平行时空里，他们总算得上是两情相悦。

这样就很好。

这样便已足够多。

其他的，就算了吧。

Chapter-8 交锋

「三月的风凉而薄，白洛歆被恭玉一吓，更是耗尽了血气，一双手凉得像泡过了冰水，可恭玉抓在手心，却觉得烫极了，那温度一直热到的心里，暖烘烘的。」

三月的时候，中天集团终于给了社里发来了具体的采访时间。

周部长在社里大发牢骚：“从冬天拖到了春天，这姓陆的就爱拿翘，小白，你回头好好想几个犀利点的问题，给他使点下马威。”

被点名的白洛歆从一堆文件里探出头，正色道：“好的老大，我这就去准备。”

约定的时间是在两日后，白洛歆的夙愿终于要得以实现，既兴奋又忐忑，头天晚上没睡着，第二天顶了俩熊猫眼出现在中天集团大门口时，不免被部长说道几句。

“不是和你说了要养足精神吗？这个采访很重要，等下可千万给我把精神提起来，实战经验里学到的采访艺术，可是你读四年书都无法比拟的。”

白洛歆下意识地睁大眼：“知道了老大。”

周部长被她的举动逗笑，正要说什么时，早已等候在大厅里的秘书小姐一脸微笑的迎了过来：“周部长，您好，陆总已经在等你了，请跟我来。”

“辛苦你了，何秘书。”

何秘书领着两人径直走到了高层专属电梯，伸出手按在电梯门口的指纹识别器上时，白洛歆低低惊叹了声，毕竟这种高科技的东西她只在电影里见过，亲身体验还是头一遭。

小下属的一举一动都被周部长看在眼底，他咳了声，老成地同白洛歆解释：“中天集团大楼三十层以上全是集团高层的办公室，副总以上的人才有资格刷指纹进入，尤其是在陆总所在的顶层，我听说可藏了不少他的宝贝，何秘书，是不是啊？”

何秘书面色淡淡，带着波澜不惊的笑：“周部长，您说笑了，规定区域里严禁闲杂人出入的也不是独我们中天一家，一定的私密性是维持整个集团正常运行的基础，希望您理解。”

周部长没有套到想听的话，没趣地撇撇嘴：“陆总对你们的公关培训可是抓得紧哪。”

叮的一声，电梯在三十二层停下，门一开，三人皆是一惊，门口一位秘书打扮的姑娘，身后跟了一群黑衣保安，各个脸上都是焦急之色。

为首的小秘书一看见何秘书脸上忽然添了些尴尬：“何秘书。”

何秘书皱了眉：“杨青，你不是去送客了？怎么在这里？发生什么事了？”

杨秘书看了周部长和白洛歆一眼，似乎有所顾忌，但也不好在电梯内赶人，于是，凑近何秘书耳边压低声音道：“那位恭经理，我领着他刚出总裁门，等电梯时他、他跑了……”

“什么？！”

电梯里的空间本就不大，饶是再怎么压低声音，对天生听力极佳的白洛歆来说还是听得一清二楚，白洛歆心里咯噔一声，恭经理？

姓恭？

她不由抬起头，看了两人一眼。

何秘书方才的冷静已有崩塌之势，严厉道：“同监控室那边联系，十分钟内务必把人找出来！”

“是，我这就带人去找。”

目送着杨秘书领着保安队向安全通道跑去，何秘书转过头来又恢复一脸公式化的笑容：“周部长，不好意思，耽误了您的时间，我现在就带你们上去。”

“好说，好说。”

周部长笑眯眯地回，垂着的手悄悄拉了一下四处张望的白洛歆，暗暗对她摇了摇头，使了个莫管闲事的眼神。

三十六层的总裁办公室里，陆匪已坐在会客区等候，他是新加坡华裔陆家人，母亲是吉卜赛人，所以他的五官线条深邃，但相比于照片，天生上扬的嘴角让他本人看起来要柔和很多，只是在那双过于细长的眼睛望过来时，也不知道是不是那异常人的偏淡黄瞳色太过瘆人，白洛歆突然似头皮奓开，浑身都不舒服起来。

“这位是？”陆匪看着她问。

“哦，”周部长同他介绍，“我们部新来的，叫白洛歆，这孩子不错，好学上进，我今天特地带她来长长见识。”

陆匪不动声色地移开了视线：“能让周部长您如此夸赞的，一定是年轻有为，前途不可限量。”

彼此都是时间宝贵的人，简单的客套之后并没有再多废话，便开始了访谈，白洛歆是个识大体的人，迅速进入工作状态，刚才在电梯里不经意因为一个“恭”字触碰到的心弦，也慢慢平静了下来。

周部长经验丰富，半个小时的访谈安排没有多一秒也没有少一秒，几乎是掐着点结束。

周部长站起来：“谢谢陆总百忙中抽空。”

陆匪笑：“不敢当，谁都知道《朝闻夜谈》周部长的专题报道社会影响有多大，该是我谢您才是，有机会我请您喝茶。”

两人正客气着，旁边突然横插进来一道弱弱小小的声音：“陆总，不知道您是否有时间，我有几个私人问题想要讨教您。”

周部长略略有些讶异地望过去，白洛歆来之前怎么没有告诉他还有这一茬事。

“时间，是有的，”陆匪再一次将目光投向这个毫无存在感的姑娘，平淡无奇的五官却让他有些莫名的眼熟，却又一时间想不起曾在哪儿见过她，只是天生的敏感让他从她刚进门时看他的第一眼就直觉这姑娘揣了一肚子访谈以外的心思，当然，对他太感兴趣，这可不是什么好兆头，但眼下的状况，若是拒绝，肯定会让周武标这老狐狸生疑，权衡之下，便道，“不过，你只有五分钟。”

白洛歆迅速接口：“五分钟就够了。”

陆匪点点头，白洛歆拿出早就准备好的资料，正要询问，这时却忽然传来急促的敲门声。

“进来。”

“陆总。”来人是何秘书，此前沉稳的脸上意外地布了层细密的汗珠。

“什么事？”

“有个女孩儿跑到三十层，吵着嚷着要见您，不然就要……要跳楼。”

陆匪缓缓抬起头，目光阴沉：“到了三十层才发现？”

何秘书脸色一下子变得煞白：“之前来谈项目的那位恭经理在高层失踪，保安都去找了，所以才让人钻了空子，不过我们已经报警了。”

空气忽然安静下来，半晌儿，陆匪阴阳怪气地笑了声：“你是说，动用了整个中天集团的保安系统，只为了找一个人？”

何秘书垂着脑袋不敢搭话。

“立刻给我换掉集团的保安系统！”陆匪突然提高音量。

“是。”

“另外，”陆匪的声音冷了下来，“若是今天这里有人命发生，明天，你也不用来了。”

何秘书在听到这句话时明显不自然地抖了一下。

周部长怜香惜玉，出声开脱道：“陆总，何必吓唬人家何秘书呢，这种跳楼的事情我们跑新闻的一年都要遇见好几次，这样，我去看看能不能把人给劝下来。”

陆匪心知肚明周武标是想借此挖到新闻线索，但他同时也知道，让《朝闻夜谈》报道，总比其他媒体要好，周武标虽然是个老滑头，但也深知行业里的忌讳，不会逾矩，于是点了点头：“那就麻烦周部长了。”

“小白，咱们走。”周部长是行动派，说走就走。

“白小姐。”

白洛歆抱了东西就要跟过去，却被陆匪叫住了，回过头，茫茫然望过去，陆匪面带微笑，可那双黄瞳里却是一片冷意。

“不好意思，看来讨教的事要等到下次了。”

白洛歆突然有种心慌的感觉，干笑了笑，什么也没说，转身跟上已快到门口的周部长。

门刚一关上，陆匪脸上的笑容一瞬消失，他转了转手上的古铜戒指，眸里的冷意越来越深：“白洛歆……恭玉……白洛歆，恭、玉，原来，是你们啊。”

人在遇到危险的事物时身体会最先给出反应，有人将这种先兆叫作潜意识。

几乎是逃出总裁办公室的白洛歆一路跟着周部长跑到电梯里，这才从刚刚的心慌中稍稍回了些神来。

她胆子小，怕水怕鬼怕黑怕虫子，却头一次害怕一个大活人。

这个陆匪的眼神，让她从心底产生了恐惧。

电梯停在三十层，门一开，白洛歆就看见了走廊上围了十几个保安，他们面对的窗台上，坐着一个年轻女孩儿，看起来不过十六七岁的样子，一张浓妆艳抹的脸加上不和年纪的装束，典型问题少女的打扮。

“陆匪呢？”

女孩儿往刚从电梯出来的一行人身上扫了一眼后，不满地质问。

何秘书温声道：“陆总出差去了，我们已经电话通知了他，有什么事你先下来，我们坐下来慢慢谈。”

“谁要和你们谈！我不管，反正今天见不到陆匪我就从这里跳下去！”

女孩儿说完这话，抹着眼睛大哭了起来：“我知道他是故意的，我也知道他在利用我，我什么都知道，可我什么都不要，我没有爸爸也没有妈妈，我只有他了，我只是想要他能多陪陪我。”

女孩儿越说越激动，最后竟然扶着窗沿站了起来。

围观的众人一阵惊呼，何秘书尖叫一声：“你别激动。”

听保安队队长说，这姑娘乘坐电梯上到三十层因为指纹身份读取失败，没能再往上，三十层的职员发现她后，她在逃窜中直接打开窗坐了上去，职员立马联系了保安队队长，他们赶过来，前后不过十来分钟。

站在一旁的白洛歆此刻心已提到了嗓子眼儿，不解地问：“老大，她要见陆总，那为什么陆总不直接过来，这事情不就解决了？”

周部长哼了哼，一副教导的姿态：“他陆匪是中天集团的总裁，他出面，不就坐实了跳楼事件和中天集团之间的联系。”

白洛歆愣了愣，盯着姑娘看了半天，才了然地点了点头，简单地说，就是这锅，陆匪不想接。

这姑娘可以和中天集团任何一个员工扯上关系，但就是不能和他陆匪有关系。

但这样下去，万一人真的跳了怎么办？

而此时站在窗台上的姑娘久等不见陆匪，哭的越来越惨，情绪也越来越激动，好几次脚都差点儿踩空：“我都这样了他还不闻不问，我、我还活着做什么！”

何秘书焦急地问：“警察和消防什么时候到？”

“在路上了，可是现在是下班时间，应该会堵车。”

“再打电话催催！”

周部长咳了声，对白洛歆道：“该我出马了，你好好学着。”

“老大……”白洛歆欲言又止，生怕周部长会拿出平时训诫他们的那副姿态，人命关天，可是受不了刺激的。

周部长看出白洛歆的担忧，拍拍她的手：“你就看着吧。”

“小姑娘，”周部长踱步到人群面前，对着少女笑眯眯道，“我看你长得这么好看，真觉得可惜，这里是三十层，你跳下去，那画面想想都……你说你值不值得？陆匪那样的，我随手都能给你抓十个来任你挑，我是做媒体的，只要你愿意，那个什么糖衣炮弹的主唱，我都能给你们牵线，你考虑下不？”

没想到小姑娘一听这话就不干了，扯着嗓子骂起来：“死胖子臭胖子，谁允许你诋毁陆匪的？全世界的人都比不上……”

“啊！”

事情就发生在一瞬间，人们甚至来不及看见发生了什么事，方才还站在窗台上的女孩儿突然像被什么撞了一下背，整个面朝大楼里扑了进来，刚好砸在站在最前面的周部长身上，十几张面面相觑的脸中，唯有保安队队长最先反应过来，眼疾手快地扑过去擒住了女孩儿的手。

“快！快按住她！”

“快把她弄下去，哎哟我的老腰啊！”

“啊啊啊！放开我！”

一时间，本就不大的走廊里乱成一锅粥。

只有白洛歆是例外，她正定定地看着窗外，像被人点了全身的穴道，不能动弹，不能言语。

目之所及处，光着上半身的恭玉跟个蜘蛛一样，悬空吊在窗外，他皱着眉不满地冲窗户里的人嚷嚷：“喂喂喂，我说你们，开茶话会呢？都给小爷让开！”

“恭经理？！”

“你怎么在那儿？！”

其他人目瞪口呆地看着吊挂在窗外的恭玉，这才意识到刚才是恭玉趁所有人都没注意到时，从楼上吊下来，一把将女孩儿撞了进来，众人连忙往两边退去，给恭玉让了条道。

恭玉一个前跃，在一众尖叫声中平稳落在走廊上，他神态自若地解下还挂在外面的衬衫，一边穿，一边心疼道：“都皱了，还有挂在上面的西装，加一起好几千块呢，这账单你们中天集团可得给我付了。”

何秘书看得眼都直了，还没缓过神来，就着他的话傻傻点了点头。

恭玉满意地露出一排大白牙，直接向前，只留下一个深藏功与名的背影。

他径直走到白洛歆面前，伸出手弹在呆若木鸡的白洛歆的脑门儿：“小白，才三个月不见就想我想傻了？”

穿堂风一阵阵地吹，他的头发乱七八糟的挺立着，一身皱巴巴的白衬衫只随意扣了两颗扣子，袖口卷到手肘，无论是此刻的慵懒，还是穿军装时的飒爽，都美得惊心动魄，令人移不开眼。

可白洛歆看着他，却忽觉陌生，就像是历经生死，重新轮回后的再遇见。

万般情绪涌上心头，她眨了眨眼，眼泪如雨帘般，簌簌掉了下来，哇的一声哭了出来。声音引来众人侧目，连方才还在剧烈挣扎的女孩儿也好奇地望了过来。

这样的状况是恭玉始料未及的，他尴尬地把白洛歆拖到一边，挠了挠头道：“你这是怎么了，怎么哭得和死了老公一样。”

“你吓死我了，你吓死我了。”

白洛歆一张嘴，抽泣着重复这句话，她真的被他吓坏了，刚才那一瞬间，当她看见他蓦然出现在窗外时，她脑子里出现的是他摔得血肉模糊的场面。

差一点儿就……

他再怎么自信，可万一呢，万一衣服连接成的绳子断了，或者踩空了，他就死了。

白洛歆越想越伤心，也越生气，气他把自己的生命不当一回事，一边哭得直抽抽，一边抡起小拳头去打他。

恭玉却笑了，他一把抓住她的手，按在自己的胸口。

她还和从前一样，是这个世界上唯一在乎他性命，担心他安危的人。

这三个月来那颗因她拒绝而失落的心慢慢回温，所有被克制的感情一涌而上，他看着她泪雨涟涟的脸，哭红的鼻子，可怜兮兮的模样，心疼之余竟有些手足无措，他想抱抱她，吻掉她脸上的眼泪，却又害怕太过孟浪会吓到她。

事后与友人舒颜小聚时，不知怎么就说起了这茬。

想到他不怎么顺利的追妻之路，舒颜教育他：“你这么一个痞子，难得有正经的时候，却不是时候，小白那么一个传统的姑娘，或许你一口亲下去，就没之后那么多事了。”

恭玉想了想也是，正色道：“你说得很对，再有这个的机会，我一定不缩手缩脚。”

其实恭玉在那个时候突然变得思前虑后缩手缩脚也不能怪他，他虽然一生随性，不受礼教拘束，但他从小得到的太少，越是什么都没有的人，拥有了点什么，就越是珍惜，不过是怕失去这点儿来之不易的东西。

所以在当时，他只是捧着她的手傻傻的笑。

三月的风凉而薄，白洛歆被恭玉一吓，更是耗尽了血气，一双手凉得像泡过了冰水，可恭玉抓在手心，却觉得烫极了，那温度一直热到他的心里，暖烘烘的。

警察是在二十分钟后到达现场的，一行人已挪至会议室，几个保安将跳楼女孩儿围了个水泄不通，生怕再出什么岔子，警察一出现，他们连忙把人交过去，各个都是松了口气，保安队队长得了空，蹭到角落里不知道在干吗的俩人身边，谄媚地同恭玉打招呼："兄弟，刚才你那下子，跟演电影似的，练过的吧？"

"关你屁事？"

恭玉没好气儿地翻了个白眼，小白好不容易才止住哭，人还没回过神儿来，手尚被他握在手心，他揣了一肚子的话，眼看气氛正好，正要倾诉，却横空来了这么一个没有眼力见儿的电灯泡。

见保安队队长还杵在原地，恭玉很生气地赶起了人："快走快走，我和我媳妇说话你当什么电灯泡啊。"

白洛歆脸一热，抽出自己的手："谁、谁是你媳妇啊。"

恭玉咧着嘴痞痞的笑："谁接话就是谁咯。"

保安队队长尴尬地摸了摸鼻子，小声提醒："那个……恭经理，刚才你私闯高层的事情，他们也已经报了警。"他指了指会议室另一角正同几名警察说些什么的何秘书、杨秘书，"估计会找名目来查你，你还是小心点。"

恭玉不屑地哼了声："查就查，爷身正不怕影子斜，不过你这个情我是承了。"他从怀里掏出张名片，递给保安队队长，"这是我朋友开的保安公司，待遇不比中天集团差，若有一天你需要，可以去这里找他。”

保安队队长感激地接过，正要道谢，恭玉忽然迅速从他手里抽走名片，换上了另一张：“啊瞧我这脑袋，给拿错了，这一张才对。”

“谢谢你，恭经理。”

目送着保安队队长离开，白洛歆忽然就有些惆怅，事出突然，保安队队长应该还不知道陆匪已经下达了撤换掉中天集团整个保安系统的指令。

“叹什么气？”恭玉问。

白洛歆看了他一眼，有些责怪道：“因为找你，人家已经失了业。”

恭玉耸耸肩：“所以我给了他另外的出路。”

白洛歆不傻，听出了他话里的意思：“你早就知道会这样？恭玉，你来这里的目的是什么？”

“你来这里的目的又是什么？”恭玉不答反问，盯着她的那双眼亮晶晶的，闪烁着看透一切的光。

白洛歆忽然有种奇怪的感觉，他们俩怀着的是同一个目的。

“恭经理，打扰了。”

只是还没等她说破，陆匪的两位行政秘书已经领着警察过来了。

白洛歆下意识地望过去，这一望，就傻了眼。

为首的那名警察漫不经心地摘下帽子，对她笑了笑：“白洛歆，真的是你。”

“宋昀……”

这个名字从白洛歆嘴里说出来时，那些遥远的记忆一下子重新闪回到恭玉脑中，他记起这杀千刀对小白图谋不轨的家伙了！

感受到来自一旁带着杀气的目光，宋昀好脾气地侧头笑了笑：“恭玉，好久不见了。”

恭玉皮笑肉不笑：“真的是好巧啊，我都要怀疑你是事先知道小白的行踪了。”

“中天集团正好在我们局的辖区内，”宋昀笑笑，“我接到中天集团的报警，说有人闯进他们的私密区域……”

“喂喂喂，宋警官，我麻烦你说话注意点，什么叫做闯，我可是个本分公民，今天来这里是受陆总亲自邀请，是代表裴氏实业来谈生意签合同的，”还没等他说完，恭玉就出声打断了他，目带轻蔑地扫了两位神态各异的秘书一眼，阴阳怪气道，“怎么你们中天集团都是这样坑陷合作伙伴的？”

“恭经理！”杨秘书小脸气的通红，嘴角微微抽动着，“您今天是受陆总邀请来签合同的不假，可是早前我就和您说过了，三十层以上不能随意进出！必须在我或者何秘书的陪同之下，您能解释一下为何要在我们等电梯时突然溜走。”

“人有三急，我闹肚子急着跑去厕所，也要告诉你让你一起陪同？你可以无所谓，但我还是个黄花大处男，不要隐私的啊？”

“你！”

杨秘书被他堵的一句话说不出来，她长这么大，遇到的无赖不少，却从未见过如此厚颜无耻之人。

当时不过是按个指纹的功夫，他就不见了，她立刻通知保安队，一部分看各楼层的监控，一部分进入一级戒备状态在各楼层密集搜索，只是这位恭经理滑腻的和泥鳅一样，难得捕捉到的身影，皆是一副大摇大摆的样子，有几次她甚至看见他对着监控摄像头笑了笑，她严重怀疑他是故意的。

“恭玉，”宋昀看不下去了，出声道，“何秘书已经给我看了监控，即使是上厕所，你也不用把人家刻意标注闲人免入的高层全都逛个遍吧。”

恭玉面不改色心不跳地继续胡说八道：“这也不赖我，我从厕所出来后这位杨秘书已经不见了，那劳什子电梯，还要按什么指纹，我乘不了，又找不到人，不就只有自己找出路？”说到这里，恭玉愤愤地看着两位秘书道，“要不是因为这样，让我发现有人跳楼，顺便把人给你们弄进来，你们现在能这么硬气的跟我说话吗？”

杨秘书的表情都要哭出来了，指着恭玉：“你！强词夺理！你分明就是故意的！”

“喂，我说宋警官啊，这构成诽谤了吧？”

宋昀觉得头疼：“恭玉……”

到底还是何秘书老练一些，拉了拉杨秘书的手，笑道：“恭经理，我们很感谢你的见义勇为，之后我们会向你表达实际性的感谢的，但一码事归一码事，三十五层策划室有人丢了一个U盘，今天上午又只有你一个外人出现在高层，所以，您不守规矩，我们却要例行公事，我想您该不介意我们请宋警官替我们查清这件事吧。”

恭玉无所谓地笑了笑：“随便，宋警官，你想怎么查？”

“配合我们的同志搜个身。”宋昀侧头示意了下，站在一旁的警察立马拿出早已准备好的手持探测仪，贴着恭玉身上，从上到下仔仔细细过了一遍。

几分钟后，警察摇了摇头：“宋队，什么都没有。”

“还需要脱衣服吗？”恭玉作势就要掀衣摆。

“不用了恭经理，”何秘书抱歉的笑了，“多谢您的配合，也希望您能理解我们的工作。”

恭玉哼了哼，没有说话。

宋昀问：“何秘书还有什么需要我们解决的？”

“没有了。”

恭玉心里清楚哪里有什么U盘丢失，不过是随便找的一个能搜他身的借口，故意嘲讽道：“什么时候找到U盘了，记得告诉我一声。”

“一定的。”何秘书笑笑，带着杨秘书转身走了。

“你们先过去，我等下就来。”宋昀对下属吩咐道。

小小的角落里一下子就只剩下相对无言的三人，一个虎视眈眈，一个面带微笑，一个垂头不语，久久都没有动静。

恭玉最先忍不住，阴阳怪气道：“我说宋队，你查也查完了，问也问完了，还杵这儿，不太合适吧？”

宋昀笑笑：“老同学见面，我有些话想要说，只是碍于有不相干的人在，我在想要怎么开口。”

恭玉立刻就炸了，上前一步，狠狠瞪着宋昀道：“你说谁是不相干的人？”

宋昀面带微笑，推了推鼻梁上的眼镜，淡淡回视：“你不会不知道吧。”

气氛一时间凝重到了极点。

白洛歆觉得自己再不出声的话这两人很有可能会打起来，连忙站起来扯了下恭玉的衣摆，挡到他面前，看着宋昀道：“宋昀，你有什么事吗？

“也没有什么要紧的，就是想问问你最近过的怎样，有没有被什么莫名其妙的人纠缠。”

宋昀说这句话时特意看了一下恭玉，白洛歆感受到身后之人接收到挑衅眼看就要冲上前，她迅速转身一把抱住恭玉道：“没有，我过得也很好，没事的话我们先走了。”

“宋队。”正好会议室那头有人叫了声。

宋昀点点头：“我先忙，你们要是没事的话，可以等结束了我们一起吃个饭。”这句话看似是和白洛歆恭玉俩人说的，可宋昀的目光却一直看着白洛歆，“怎么样？”

白洛歆点点头：“嗯……”

“吃你个大头鬼！不吃！没空！我们很忙！”

“长了双相似的眼，人却差了千儿八百。”宋昀看了恭玉一眼，摇着头嘀嘀咕咕地转身了。

“喂！姓宋的，你嘀咕什么呢？”恭玉被白洛歆缚住，动弹不了，又怕动作太大会伤到白洛歆，只能眼睁睁看着宋昀走远，气得直跳脚，“这个人吃错药啦。”

他记得上学那会儿他也看不顺眼这个长得和狐狸似的宋昀，时常拿话怼他，但那时候的宋昀尚且顾忌着自己温文尔雅的形象，不同他一般见识，哪有像现在，句句都故意刺他。

其实关于宋昀态度转变这件事，白洛歆实在是有口难言，她不知道怎么去和恭玉解释。当年事故发生后，他们一个退学，一个休学，学校里大都是机关大院的孩子，那夜的事闹得机关大院如白昼般热闹，本就不是什么秘事，一来二去，就在学校里传出些半真半假的流言来，她修养三个月回学校时脸上还缠着纱布，看上去就是一副受伤很重的样子，那时候老师安排她的同桌也就是宋昀给她补落下的课，宋昀给她补习之余，没少旁敲侧击地同她讲一些“遇人不淑”“劫后余生”“人渣败类”的故事。

后来恭玉从西沙偷跑回来找她又被抓了回去，他们白家立刻搬离了机关大院，同裴家断了往来，宋昀不知从何得知，莫名其妙同她道：“有的人，还是要离得远一些。”

宋昀总是和和气气，不是个会编派别人的人，有什么不满也不会拿到台面上说，白洛歆将这话在脑子里翻来覆去地嚼了几遍，嚼出了点儿微妙的感觉。

再后来宋昀对她告白，她后知后觉地将这些事联系到一块儿，才知道当时她察觉到的种微妙的感觉叫作敌意。

恭玉和宋昀的梁子，就这么在不知不觉间结了下来。

直到把恭玉拉出中天集团大门，白洛歆的心才算放下来一些。

恭玉一肚子气没地撒，还在骂骂咧咧："我今天就是穿了便服，否则就宋昀那级别，还不得老老实实地过来给我行军礼。"

白洛歆忍不住安抚他："你消消气，别讨论他了。"

恭玉扯了扯领子，吐了口气，道："行，那就不说他了，说说我们，小白，这三个月我实在是太忙了，裴老头那公司一堆烂摊子，还有一些乱七八糟的事，实在是腾不出空去找你，你没有小心眼儿的生气吧。"

白洛歆无奈："怎么会。"

她这几个月来也很忙碌，今年适逢《朝闻夜谈》创立三十周年，全社上下都在为此筹办忙碌，她只是在每夜静下来时会很想很想他，想到那日在金湖广场的清晨，她对他说了那样的话，他就沉默了，她下车时他也没拦她，这三个月里，他也像消失了般，她想自己大抵是伤了他的心。

可那又怎么办呢?

她能怎么办呢?

裴睦是他们之间永远无法跨过去的坎，如同身边的一个定时炸弹，她看得见它，知道它终有一天会爆炸摧毁掉现在的一切，却又不知道在哪一天来临。

每当她看着恭玉那双像含着一汪春雨的眼睛时，她总忍不住去想，当秘密大白于天下，这双眼又会拿怎样的眼神去看她呢?

那是她生命所不能承受之重，于是只能日日受着煎熬，除了瞒着他、远离他，她什么法子都没有。

白洛歆不是个喜怒不形于色的人，脑子里想些什么，面上就写些什么，恭玉瞧着她一副泫然欲泣的模样，顿时就有些慌乱，讨好般地扶住她的肩："好好好，我不说你小心眼儿了，是我，我小心眼儿，是我太想你，恨不得闭上眼就能飞到你身边……"

白洛歆摇摇头，忍不住打断他："恭玉，我们不是说好了吗？"

"说好什么？"恭玉困惑地眨眨眼。

"就……算了啊……"

她垂下头，声音小小的，像是在倾吐什么难以开口的东西。

毫无疑问，他又被拒绝了。那日在金湖广场被打击到的心好不容易平息，此刻瞬时就又有些沮丧了，一般人到这里可能就退缩了，但他恭玉从小就胜在脸皮厚，即使自尊心一次次被打击，还是觍着脸问："小白，你讨厌我吗？"

白洛歆摇了摇头。

恭玉松了口气，笑道："那就很好。"

其实关于这件事，恭玉想得很简单。

她只要不讨厌他，一切就好办。

她不喜欢的，他就改。

她喜欢的，他就努力靠拢，考试都能有补考，凭什么他不能再来一次。

可是她接下来的话，却又让他有些心慌。

"我不讨厌你，不代表我喜欢你。"

她的声音轻弱，却字字清晰。

恭玉静了一会儿，心里兀自琢磨了下，他想或许是他操之过急，他的小白本就容易被吓到，他是不能逼她逼的太紧的，于是，放软了语气："现在不喜欢没关系，等你什么时候喜欢我了，记得通知我一声。"

白洛歆知道自己再跟他说下去也得不出个所以然来，于是，攥紧身上的背包，垂着头道："没有什么事的话，我先回去了，今天的访谈我要尽快整理出来。"

语罢，转身就要走。

"等一下，"恭玉叫住了她，顿了顿，终于还是将藏在心底六年的话问出来了，“我给你的那些信你都收到了吗？你十八岁生日那个晚上，为什么没有赴约？”

白洛歆停了下来。

“我去了。”很久，她转过身来，看着他，瞳孔如地震般剧烈震动，好似藏了太多的痛苦，她慢慢地，声音有些哽咽，“恭玉，我去了，我下楼时，奶奶来拦我，摔下了楼梯，再也……没有醒过来。”

恭玉脑中嗡的一声响，浑身凉彻了骨，他恍惚记得那一年冬天，他在雪地里冻倒，隔天醒来，他躺在床上，迷迷糊糊间听见裴老头儿和福伯面色凝重的在商量什么，他被裴老头儿再次送上去西沙的军用飞机那天，裴老头儿淡淡同他提到过，白家奶奶前几天过世了。

他曾经，还天真地以为，白洛歆是因为这件事绊住了脚，才没有赴他的约。

她的家人从来就不喜欢他、有多仇视他，他是知道的。

可他怎么也没有想到，他才是间接害死白家奶奶的凶手，他想他大概是明白了小白一直以来想要推开他的心情了，他伶牙俐齿的嘴、八面玲珑的心，在这一刻，全都消失不见了。

恭玉脸上的表情让白洛歆心里一阵阵地疼，她本不该告诉他这些的，可是她真的害怕，怕他再靠近一点点，她就会忍不住去拥抱他。

所以，说出这件事，是提醒他，也是提醒自己。

那年她刚做完皮肤修复手术被接回家，母亲看见她心疼，在家里大骂裴家，言语极其难听，甚至是恶毒，父亲听不下去，和母亲大打出手起来，吵骂间不知怎么就说到了裴睦。

也是在那个时候，劝架的奶奶知道了裴睦死亡的真相。

那夜之后，奶奶一下子老了许多，她说，她活了这么大的岁数，有过许多秘密，也见过许多秘密，可从没有一个秘密真的能瞒天过海的，不管时间有多久，人都会为他的所作所为得到相应的报应。

如今，她的报应一点点的来了，她将永远无法拥抱她爱的人，这一把双刃剑，刺痛了他，也刺伤了自己。

白洛歆转身时湿了眼，她一路飞奔，不敢回头，不敢停下，直到上了地铁，她靠着扶杆，紧绷的肩膀一寸寸地垮了下来，她捂住脸，旁若无人地哭了出来。

出地铁站时天忽然下起了大雨，白洛歆没有带伞，又要急着回家整理采访稿，地铁站离小区并没有多远，她想了想，便准备直接冲回去，还没踏进雨里，却被人一下子拉住了胳膊，她抬眼看见被伞遮了大半的身影，心中一个激灵，一声“恭玉”已脱口而出。

伞慢慢抬起来，她提起的心脏轰地一下落入谷底。

宋昀举着伞，在她头顶撑出一方天地，温润的笑：“你还是和从前一样，下雨了没带伞也不知道躲一躲。”

她愣愣地问：“你怎么在这？”

宋昀答非所问：“眼睛这么红，哭了？”

白洛歆突然就不知道说什么了。

宋昀扬扬伞，说：“走吧，我送你回家。”

一路无言，快到小区门口，正好碰上准备去地铁口接女儿的白父。

“洛歆！”

白父的目光在白洛歆脸上停了一下，又落到了宋昀身上。

宋昀礼貌地笑了笑：“伯父您好。”

“哦哦，你好。”白父看了一眼低着头沉默的白洛歆，“人家送你回家，不请人回家喝口茶吗？”

宋昀笑着摆摆手："不用了伯父，我还在出勤，既然你来了，我也放心回去工作了。"

宋昀又看了眼白洛歆，没多说什么，转身步进了越下越大的雨帘里。

父女两人撑着一把伞，慢慢走在小区的小道儿上。

"刚才那个，是叫宋昀吧？"白父突然问道。

"你怎么知道他？"

"你上学时，我常看见他跟在你身后，大约是想送你回来，又怕你瞧见。"

白洛歆顿时就说不出来话了。

好多年前，在奶奶去世后，她心底那些晦暗的秘密日复一日地壮大，压得她几欲崩溃，她无人可以倾诉，无人可以分担，她的心里抑郁到了极致，常常把自己封闭在一个单独的思维里，她害怕每一个陌生的眼神，不愿和任何人交流，也拒绝别人的靠近。

后来某一日，她突然发现宋昀在她的视线里出现的有些多，她吃饭时，他就捧个餐盒在她对面默默吃饭，体育课不想上，他也很巧地腿脚不舒服，回班里休息，有时候上下学路上，偶尔她不经意的一个回头，也能看见他的身影，她起初也没觉得什么，直到临高考前的模拟填志愿，宋昀突然问她，想上什么学校，他好填一样的。她随口问了句为什么要和她填一样的，他就笑着说："因为喜欢你，想上了大学后还能和你做同桌。"

白洛歆不是个擅长拒绝人的人，遇见了她也不知道怎么办的事，她通常只会沉默，所以，那个时候她也没有说话，可是那之后，她就开始躲着他了，也主动去找了老师，要求换座位。

宋昀是何等聪明的一个人，当然知道她的那些行为都是无声的拒绝，从此也就慢慢同她疏远了。

最后一次看见宋昀是在毕业后的散伙饭上，宋昀举着酒杯敬了她三杯酒，最后他说："祝你前程似锦。"

后来她在书上看见，才知道宋昀的那句话只说了个开头。

一杯祝你前程似锦。

二杯谢你曾赠我以快乐。

三杯祭你我的感情，无论爱或不爱。

人生不相见，动如参与商。

她终究是伤害了他。

Chapter-9

朝暮

{她不明白，她有什么好，值得他念念不忘这么多年，将寂寞熬成了沙，在岁月里漫长。}

次月《朝闻夜谈》的新刊送到各个部门时，白洛歆才发现自己撰写的那篇关于陆匪的报道并没有被刊登出来。

白洛歆拿着新刊去发行部询问是哪里出来差错时，发行部的同事说："是上头的决定，我们也是临时接到的撤稿通知，白洛歆，你是不是得罪谁了？"

白洛歆看着同事疑惑的脸，脑子里一闪而过的是那双如毒蛇般黄得瘆人的眼瞳，她忍不住打了个哆嗦。

从发行部出来后，白洛歆接到了恭玉的电话。

她本来是不想接的，可大脑还在犹豫时，手就鬼使神差地按下了接听键。

"小白，老王跟我说监狱今天文艺会演，吴越越没和你说吗？我准备过去一趟，你有没有空，要不要一起去？"

"我……"

婉拒的话还没说出口，恭玉又道："我就随口这么一提，你别有负担，上次我已经想明白了，我们的关系你愿意定位成什么样就是什么样，当朋友……或者是同学，我无条件接受。你要是不想去就不去了，没什么的，不过老王说这次会演他们把能请到的囚犯家属都请去了，我呢，自然是去充一下祁月那小丫头的家属。我还是想着，吴越越家好像就她一个了吧，大家毕竟都是老同学，能帮到的就帮一下，你考虑下吧。”

他这么急着撇清和自己的关系，是在给自己下定心丸呢。

他待事何曾这样小心翼翼、瞻前顾后过，白洛歆知道是自己说出奶奶的死因给了他不小的打击，沉默了几秒，她点点头：“好，我去。”

下午白洛歆和李达调了班，刚出总部大楼，路边就传来几下喇叭声。

恭玉一手架在摇下的车窗上，侧了半个身子对她笑：“我刚好路过这里，一起吧？”

白洛歆没说什么，打开车门坐了进去，后座摆了本最新的《朝闻夜谈》，白洛歆看见，下意识地望向前座。

后视镜里，她和他的眼神对上。

恭玉笑了笑，别开眼，转着方向盘说：“那篇专访没发出来很正常。”

白洛歆不解：“为什么？”

“知道什么是打草惊蛇吗？”恭玉说，“如果我是你，在采访陆匪时，绝不会多看他一眼，不会对他表现出任何兴趣，甚至除了你好再见，我不会多对他说一句话。”

白洛歆哑然，这人是在陆匪办公室装了监控吗，怎么好像她的一举一动都被他了然于心了。

“所以，”白洛歆突然明白了什么，“是陆匪做了手脚，让专访在临下印前被撤换掉？”

“不错嘛，小白，当了记者后变得很敏锐了嘛。”恭玉语带赞赏。

“不过，”恭玉顿了顿，道，“以我对这个人简单的了解，大概不仅仅是撤稿这么简单，如果我猜得没错，《朝闻夜谈》怕是再也不会有和中天集团的合作机会了。”

白洛歆有些傻眼：“不会吧，《朝闻夜谈》拿了中天集团这么多年的独家，就、就因为这个，没了？”

“知道自己闯大祸了吧。”

白洛歆不服气：“可是，陆匪要是真这样做，不是此地无银三百两，坐实了自己确实有问题么。”

恭玉摇摇头：“那是因为，就算他的反应坐实了自己有问题，可在他眼里，你这种小喽啰也是掀不出什么风浪的，小白。”他从后视镜里望过来，突然敛了神色，“我知道你在调查什么，可你大概还不知道你面对的是怎样一个人，你想要靠自己去调查清楚，是根本不可能的，你只会离你要的那个真相越来越远，其中的利害关系，你自己要掂量清楚，我的意见是，你不要再想着从陆匪身上找突破，至少是在表面上，你不能表现出来。”

恭玉的这番话，让白洛歆有种豁然开朗的感觉，自那次专访之后，周部长腰伤复发住院，她在社会新闻部里，其实过的有些莫名其妙，主编派下来的代理部长给她分配的任务都是一些寻猫找狗的小新闻，她有时候都觉得自己过于闲了，简直就是终日忙碌的社会新闻部里的一股清流，就连李达，手头跟进的都是“X视集团讨薪”的新闻。

她之前还没觉得有什么问题，觉得领导自有领导的安排，可如今经恭玉一提醒，她忽然有个大胆的想法，陆匪既然有能力撤了她的稿子，自然也能将手伸到她的工作安排上。

车子一路开到女子监狱，前来迎接他们的狱警将他们领到礼堂时已经坐了大半的人，除了穿警服的监狱人员，来的家属实则寥寥几个，这也难怪，人只要进了监狱，身上就被打上了标签，任谁都急着远离。

每个监区都准备了节目，白洛歆他们坐下没多久，吴越越所在的第二监区就出现在舞台上，情景诗歌朗诵的表演中，吴越越抱着一捧小雏菊坐在角落里，目光空洞地望着某一处，一直到表演结束。

恭玉吹了个口哨儿，对白洛歆道："你看她，完美诠释了什么是花瓶。"

白洛歆看着台上的吴越越辩驳："她不喜欢这些活动的，也不知道这次是谁这么大本领，说动她上台了。"

恭玉不自在地咳了两声，挺直了脊背。

台上的吴越越似乎感应到了什么，转头看向白洛歆的方向，弯起嘴角，微微笑了。不过几分钟后，刘管教便领着吴越越走了过来。

"洛歆。"

"越越。"

大约是都想起了上次见面的不欢而散，俩人打了招呼后，就尴尬地沉默了。

恭玉看看这个，又看看那个，正要说话，背上就叫人拍了一巴掌："恭玉！"

来人正是同白洛歆有过一面之缘的祁月，不同于上次浑身是刺的模样，这一次她倒是笑容满面，露出两颊的小梨涡，难得有了属于她年纪的少女气息，看来这些时日恭玉没少下功夫，让这个小姑娘把他当自己人了。

"你来看我呀？"

"还不是你爸拜托我来的，"恭玉嫌弃地瞥了她一眼，"不然谁要来看你这个麻烦精。"

"哎呀这么高兴的日子提我爸那老头儿干吗，他是不是又让你拿礼物给我了，在哪呢，别藏着吊胃口了，快拿给我。"

祁月朝他身后看了一眼，目光从白洛歆脸上扫过，又落在吴越越脸上，顿时就是一愣，脸色即刻阴沉了下去。

"是你？"祁月目带挑衅，将吴越越从上到下打量了一番，最后停在她的脸上，挑衅地哼了哼，"你就是陆韭那个心肝宝贝儿啊，你……"

“祁月！”

恭玉出声制止，对她使了个不要再说下去的眼神，但这个眼神被祁月接收到了后，却转化成恭玉也被这个狐狸精的美貌所折服的意思了，当下就气不打一处来，不服气道：“你喊什么喊，我又没说错，陆匪天天戴手上的那个戒指，是可以打开的，里面就是她的照片，我亲眼看见过的！”

恭玉头疼地捂住了额头。

白洛歆愣住了，她慢慢抬起头，吴越越脸上的慌乱让她觉得胆战心惊。

“越越，你，和陆匪认识？”

“他是我的助养人。”

在恭玉的帮忙下，白洛歆和吴越越被带到了礼堂隔壁用来放演出道具的小房子里，有单独聊天儿的机会。白洛歆本来还在为吴越越同陆匪认识这件事震惊的不知如何是好，可吴越越没头没脑抛出来的这句话，却让她的心慢慢安静了下来。

这大约就是当最担心的事情已成定局，唯有去妥协试着接受。

“什么时候的事？”

“大概，有十年了吧，那时候我还这么大，”吴越越伸出手比画着，“收养我的奶奶去世了，社区的人来找我，问我要不要去福利院，我不想去，他们便收回了从前接济给奶奶的房子。我没地方去，没有钱吃饭，谎报了年龄去 KTV 打工，我每天都很害怕，怕被人发现，怕那些动手动脚的客人，我甚至考虑过主动退学，我想我这辈子大概就这样了，是彻彻底底的完了，直到后来我认识了陆匪，他给我地方住，给我交学费，教我为人处世的道理，直到那个时候，我才觉得似乎能看得见一点儿未来了。”

吴越越的话让白洛歆特别难受，十年之交，她却从来没有想过她奉为女神般崇拜的吴越越会有这么多的难处，这么悲摧的人生，她眼中的吴越越永远都是那么漂亮潇洒，像维纳斯般无所不能，哪怕身陷囹圄。

现在，她同她面对面坐着，像学生时代平常聊天儿时那样，只不过角色互换，此刻是吴越越平静地对她说着自己的伤痛，白洛歆难过又自责，她低下头，心虚地不敢去看她："我应该多去关心你的。"

在俩人这段关系中，她理所当然的软弱，习惯吴越越的照顾，她怎么就没有想过，没有人生来就身披铠甲，不过是为生活所迫不得不坚强，谁不想做城堡里不见风雨的小公主呢，若说方才她还为吴越越和陆匪关系匪浅而感到难以置信，那么现在她可以完全理解在那种环境下，吴越越为何会轻信陆匪误入歧途了。

俩人各怀心思，沉默不语，气氛诡异地安静了好一会儿，白洛歆握着吴越越的手，试着晓之以情，道："越越，我知道陆匪帮助过你，他在你心里可能形象高大伟岸。可是，我想要告诉你的是，他没有你想象的那么善良，我这么说不是没有根据的中伤，虽然我现在还没有具体的证据，但……他是个商人，他在访谈里也说过，他能走到今天这个地步就是因为他从不做亏本的买卖。所以，他对你好，一定也是别有目的的，就比如你的案子，我想你很可能是被他骗了，因为这段时间我也接触过他，我觉得他这个人心思很重的，或许和你认识的他有些出入。"

白洛歆已经把话说得很明白了，她一脸担忧地看着吴越越，她的朋友因为缺少关心很可能被人利用了这点背了黑锅坐了冤狱，她一方面想要查清真相让陆匪的伪善大白于天下，一方面又有些害怕吴越越接受不了真相会面临崩溃。

默了两秒，吴越越细不可闻地叹了声："我比你更了解他。"她反握住白洛歆的手，用力捏了捏，犹豫半晌儿，还是决心提醒她，“陆……叔叔他脾气不好，他不喜欢被人当作怀疑对象，洛歆，我以我的人格和你担保，我的案子跟他没有半分关系，你不要再做无用功了，真相就只有一个，就写在当年的判决书上，你就当放过我，别让我再经历一次被全城热议的难堪了。”

“越越？你不信我？”白洛歆简直难以置信了，陆匪到底给她灌了什么迷魂汤，她怎么就这么执迷不悟呢。

吴越越有些急躁：“我不是不信你，是你们两个对我来说都很重要，我不想看见你们两个针锋相对，更不想让你们任何一方受到伤害。”

“不想让我们受到伤害？这就是你的理由，那是不是有一天我做了错事，你也要不分对错的支持我，只因我是你的朋友？”白洛歆越说越激动，愤怒地站了起来，“那么在你看来，怎么才算为一个人好，是在他错时指正他的错误陪他改正？还是在他做错了事情时还要为他摇旗呐喊，看着他一错再错，无路可退？”

哐啷一声，门突然被人一脚踹开，正在争论的俩人成功被打断，一同望向几乎是踉跄摔进来的刘管教。

刘管教好不容易站直了身子，摸着鼻子一脸尴尬同俩人道：“那个，监狱长让我来告诉一声，时间到了，会演结束了，该回各自的监区了。”

吴越越默不作声地站起来，垂着眼走了过去，门外还站了一个正叉腰望天的恭玉，她掀开眼皮看了他一眼，路过他时，脚步微顿，压低声音道：“看好她，陆匪不会坐着等她去查。”

恭玉闻言直翻白眼，咬牙切齿地压着声音回：“我早就警告过你离他远一点儿的！”

“谢谢你，没有告诉她真相。”

吴越越丢下句话，低着头跟刘管教走了。

这让恭玉有些不习惯，他和吴越越互怼了那么多年，彼此都看不顺眼，如今他一肚子气想要撒，她却对他说谢谢，就好像他用尽了所有的力气却打在了棉花上，说不出的抑郁。

恭玉扯了扯衣领，深呼吸几口，调整好情绪，转身踏进房间时，已换上张满面春风的笑脸："小白，我们也走吧，我送你回家？"

"恭玉，"揪着自个儿手想心思的白洛歆抬起头，她看着恭玉，微微歪着头，大眼里满是不解，"拨乱反正是错了吗？是不是，你们都认为，息事宁人才是最好，而我现在的所作所为是没事找事，兴风作浪，让大家都不得安宁。"

恭玉愣了愣，莫名就有些心疼，他走到她面前，蹲了下来，轻声安慰她："大家都只是希望你能平平安安。"

他能说的，也就只有这些了。

白洛歆听懂了他在避重就轻些什么，自嘲地低下头笑了笑，没有说话。

恭玉方才趴在门上听了她和吴越越谈话的全部，既忧郁又同情地看着她，最后伸手拍了拍她的肩，无奈地叹了口气。

这个傻姑娘啊，她到现在还以为，吴越越是无辜的呢。

这天夜里恭玉失眠了，他只要一闭上眼就看见他的小白低垂着头无助地掰着自己的手指，问他："拨乱反正是错了吗？"

后来好不容易睡着了，他又做了个噩梦，梦见白洛歆一身是血，周围都是泛着寒光的刀子。

他一身是汗的醒来，睡意全无，最后索性爬起来开车出门，他一路飞驰，把车停在金湖广场边，抽了一夜的茶花，直到第二天天亮，他在茫茫的人群里看见匆匆往金湖广场地铁站赶的白洛歆，那颗躁乱了一夜的心才慢慢安定了下来。

他看着她，他想他大概是明白两千多年前汉武帝刘彻金屋藏娇的心情了，他也想建一座房子，将她藏在里面，风吹不到雨淋不到，她只要待在那里，负责开心快乐，这便是他的一生所求了。

自那天从监狱回去后，白洛歆就是一副蔫蔫的状态，做什么都心不在焉，在处理居民丢猫事件时还不慎摔伤了腿，医院帮她处理伤口的舒医生是恭玉的朋友，热情地借了同事的车送她回《朝闻夜谈》。

一路两人相谈甚欢，到了《朝闻夜谈》大门，白洛歆刚准备下车，李达就不知道从什么地方蹿出来，一把按住车门，同她通风报信："小白！我靠你这腿怎么了？你现在就回家，今天……不，这两三天你都别来上班了，我给你请假！"

白洛歆没听懂："为什么要请假？我还要写稿子呢。"

"部长回来了，发了老大的火，嚷嚷着要找你，大家伙儿都借口跑出去避难了，你等他过了气头再回来。"

白洛歆还没听明白什么事呢，手机屏幕亮了亮，是来自周部长的微信，她点开看了一眼，苦着脸指着头顶对李达说："迟了，老大已经看见我回来了，叫我上去呢。"

正说着，手机就响了起来，白洛歆刚接通，周部长的咆哮声就吼的连站在一旁的李达都听得一清二楚。

"还不快滚上来！"

"我这就来。"

白洛歆就差没对着手机点头哈腰了，她一边下车一边对前座的人道：

“舒颜姐，谢谢你送我回来，有机会我请你吃饭。”

舒颜点头：“知道了，喂，小白你慢着点。”

看着李达扶着白洛歆急吼吼往总部大楼里赶，舒颜不放心地拨通了恭玉的电话：“你在哪儿，要不要来看看，你家小白貌似有麻烦了……”

周部长的确是很生气，他今天刚休养回来，先是直接被大老板叫去了办公室给一顿臭骂，又安抚了一圈董事，最后揣了一肚子的气回到部门，始作俑者却不在，可当白洛歆拖着打了石膏的腿出现在他面前时，他又觉得心软了。

“你说你，这一天天的是怎么回事？腿又怎么了？”

“是我……”

“你是不是又去中天找陆匪了？哎我说你到底搞什么，我休息之前不是让你别跟中天的线了吗？你怎么这么不听话呢，你知不知道就因为你，咱们社丢了多大一个独家？你还想不想做了？不对，我应该问你，你还想不想活了？”

白洛歆头都快低到胸口了，哭丧着脸等周部长骂完，才小心翼翼地解释：“部长，您别骂我了，我没去中天，腿是追猫时摔的。”

“不过，”她掀开眼皮，小心翼翼地看着周部长，“部长，您这番话的意思是不是觉得我的腿受伤是和中天的陆匪有关？”

“我！”周部长语塞，顿了几秒，拍着桌子骂道，“我还没说你，我带你去中天做专访是工作的，你哪来什么私人问题？你知道你这叫什么不？以权谋私！入行时带你的老师就是这么教导你的？”

白洛歆被说得一阵脸红，惭愧道：“对不起部长，我知道自己的行为不对，是我太心急了，可凭我自己的能力，估计十年内都无法接触到中天集团的高层去查真相的。”

周部长的脸色立马沉了下来："你在查陆匪？白洛歆，我可得提醒你，这世上每个人都有底线，在你决定挑战这个底线时，先掂量下自己有没有承担后果的本事！陆匪如今这个位置，别说你，就连我，都不敢轻易去查他。"

"那部长您的意思是，位高权重，就可以无法无天了吗？对方位高权重，我们媒体人就要当聋哑人吗？"

白洛歆一直以来积压在心底的情绪一下子全爆发了，从她决定要做这件事，几乎每一个人都在叫她放弃，父母是，吴越越是，恭玉也是，现在，就连她从学生时代就最尊重的媒体人周部长也是这样，她只觉得一股怨气直冲大脑，什么也顾不上，将内心的委屈、悲愤、不甘统统宣泄了出来。

周部长觉得头痛，他是喜欢这孩子身上认真负责的态度，可有时候认真过了头，就不懂得变通，这恰恰是做媒体的大忌，太容易得罪人。她还太年轻，把这个世界看得太无害，不知处处是危机，若连她自己的人身安全受到威胁，还怎么为人民说话。

他不能看着初生牛犊被心狠手辣的老虎吃掉，心一横，撂下重话："至少你在我手下工作一天，我就不许你再查陆匪，否则，你就给我从《朝闻夜谈》滚出去，今后也别想着再入媒体圈。"

房间内，一时间鸦雀无声，白洛歆垂在身侧的手一点点握紧，眼圈泛着红光，她吸着鼻子问："部长，您当初是为了什么当记者做媒体的？"

一瞬间，偌大的室内鸦雀无声。

白洛歆离开办公室后不久，大老板派秘书送来了关于白洛歆的处分通知书，秘书走后，周部长坐在座位上，俯瞰着水泥浇筑的城市，灯红酒绿，满目奢华，久久都未回过神儿。

他佝偻着身躯，一下子像老了十岁，仿佛有无形的乌云压得他连脊背都挺不直。

只因白洛歆几个小时前眼含泪水地问他，是为了什么当记者做媒体？

他从最普通的送报员做起，风里雨里近四十年，做到了如今这个业内标杆的位置，他得了名获了利，却连说一句真话都要瞻前顾后。

他最看好的下属想要说真话，可他甚至不能保住她的一方清静。

人人都说他是成功人士，他如今才明白，没有人比他更失败。

白洛歆是哭着跑出总部大楼的，她站在车水马龙的街道边，抹着眼睛，哭得特别伤心无助。

她不明白的，她只是想要找寻一个真相，可为什么所有人都觉得她错了。

正值下班高峰期，周围来来往往的人很多，无一不对这个站在马路边痛哭的女孩儿侧目，也包括刚刚赶过来的恭玉，他朝白洛歆的方向飞奔到一半，在看到另一个先他一步跑到白洛歆身边的人后，他慢慢刹住脚步，没有半分犹豫的，转身往《朝闻夜谈》总部大楼里跑去。

解铃还须系铃人，他倒要看看，是谁胆敢欺负他的小白。

“少喝一点儿，虽然是果酒，喝多了也是会醉的。”

《朝闻夜谈》总部大楼楼下的日式居酒屋里，宋昀挡下白洛歆倒酒的手，给她换上杯刚泡的梅子茶：“先喝点这个解解酒劲，明天起来你的胃会好受很多。”

白洛歆家教甚严，母亲从不让她沾酒，这是她第一次喝酒，虽然宋昀叫了度数最低的果子酒，可一下子喝掉大半瓶的她已感到头重脚轻的飘忽感，她用力撑着脑袋，迷迷糊糊地看着宋昀道：“真奇怪，电视上这种时候不都该劝对方不要喝了吗，你怎么只是让我少喝一点儿。”

“我不抗拒酒精，适当的酒精可以麻痹痛苦，放大人的潜力，或者给人无限大的勇气。”

宋昀温和地笑笑，从口袋里掏出警官证放在白洛歆面前：“况且你喝酒的对象是我，醉酒后的人身安全是完全不用担心的。”

白洛歆扑哧一声笑了出来，拿着宋昀的警官证认真地看了又看：“警察……宋昀，警察不是抓坏人的么，可为什么有的好人含冤入狱，有的坏人却仍在逍遥？”

职业的敏感让宋昀直觉白洛歆的这句话和她今天失态痛哭有关：“谁是坏人？”

白洛歆又往自己的杯子里倒满了酒，一口饮尽后，噘着嘴很生气地说道：“就你们辖区的那个，中天集团，陆匪。”

“陆总？”宋昀微微一愣，眼前出现的是那个有过几面之缘温文尔雅的冷峻男人，“他怎么了？”

“他害了吴越越。”

“吴越越？”

吴越越这个名字对宋昀来说并不陌生，学生时代，吴越越就是A中的风云人物，无数男生心目中的完美女神，毕业被捕入狱更是闹得满城风雨，同学会上偶尔说起吴越越都是一阵扼腕的叹息，没有人怀疑过已经盖棺论定的案件，不过，听白洛歆的意思，似乎另有隐情？

白洛歆重重点了点头，动作迟缓地眨了眨眼：“虽然我还没有决定性的证据，但就我目前调查到的这些来看，陆匪他，真的坏透了。”

她打了个酒嗝，目光呆滞，看来是彻底醉了，宋昀不动声色地拿走她的杯子：“你醉了，我送你回家。”

白洛歆拽着他的袖子：“宋昀，你会抓坏人的吧？”

她孩子气的模样让宋昀忍俊不禁，他笑了笑，一点点掰开她的手，握在手心，轻轻拍了拍，拿出哄自家侄子时的口吻哄她：“只要他是坏人，我一定把他关起来，让他不能再祸害别人，还有啊，如果你需要人民警察的帮助，随时来找我。”

“宋昀，谢谢你。”

白洛歆感动地抓着宋昀的手，嘴一瘪，又想哭了，这么久以来，终于有个人愿意和她站在一条战线了。

只是眼泪还在眼眶里泡着呢，她就被人扯着后领一把拎了起来。

“你居然带她来喝酒？！”

暴怒声响彻整个居酒屋，白洛歆缩了缩脖子，转过头，懵懂地看着来人，突然一展颜，甜甜地笑了起来：“恭玉，你来啦。”

她的声音糯糯的，带着醉酒后的微醺，肉肉的脸颊上已染了酡色，半掩着眸的样子着实可爱至极，恭玉满肚子的火瞬间浇灭了大半，但这并不代表他不生气了，他僵着脸，瞪了她一眼，语调不自觉降了好几度：“等下再和你算账。”

他将她揽至怀中，横眉冷冷看着宋昀，把牙咬得咯吱响 ：“我他妈真是猪油蒙了心，才把她留给你照顾！”

宋昀笑了笑：“恭玉，你说话注意点，什么叫你把她留给我照顾，说得好像白洛歆跟你有什么关系一样，更何况，她和我喝酒，怎么也比和你待在一起安全，现在，请你放开她，否则，我有权利以诱拐妇女的名义铐了你。”

“你铐个试试？”

恭玉气得直哆嗦，若不是他手里还抱着个醉着的，他早就遵从内心往那张讨厌的狐狸脸上狠狠砸上一拳。

这边剑拔弩张的气氛吓走了店内大半的客人，日本老板从后厨跑出来，张开双臂挡在两人之间，左鞠躬右哈腰的：“两位老板消消气，和气生财，和气生财。”

一双小手应景的在恭玉脸上揉捏游走，一边按还一边嘟囔：“别生气了，都气皱了，不好看了。”

恭玉一把拉下某人不安分的小手，狠狠地瞪了宋昀一眼，揽着白洛歆转身就走。

“恭玉！”

宋昀抬脚就要追上去，日本老板猛地抱住他的腰，哭丧着脸喊：“老板，钱、还没给钱呢！”

等宋昀丢下钱追出去时，哪里还看得到恭玉和白洛歆的身影。

他狠狠地啐了一口，以常年来追捕犯人的直觉向着一条路上追了过去。

其实恭玉并没有带白洛歆走远，他带她转了个弯，直接拐进了居酒屋后面的小巷里。

宋昀虽然是警察，有着职业的优势，可他恭玉也不是个普通人，论起侦察与反侦察，宋昀便是再修炼个十几年也不是他的对手。

看着宋昀消失在人流里，恭玉转过身来，一脸愤怒地瞪着揪着他衣袖把玩的白洛歆，脑子里出现的，是她刚才和宋昀手拉着手的样子，恭玉只觉得心中的怒火又一点儿一点儿地烧了起来。

恭玉这么生气不是没有道理的，当年住在白家时，他曾偷拿了裴老头儿珍藏的人头马，自己实在喝不完，又不甘心给老头儿留，就兑了红茶诓骗小白说是最新的饮料，小白心思单纯，一股脑儿喝了个干干净净，然后就醉了。

他也没想到，这姑娘清醒时抗拒与别人接触，醉了却变成了一只黏人的考拉。

当年他费了好大劲儿领着她到机关大院的后山跑了好几圈，折腾光她的精力才让她老实去睡觉，可如今他看着她，越看越来气，她怎么光长年纪不长脑子，轻易地就和人去喝酒了，若他没找她，现在她抱着玩的，是不是就是宋昀那家伙的手。

偏偏白洛歆还歪着脑袋，一脸呆滞地问他：“恭玉我是不是又惹你不高兴了。”

没有任何先兆，他猛地就把她狠狠按在了墙上，捧着她的脸，低下头蛮横地吻了下来。

两唇相交的那一刻，恭玉只觉得有什么轰隆一下子炸开在脑中，他瞬间什么都不能思考了，只有本能驱使着他向她索取，这是他的初吻，没有技巧，也不温柔，像只野兽般粗鲁地在她唇上又啃又舔，唇齿碰撞间，两人都尝到了铁锈的味道，他的呼吸声很重，暧昧地响在她耳边，白洛歆的呼吸渐渐变得急促，全身烫的像要爆炸，整个人软软地攀附在他怀里，发热的脑子里有个声音尚存一点儿理智，在叫嚣着让她停下来！

可他将她抱的那样紧，像要揉进骨子里，她根本动弹不得，甚至当她张嘴想要喘一口气时，他毫不客气地侵入她的舌间，又是一轮攻城略地，将她唯一的一点儿空间侵占。

然后白洛歆就做了她人生里最丢脸的事，她一口气没有提上来，没出息地晕了过去。

次日白洛歆在自家熟悉的大床里醒来，头痛的似要裂开，她抱着头小声的哀号，暗悔为什么要喝掉那么多酒。

“醒了啊，快把这喝了，妈妈亲自给你煮的。”

母亲端着煮好的醒酒汤打开房门走过来，拉下她的手给她按摩太阳穴："升职虽然是件高兴事儿，同事劝酒也不用每杯都喝，你没喝过酒，一下子喝这么多是很容易醉的，还好有舒医生在，不然你一个姑娘家在外面醉的不省人事的多危险啊，又没有事先跟爸爸妈妈说，下次可不能这样了呀。"

"升职？舒医生？"

"对啊，你什么时候交了个医生朋友也不和我们说一声，你是不知道现在能在医院里有个朋友会有多便利，这个舒医生我瞧着挺不错，漂亮又大方，她有没有男朋友啊，你大表哥刚和女朋友分手，不如介绍给舒医生怎么样？"

白洛歆蒙了几秒，脑子里闪过居酒屋内几个零散的片段，最后定格在小巷内那个血脉贲张的吻，她的脸轰地一下烧了起来。

她和恭玉……

"哎呀洛歆，你头怎么这么烫，不会着凉发烧了吧，你等着，我去拿体温计给你量量。"

母亲说完就走，白洛歆抱着头哀号了一声，拉过被子将自己整个埋了进去。

白洛歆过后就强迫自己将这件事给抛之脑后，她说辞都想好了，如果恭玉要她负责，她就装傻到底，借口不记得喝醉后自己都做了什么。

她一天天胆战心惊等着恭玉来找她，可这个人却像是人间蒸发了般，连条信息都没给她发过。白洛歆又在心里打鼓，是不是自己被他亲晕了这件事，伤了他的自尊心。白洛歆越想越头痛，失眠了好几个夜，天天顶着一双熊猫眼去上班。直到闲聊时舒医生略带不满地同她说起，恭玉的发小儿从日本回来了，恭玉成天上他那儿腻歪去了，白洛歆忽然想起十几岁时曾在恭玉卧室里看过的那张偷拍照片，从前她一直以为他喜欢的那个人是舒医生，直到认识了舒医生后才知道，当年她和恭玉鸡同鸭讲，他说的那个人实则是石台上坐卧着低头看书的少年。白洛歆对这个未曾谋面的宁少爷油然而生一种莫名的好感和感激，在恭玉被裴家抛弃的那些年里，幸得有他，相扶相持。

这天是新一期《朝闻夜谈》上市的日子，白洛歆正在电脑前写采访稿时，吴姐举着一本杂志火急火燎地冲进了她的办公室："洛歆，洛歆啊，你快看，这帅哥不就是上次和你一起来的兵哥哥？"

"兵哥哥？"

白洛歆狐疑地看过去，眼睛即刻惊讶地睁圆，这封面上一半军装一半西装的清隽男人，可不正是她日日挂在心尖上的恭玉。

而本期《朝闻夜谈》的主题就是：特警 VS 商界新贵，裴氏继承人的双面性。

"哇噻，我就说他气质非凡嘛，原来是特警，哇他这么年轻就做到了这个级别，真的是英雄出少年，最让人无解的是他居然还长得这么好看！你是不知道刚才我从其他部门过来，那些小姑娘捧着杂志的花痴样啊。"

吴姐还在喋喋不休，白洛歆已经噌地一下站起来，拿着杂志冲了出去。

她直接冲进了部长办公室，将杂志放在了部长的面前。

"部长，这是怎么回事？特警的身份哪能随便报道，还出镜，你知道他面对的都是些什么穷凶极恶的人吗？万一那些坏人看见了，知道了他的身份，对他打击报复怎么办？"

白洛歆气急败坏地一口气说完，浑身忍不住地颤抖，也不知道是因为气愤还是害怕。

周部长浮了浮茶，意味深长地看着白洛歆道：“他直接找的大老板，托他的福，这一期的销量创了新高，人人都好奇这个职业，想要揭开他们的神秘面纱，而他，满足了大众的好奇心。”

白洛歆一怔，她了解恭玉，他不是个爱显露锋芒的人，甚至是厌恶别人探究他的过去，于是，她斩钉截铁地替他否认：“不可能。”

“怎么不可能，”周部长笑了声，打开抽屉，将一份红头文件扔了过去，“他用自己的专访，换，撤掉这份文件。”

白洛歆扫了一眼，瞬间就泄了力。

这是她的处分文件，她在中天集团的失误，让大老板和董事们决定通报开除她。

《朝闻夜谈》在国内媒体圈有着绝对的话语权，这份处分文件只要发下去，今后的媒体圈就真的再没有她的一席之位了。

她顿时明白恭玉这无异于自爆的疯狂举动是为了什么了，眼泪一下子就涌了出来。

周部长叹气，将一盒纸巾递了过去：“后生可畏啊，我做不到的事情，他轻而易举就做到了，临出片前，我才看见这篇专访，你担心的那些我也知道，我建议他撤掉专访，凭我在这里的话语权还是有这个能力的，可他拒绝了，他对我说，小白难得有自己喜欢的东西，她很喜欢这一行，我希望她能一直做下去。”

那天白洛歆将恭玉的专访看了又看，他说到他在西沙当驻岛士兵的日子，大海、烈日、风浪，无边无际的寂寞，日复一日的守望，思念是他唯一的希望。

白洛歆一边哭一边捂住了心口，他送给她木曼陀罗，她找匠人用铂金镶了起来，做成项链，日日戴着，他无声地对她发誓要为她遮风挡雨，为她扫尽艰难险阻。他从来都是说到做到。

可她不明白，她有什么好，值得他念念不忘这么多年，将寂寞熬成了沙，在岁月里漫长。

这一天临近下班的时候，社里关于去阿富汗前线跟踪报道的通知下放到每个部门，每个部门都要派一个人参加，奖金丰厚，回来后还会升职，但对于这九死一生的任务，几乎没有人愿意去接。

“我不行啊，我老婆刚怀孕，我得照顾她，子弹不长眼，我总不能做个抛弃妻子的陈世美吧。”

“我这么大年纪更不行，别拖累了大部队，回不回的来还是个问题，叫年轻人去吧，年轻人，就是为国家做贡献的时候嘛。”

“老陈你话可不能这样讲，年轻人做贡献的机会多着呢，要是为这蝇头小利把命丢了，还怎么做贡献。”

“那就只有抓阄儿了，谁抓到谁去，听天由命。”

办公室里，一时间为这事闹开了锅。

坐在角落里的白洛歆站了起来，瘦瘦小小的身子却掷地有声：“我去。”

这世上每一件事情都是需要人去做，她不做，总会有其他人去做。

她这一生从一开始就错了，她罪孽深重，不配被人牵挂，更不配被爱，她若死在那里，也算是死得其所，所以，再没有人比她更适合踏上这条战火肆虐的荆棘之路了。

Chapter-10

圆满

﹁小白，想做什么，就大胆地去做吧，不要害怕，你只管大步向前走，我会保护你，至死方休。﹂

提到阿富汗这三个字，人们所能想到的词汇只有，战争，贫穷，死亡。

这是世界上最危险的地方，可当白洛歆来到这片土地上，只觉满目疮痍，心里满是震惊和悲凉，围墙上炮弹轰击过的痕迹，道路两旁光秃的小树，听不到狗叫鸡鸣的废弃村庄，就像挣扎着生活在这片土地上的人一样，苟延残喘。

一皮卡的人大都是第一次直面战场给予的残酷，一路都沉默着，默默拿手中的相机记录下这些画面。

皮卡上大部分都是《朝闻夜谈》各部门派遣的人员，除了那位坐在角落拿着本《圣经》低低祷告着的美国老者丹尼尔，他在荒芜的山梁间拦下皮卡，拿出自己的 MSF 证书，便被司机恭敬地请上了车，同他们一同前往阿富汗最纷乱的南部。

注意到白洛歆的目光，丹尼尔睁开眼，对她颔首微微笑了笑。也许是因为自从决定踏上这里的那刻起，她就处在一片沉重的气氛中，此刻看着老者的笑容，白洛歆心头一颤，一股暖流顿时在心里通过。

到达坎大哈的第五天，白洛歆已习惯了这里有如惊弓之鸟精神紧绷的生活节奏，一点点动静就可以让整个街上的人在顷刻间消失不见，这里是火线，是战争的中心，是离死亡最近的地方，拿当地人的话来讲，在这里生存完全靠运气，因为你永远不知道下一秒会不会有流弹或者炮火在你身体里炸开。

也不知道是不是他们运气好，这几日除了能听见有些隔着很远距离响起的炮火轰隆声，他们并没有亲身遭遇当地人口中的武装冲突。

赴阿工作小队就住在闹市街上的小旅馆内，白洛歆结束一天的工作后回到房间，借来同事的充电器为耗尽电量的手机充上了电，例行公事给父母的手机发了段自己已平安到达的视频后，她便将手机调至静音，不想去理会父母的轰炸信息。

她来阿富汗的事特地请求社里保密，为的就是不想徒增不必要的麻烦，只是不知道谁走漏了风声，最后还是让父母知道了，家里闹得天翻地覆，三姑六婆连番上阵就是想要说服她从《朝闻夜谈》辞职，父母甚至不惜将她反锁在房间里，她还是靠着从前和恭玉一起爬树翻墙的经验，撬窗翻出去，才赶在赴阿小队临出发前赶到机场。

她走得太急，除了护照和一些钱，她几乎什么都没带，躺在摇摇欲坠的床上，她听着下水道的滴水声，望着空空的房间，眼皮跳了跳，脑子里忽然出现一句不怎么吉利的话：生不带来死不带去。

她转了个身，将目光移向了靠近天花板的小气窗，看着外头看似明净安谧的黑夜，慢慢合上了眼。

窗外，炮火洗礼后的天空发着诡谲的灰白，远处偶尔传来几声炮鸣枪响，明明身处险地，站在旅馆楼下一脸风尘的男人却仰着头看着巴掌大的气窗里微微的光亮，慢慢勾起嘴角，像遇见了什么极好的事，眉头舒展地笑了。

夜色已深，旅店老板搬了活动门板正要关门，抬头瞥见大门口站着个人，不由将墙角的铁棍拿在手中，紧握着打量着男人，男人听见动静转过头来，老板瞧见他风尘仆仆的东方面孔，提到嗓子眼儿的心瞬间放了大半，皱眉对他做手势，用拙脚的英文对他道："要住房？房间没有了，被人全包了，这里，整条街，都满了。"

也不知道最近是赶上什么日子，除了类似住在他们这里那帮来工作的中国人，来当地的背包客也比以往更多，似乎越动荡的地方，越能吸引人心的探知欲。

男人点点头，也没有说什么，转身走到墙边，靠着墙根坐下，拢起衣服，将拉链拉至下巴，对他比了个"OK"的手势，看样子是想这样将就着过夜。

老板摇摇头，叹着气关上门。

隔日天未亮白洛歆已经换好衣服出门，旅馆内静悄悄的，甚至还能听见同事酣睡的打鼾声，连日来辛苦的工作让大伙儿都疲惫不堪，领队特地给了他们半天假休息，白洛歆其实也很想睡觉，只是她的时差还停留在北京时区，早早便醒过来，睁着双大眼对着天花板发了会儿呆后，认命地爬起来。

刚走出旅馆，白洛歆就看见墙根下侧躺了个人，头随意枕在背包上，也不知道是冷还是，整个人几乎都蜷缩进了黑色的连帽衫里。

又一个不远万里来到战争腹地的背包客。

白洛歆心想，顿了顿，还是折步走了过去，将自己身上的披肩取下轻轻盖在他身上，又从口袋里掏了几张阿富汗尼用石子儿压在他身边，这才转身走近了灰黑色的街巷里。

等到白洛歆逛完了大半个城区回到闹市街时，太阳已升至头顶，街巷两边的商家也都开始营业，白洛歆慢悠悠的闲逛，手里的相机也没停止过咔嚓声，记录着一路所见，她今天早起收获颇丰，用相机记录了不少珍贵的画面，放远又拉近的镜头里，她忽然注意到自己对面的空地上，正对着一群孩子侃侃而谈的老者正是曾和他们搭乘一辆车的丹尼尔。

白洛歆放下相机走过去，找了个角落坐下，同那些孩子一样，托着腮认真听讲。

丹尼尔显然也认出了她，对她颔了颔首，继续说着《圣经》里的故事。

白洛歆是无神论者，可她知道，越是深陷战场的地方，人们就越痴迷于信仰，有人说这是一种寄托，给自己希望，才不会绝望。

“你必坚固，无所惧怕，你必忘记你的苦楚，就是想起也如流过去的水一样，你在世的日子，要比正午更明，虽有黑暗，仍像早晨。”

白洛歆听得入迷，在丹尼尔停下来时，不由向他问道：“丹尼尔，我的过去是黑暗的，我的懦弱让一个生命消逝，丹尼尔，你的主会原谅这样一个罪大恶极之人吗？”

丹尼尔向她走来，如同他对每个孩子做的那样，伸手轻轻放在她的头顶，慈祥地同她说道：“只要你诚心悔过，主会宽恕你的罪孽，阿门。”

白洛歆愣了愣，双手合十，虔诚地闭上眼。

几乎是同一时间，她听见了恐惧的尖叫和近在咫尺的爆炸声，眼还未睁开，铺天盖地的碎石和尘土便兜头砸了下来。

她整个人被掀起又落下，重重落地的那一瞬间，她看见广袤无垠的土地上太阳鲜红如血，剧烈的疼痛中，她像是感觉不到自己的身体所在，只有渐渐抬不起的眼皮尚能看见身边汩汩流出的鲜血，眼皮缓慢地眨了几下后，便再也抬不起来，白洛歆悲哀地想，原来她的罪过这样大，连主都不会原谅她。

这世上没有人会原谅她的，就连她自己，也不会。

不知道昏睡了多久，从黑暗的洞穴中挣扎着醒来的白洛歆挤压在断壁残垣内，身躯弯成一个奇怪的弧度，周围是死一般的沉静，弥散在狭小空间里的是泥土与血腥混合在一起的气息。白洛歆只觉着有什么东西正从自己的身体里一点儿一点儿的悄悄流逝，被这等待重生或是死亡的漫长的时光洪流无声卷走。

耳边似乎有人声隔了几重山的距离悠悠传来，说着她听不懂的语言，又似乎有谁在撕心裂肺地喊着她的名字，白洛歆微微侧过头，沾染血污的眼珠在眼眶内转动，最终停留在身边一处，镶着铂金的木曼陀罗挂件被鲜血浸润，她试着伸手想抓住它，可才抬起手腕就重重落下，沉甸甸的，仿佛整个身体都已经失去，最后只能颓败地放下。她笑了笑，原来人生一世，到最后，真的是生不带来死不带去，什么都带不走啊……

从残存的缝隙外透进来的一缕光灼伤了白洛歆的眼，像是多年前的那个午后，少年于光的尽头，回头，笑语嫣然。

那是她的心之所向，她的生命之光，她的灵魂所在。

仿佛做了一个很久的梦，醒来时，只觉得浑身都很痛。白洛歆看着近在咫尺的蓝色帐篷顶，大脑一片空白，什么都想不起来。

直到一双蓝眼睛忽然出现在她头顶，眨了眨眼，咧嘴笑道："上帝保佑，你终于醒了。"

"这是哪儿……"

白洛歆张了张嘴，却被自己如腐木般嘶哑的声音吓到。

"别害怕，你只是太过虚弱，你流了很多血，还好我们带了足够的血包，附近发生了武装冲突，一枚炮弹被投放到你们旁边的那栋楼里，你被爆炸造成的余波所伤，又被炸的四分五裂的大楼埋在了下面。”

白洛歆听着护士的话，脑海里浮现出模模糊糊的画面，终于记起了自己遭遇了什么，爆炸声，一瞬间天崩地裂，烈日如血。

当地人所说的不知道什么时候就会发生的意外，被她遇见了。

“我们是在几天前才来到坎大哈的，你知不知道，那整栋楼都毁了，毁灭度不亚于一场地震，那一根石梁就在你头上几厘米处，若是它掉下来……我简直不敢想象，你只是伤了腿，真的是不幸中的万幸了。”

白洛歆自嘲地笑了，她没有死在这场意外里，或许才是最大的不幸，她看着护士衣服上 MFS 的红色图标，想起丹尼尔也是穿着这样的衣服，便明白是无国界医师组织救了她，她感激道：“谢谢你们。”

没想到护士却笑着摇了摇头：“哦不，亲爱的，救死扶伤是我们的本分，况且我们赶到时你已经被人从废墟里救了出来，所以你最该谢的是你的那位同胞，他不仅救了你，还救出了十六名孩子，他是个英雄。”

“同胞？”

白洛歆怔了怔，是她的同事救了她？

“那个人在哪儿？”

“就在旁边的帐篷。他为了救人也受了伤，现在还未醒，听旁边的居民说，他疯了似的徒手在废墟里又搬又刨，我们到时，他已十指鲜血淋淋，只剩一点点的指甲挂在上面。挖到底层时松动的建筑还产生了一次塌方，有一面玻璃崩裂，碎玻璃片淋了他一身，他真是我见过最勇敢的人，塌方发生时所有人都在后退，只有他不畏惧不退缩，将你从废墟下抱出来，交到我们的担架上，他又踏进了废墟中，和赶来的军队一起寻找剩下的人，直到所有人，不论是生还是死，都从废墟下抬出来，他才脱力地倒在废墟里。”

白洛歆越听心越惊，连忙就要下床去看，起的太猛，头一阵眩晕，又重新跌回床上，护士尖叫一声，夸张地瞪大眼，按住她的手道：“快躺好，你的伤才刚好一点儿，还需要休养，他就在这里，又跑不掉，等你好了再去答谢人家也不迟。”

白洛歆一手搭在额头上，头晕得厉害，迷迷糊糊地应了一声，又睡了过去。

等到医生同意白洛歆下床已经又过了七天，在此期间社里的同事来看过她，询问之下才晓得护士口中的英雄并不是他们中的哪一人，爆炸发生时他们尚在睡梦之中，还是被旅店老板的呼喊声叫醒，才知道发生了什么。这下白洛歆是彻底迷糊了，那个不惧生死将她从废墟里扒出来的人，到底是谁?

这天白洛歆特意询问了照顾她的护士，在得到护士的首肯之后，她先去集市上买了一束新鲜的郁金香，然后掀开了帐篷厚重的门帘，帐篷不大，内里黑黑的，唯一的光线是她掀开帐帘带进来的一方阳光，或许是她起得太早，床上躺着的人尚在睡梦之中。

白洛歆这才意识到自己就这样闯进来的行为有些冒失，但既然已经进来了，唯有硬着头皮清清喉咙，试着叫了声：“您好。”

床上的人并未回应，白洛歆有些困惑，护士说他前几日就已经醒来，好人有好报，他除了皮外伤，并无其他大碍。

可此刻看着他睡不醒的样子，白洛歆不免担忧起来，也顾不上礼貌，放下帐帘，捧着花走了过去。

一步、两步、三步……

她的脚步怵然止在床前，手中的花啪嗒一下掉落地面，她瞪大眼望着床上那张脸，那如刀刻在她身体里的清隽五官，脑中嗡的一声响，像是有一只手，狠狠地攥住了她，几乎要把她绞出水来。

怎么会是他？

怎么能是他？

她捂住嘴，不可置信地摇着头退了几步。

昏迷时那似有非有的声音，那个她以为人死前走马灯出现的幻觉，原来都是真实的。

原来她以为她来阿富汗的事瞒过了所有人，到头来却是谁都没有瞒住。

他就这样悄无声息地来了，默默跟随她的脚步，又一次从死神手里夺回了她。

白洛歆的眼前莫名出现一幅画面，他跪在一片断壁残垣里，嘶吼着她的名字，双手在废墟间扒拉，十指沾满鲜血和泥沙。

"恭玉……"

她的腿一软，扑倒在他床边，小心翼翼地抚摸了下他缠了厚厚纱布的手指，看着他因为扎吊针而肿胀的手背，心里满满的都是疼痛。

他似乎着了魇，口齿不清地呢喃着什么，白洛歆凑近了去听，零零散散拼凑在一起，最清晰的就是"小白"二字，她的眼泪一瞬间涌了出来，如大雨般，汹涌滂沱。

这么多年来，他就像她藏在心底的一本书，她翻阅无数次，早就读懂他对她一往而深的心，她从不曾遗忘，只是强迫自己锁在心底，假装忽视，他一出现，便溃不成军，可也只能理智地锁在心里。

奶奶说，每个人有每个人的命道，像她这种，便是生来就比别人的命道好，活得太顺遂了，但老天是公平的，所以给她的磕绊，便比常人更大。

她的磕绊，就是恭玉。

如若裴睦没有死，他就不会被裴家寻回，就不会与她相遇、相识、相知，也不必承受相爱却又不敢伸出手的悲哀。如若裴睦没有死，他和她如今大概仍是两条永不相交的平行线，在各自的世界里，各自安好，无论开心或悲伤，与人无尤，与己无悔。

她不知道哪一个结局，会更让她觉得安慰，命运有时候就是这么令人唏嘘，她本可以拥有一生一世一少年的幸运，早已被她亲手葬送在那个冰冷的湖底。

她捂着脸，也只有在他听不见的时候，才敢小声地说出纠缠她半生的痛苦："恭玉，如果那个时候，死的是我就好了。"

恭玉自沉睡中醒来，看到的就是女孩儿趴在床边，哭得特别伤心，似乎怕碰到他的伤口，小手只敢小心的搁在他的手旁，微微颤抖。

他的心里瞬时间一片柔软，盯着她的小脑袋看了好一会儿，才装模作样地打了个哈欠，动了动身子，不满地支吾了声："好吵啊你。"

哭声戛然而止，小脑袋抬了一点儿，便不动了，恭玉知道她是一时间没想好怎么面对他，于是，先发制人地抬手在她头上敲了一记，张口就骂："白洛歆，你行啊你，我含辛茹苦把你教育成这样，让你随心所欲活出自己想要的生活，可不是为了让你去送死的，要不是你们周部长通知我，你是不是死了都不打算让我知道啊。"

白洛歆捂着头，吃痛地揉了揉他敲打的地方，她真的想不通为什么一个人手受了伤，还能下得了这么大的力，她苦着脸抬起头，小心翼翼地瞥了眼他，实在不知道怎么接话，嗫嚅了半天，看着他的手转移话题道："你的手不痛吗？"

"痛？"他嗤笑着反问，"什么是痛？"

不待她回答，他便看着她，眼里的疼痛让她心惊，他一字一句地说："对我来说最痛的，是失去你。”

至今只要想起那一幕，他仍恐惧地心脏紧缩，全身的汗毛孔都豸开般，冷风飕飕地灌进去，令他如临隆冬，浑身冰凉。

那日他醒来，看见身上的披肩还有压在身边的阿富汗尼，披肩上有淡淡的熟悉的香味，他知道那是她留下的，他从旅店老板那得知她一早就出去了，便也在市区里闲逛起来，期待着一场来自异国的偶遇。

宁泽川跟他说过这样一句话：相似的灵魂，哪怕隔着天地，越过山河江川，终究会再一次遇见。

他原本是不信这等玄乎之说的，直到转过两个街口，眼前豁然开朗，心里那颗因她种下的种子，再一次繁茂地生长起来。

这片举世无双的大地上，长空万里，流云烫红了半边天。

她就坐在那里，在一群孩子之间，和他只隔了一条马路，她今日穿了件阿富汗传统的蓝色长裙，头戴白色镂花头巾，灵动的大眼像含着江南氤氲的烟雨，她听得入神，微微仰着头，小巧白皙的下巴线条柔美，朱色的唇微微张开，露出小贝壳一样的尖牙，他想她这样真的很美，这世上再没有人比她还好看。

这就是他十八岁时就想要娶的姑娘啊。

他远远看着她，眉眼就这么弯了起来，凤眸潋滟着一片温情厚意。

他深吸了口气，正要向她走去，却忽然听见了不正常的尖啸声，当他迅速反应过来，分辨出这声音是来自哪里时，恐惧地瞪大了双眼。

“小白！快走！”

他朝她大喊，可一切太迟了，爆炸就发生在一瞬间，她就在他眼前被震碎的大楼掩埋，扬起几层楼高的灰尘中，碎石如大雨般噼里啪啦地落下，甚至连他都被砸了一身。

到处都是尖叫声，哭喊声，跑动、骚乱，他的世界却在一瞬间静止，眼前出现的是那个秋天的夜，他也是这样眼睁睁地看着她从树上摔下，却什么都做不了。

生、老、病、死、怨憎会、爱别离、求不得。

人生七苦里。

最痛不过。

最残忍不过。

探望完恭玉后，白洛歆和社里的同事一起去参加丹尼尔的葬礼。

这位半生都在为世界和平而努力奔走的老人，最终没能熬过爆炸造成伤口感染，事故发生隔天就去世了。

参加葬礼的除了驻地的十名医生，还有在当地驻守的美军部队，不少平民也来送他最后一程。

联合国的蓝色旗帜盖在黑色的棺椁上，每一个人都手持橄榄枝，放到他的棺椁前，低首哀悼。

最后，几名士兵抬着他的棺椁上了一架军用飞机，落叶归根，他终究会回到他的故乡。

“几年前，我们有许多成员在这里被杀害，有的甚至连遗体都没有，为了避免更多损失，我们宣布退出这里，可仍旧还有许多人放不下这片战乱之地，会自发组织来这里进行医疗救助，丹尼尔就是其中一个。”

站在白洛歆身边的护士看着缓缓升上天际的飞机，突然同她说道。

白洛歆沉重道：“为什么，你们不怕死吗？”

护士收回视线，扭过头对她笑了一笑：“怕，怎么不怕，可是你看看这里，战争、疾病、死亡，每天都在发生，所有人都对它避之不及，如果连我们都放弃它，这片土地上就真的再没有希望了。”

白洛歆沉默了，她望着随风漂移的云彩，心里只剩下悲怆。

远处的飞鸟盘旋着翱翔在广袤无垠的天空，发出尖锐的悲鸣，这片被上帝遗忘的疮痍大地，岁月似流云静静流淌，又似这绵延的群山望不见尽头。

在这一刻，她忽然想到了好多年前，蹲在她书桌上的少年，言之凿凿地对她说：“活着，本身就是一种幸运。”

这种幸运在这片土地上，被无限放大，她一直在质疑的活着，是无数人以死亡换来的。她本是抱着或许会死在这里的决心而来，可如今，看着丹尼尔，还有这群为了生命而奔赴险境的 MFS 成员，她没有比此刻更想要好好活下去。

为了她，也为了恭玉。

当恭玉对她说，对他来说最痛的是失去她。她的心里撼天动地，她忽然明白，或许她真的死在爆炸中，那么他也就死了。

无痛无爱，如行尸走肉，苟延残喘，生不如死。

葬礼结束后白洛歆把自己关到了帐篷内，拿出笔记本电脑，十指敲敲打打，写下沉甸甸的六字标题：和平有多奢侈。

她生在一个和平年代，和大部分人一样，没有亲身经历过战争，不理解战争有多么恐怖，直到如今感同身受，目睹地球上还有许多尚在战火中挣扎的人民，仍然有千千万万人为了追寻和平之光而冒着生命危险在一片黑暗中牵线，前面的人倒下来，后面的人就绕过去，血肉为基，鲜血浇筑。这世上哪有什么岁月静好，不过是有人在替你负重前行，生命有多珍贵，和平就有多奢侈。

熬了一夜写完稿子后，白洛歆出了帐篷，沿着营地周围散步，一群阿富汗小孩儿在营地间嬉笑追逐，生机勃勃的样子，和她生活的那片和平土地上的孩子没什么两样，白洛歆面带微笑地看了一会儿，转身，就看见前方的山坡上，坐了一个人。

乱糟糟的头发，胡乱套在身上的白色罩衫，脖子上还煞有介事地围了个蓝色披肩。

那披肩莫名有些眼熟，白洛歆不由多看了几眼，而后忽然震惊地发现披肩是她的，披肩是她来这里的第一天买的，一角还有个被烟头烫出来的洞，脑海里的线索一点点汇聚在一起，勾勒成形，她这才后知后觉地意识到，那天清晨睡在旅店门外的背包客竟然是他？

白洛歆怔了怔，转身便想走。

刚旋身，脚还未踏出去，就听见背后一声喊："小白！"

声音不大不小，却足以让方圆几里的人都朝这里投来好奇的目光。

白洛歆打了个哆嗦，硬着头皮转过身，视线里，他已经站了起来，面对着她的方向，双手插兜，白衣白裤的样子少年感十足，白洛歆有些失神，她也不明白为什么这个人总能给她一种万水千山的感觉，每次看见他，心里都会涌现出类似于跨越岁月长河，历经生生世世的沧桑。

他对她微微一笑："其实你不用每次看见我都这么紧张，你这让我，怪心酸的。"

他虽然是笑着以一种轻松的语气说出这句话，可白洛歆还是听见了一丝受伤的情绪，她顿时有些不忍心了："我只是……"

却又不知道能说些什么，只能如卡带般尴尬的沉默着。

"我只是将这个东西物归原主的。"他体贴地接下她的话，口袋里的手拿了出来，握拳伸向半空中，一张开，长链坠下，银晃晃的光刺得白洛歆无地自容。

“是他们清理废墟时发现的，因为这个，他们以为是我的。”恭玉将木曼陀罗坠饰调了个个，指着上面篆刻的英文道，“Jade.”

玉。

白洛歆面色苍白，微张的唇微微颤抖，垂在身侧的手不自觉攥紧了衣摆。

恭玉看得出她的神经已经紧绷成弦，他叹了口气，轻柔道：“做的很好看，丢了的人一定很着急，小白，要不你拿去问问，看是谁丢的？”

白洛歆喉咙像被人掐住了般，勉强镇定地看着他，口干舌燥道：“算了吧，既然弄丢了，便是命中注定的。”

“是这样么。”

恭玉垂首笑了，手重新握起，慢慢放了下来。

其实当他看到项链的一瞬间，他便懂得了白洛歆的心意，她是喜爱他的，她推开他，一定有不得不这么做的理由，在他看不到的地方，她也一定为此挣扎着痛苦着。

从前他以为最可怕的事情是此生不能和她在一起，可是鬼门关里将她刨出来，他才发现，对他来说，最可怕的事，是她不快乐。

可不知道从什么时候，在面对他时，她的脸上就只剩下酸楚郁结。

风猎猎吹着他的衣角，乱发在风里张扬，他抬头看她，脸上是一片静默：“那就丢了它吧。”

他的表情太不对劲了，白洛歆瞳孔一缩，还没等她出声，站在山坡边缘的恭玉张开双臂，往后重重一仰，瞬间消失在她的视线中。

“恭玉！”

白洛歆惊恐地大叫，几乎是连滚带爬地扑倒在山坡边缘，战战兢兢往下一望，猛然就愣住了，一颗心就这么卡在嗓子眼儿，上也不是下也不是，更不知道自己是该笑还是该哭。

山坡底下不过半人高，草地上更是铺了好几层帐帘，大约是营帐的人见天气好拿出来晒的，而恭玉正四仰八叉地躺在上面，弯着嘴角笑得一脸满足。

看他一派悠闲的样子，必然是故意做出那般吓人的举动来捉弄她。

“这个角度看天空，可真是别具一格，小白，你也来看看。”他拍了拍身边的位置。

“恭玉！”

白洛歆生气地叫了声，怎么会有人变脸速度如此之快，动不动拿自己的身体做玩笑，心安理得的不靠谱儿到这种地步。

“你快起来，别把人家的东西压坏了。”她做贼一样四下望了眼，然后焦急地对他打了个手势。

没想到恭玉却举起自己还缠着纱布的双手，一脸认真地同他道：“我的手受伤了，起不来，不如，你抱我起来？”

这个痞子！

白洛歆在心里骂道，决心不管他，转身就要走。

“喂喂喂，开个玩笑嘛，我这不是看你今天一天心情都很低落嘛，喂！小白！你真走啊！”他连忙喊她，“哎哟，嘶……我的手。”

已经走了几步的白洛歆听到这声叫痛，还是没能狠下心，调了个个，直接走下山坡，站到还在了捧着手叫痛的恭玉身边。

不想跟他说话，直接弯下身去捞他的胳膊，用力往上拽，想要将他拉起来。

“啊——”

一阵天旋地转之后，她坠入一个温暖的肉垫之上。

“恭玉！你干吗！”

她挣扎着就要起来。

“嘘，别吵。”一双大手按住她的脑袋，将她老老实实地贴在他的胸口，脖颈儿上忽然一凉，白洛歆低头去看，才发现他将铂金链子重新戴回了她的脖子上。

她正傻看着，一双大手轻轻盖住了她的眼，他的声音又自头顶传来。

“小白，以后你想做什么，我不会再拦着你了，哪怕危险，哪怕是错的。”

白洛歆愣了一下，忽然明白了他话里的意思：“包括陆匪的事？我也可以大胆地去做？”

他重重嗯了一声：“包括陆匪。”

“为什么，你之前不是不想让我再插手这件事？”

“因为啊，”他的声音放轻了下来，带着失而复得的叹息，“来这里走这么一遭后，就觉得，生来不易……世间本就没有十全十美，人生不如意之事十之八九，如果活着的时候还不能遂心如意去做自己想做的事情，就是死了也死不安心，所以小白，想做什么，就大胆地去做吧，不要害怕，你只管大步向前走，我会保护你，至死方休。”

砰砰，砰砰。

他的心跳如誓鼓，有力地传入她的耳中，似乎有着安定心神的魔力，白洛歆握着木曼陀罗吊坠，只觉得自己的心慢慢静了下来，世界也变得很安静。

用心去听，也只有鸟鸣、孩子们的欢笑声，以及风吹过草丛的沙沙声。

是啊，人生在世，短短几十年，不如意之事十之八九，剩下的一二分，若还不能顺从自己的心意，抱憾终生，那活着的意义又是什么呢？

所有的烦恼和那些难以面对的东西在这一瞬间消失不见，剩下的只有平静，安谧。

她顺从了自己的心，轻轻攀紧了他，闭上眼，呼吸一点点变的浅而安稳。

不知过了多久，恭玉低下头，看着女孩儿安稳的睡颜，也不知是梦到了什么好东西，嘴角还挂着浅浅的笑意，他忍不住弯起嘴角，下巴搁在她头上，轻轻拥紧了她。

在这片饱受战火摧残的大地上，明明硝烟四起，到处是危机，他却希望时间永远能停在这一瞬间，但愿长梦，不复醒。

这大概是白洛歆来阿富汗后睡的最沉的一觉了。

她在黑暗中醒来，只觉得浑身轻松，待意识渐渐清晰，眼睛适应了黑暗，才发现自己已躺在自己的营帐内。

想来，该是恭玉将她送回来的吧。

望着空落落的周围，一瞬间，她的心里竟也觉得空落落的，更多的是怀念蓝天白云下那个能让她安心的宽厚胸膛，就像做了一场美梦，但梦总会醒。

白洛歆甩了甩发涨的脑袋，站起，决定出去走走，兴许吹一吹风，能让自己清醒一些。

掀开帐帘，远远就看见大本营处燃着篝火，四周人影绰绰，间或几声嬉笑声。

白洛歆原本想去与篝火相反的清静地方散步，只是刚准备抬脚，却见照顾她的护士一手提着一个大袋子从另一间帐篷内走出来，抬眼看见她，就笑了：“嘿，白，原来你没睡，来，跟我们一起玩。”然后，不由分说，便将自己手中的袋子递了一个过去，“帮我搭把手，这些酒可沉了。”

白洛歆便只有干笑着跟在护士后头往篝火处走去。

走近了才发现，驻地的医生们都在，以及社里几个这几天在做 MFS 纪实的同事，还有几个美国人，而坐在正中，那个与人举杯畅饮的，不是恭玉是谁。

“是小白啊，快坐下，来，喝一杯喝一杯。”

恭玉听见声音抬眼望过来时，白洛歆脸颊发热，心虚地别开了眼，不敢同他对视，她找了个角落坐下，接过旁人递过来的酒，正想要喝，一只大手却直接从她手里抢过了酒杯，自个儿一饮而尽。

“喂，恭玉，你这是什么意思。”

“怕是对白记者有企图，你们中国不是有句话叫作英雄救美吗。”

恭玉笑着抹了抹嘴角，眉眼一挑，微醺的模样尽显媚态：“文森特，英雄救美可不是用在这里的。”他边说边将另一杯东西递到白洛歆手里，白洛歆看了眼，微微一怔，是可乐。阿富汗物资匮乏，可乐堪比黄金般稀少，他是从哪弄来的。

“不是用在这里？那是用在哪里，你让我想想，啊，你们祁队长救我那次，算不算是英雄救美？”金发美国人做了兰花指，将身体扭成一个 S 型，冲恭玉挤眉弄眼。

满堂哄笑。

连白洛歆也忍不住被搞怪的金发美国人逗笑。

可唯有恭玉只是微微弯了嘴角，往自己的杯中倒满酒，一仰而尽，似乎是被呛到了，他张着嘴喘了一大口气。

白洛歆看着他的样子，心里如惊涛骇浪般一时间愣住了，瞬间就笑不出来了。

不知道是不是她的错觉，总觉得他的情绪不太对劲了。

“说到这个，你们祁队长真是冷酷，我回去后给他发了好多 E-mail，他竟然一封都没有回过。”

“他永远也不会回了，”篝火下的恭玉明明还在微笑，可那笑容却并不让人觉得开心，反而是令人心慌的悲伤，“他死了。”

他语气平静，淡淡吐出三个字来。

一瞬间，空气如冻结般静了下来，只听得见柴火燃烧的噼里啪啦声。

“那个时候，我服完两年兵役，本来是要退役的，有一天驻礁时，我和祁队长发现一艘可疑的船只，后来我们知道那是一艘走私船，我年轻气盛，学了点本事，就什么都不放在眼里，叫嚷着就要上船，激怒了船上人，朝我们开了枪。”

默了默，他低下头，将手里满杯的酒慢慢倒在地上：“祁队这一生救过很多人，你我都只是其中一个，可惜啊，这份恩情得永远欠着他了。”

一片寂静后，在场所有人都自发学着他的样子，将自己杯中的酒倒在地上，举杯向着东方。

“敬祁队。”

“敬祁队。”

祁队长……

祁队长？

白洛歆猛然明白了什么，抬起头看向恭玉，这个祁队长……不会是祁月的爸爸吧？

接下来喝酒的人都再没了心情，这场篝火夜会的最后以金发美国人把自己灌醉，哭闹着被人抬走而告终。

渐渐的，人都走完了，围着篝火而坐的就只剩下恭玉和白洛歆。

他一直在喝酒，心事重重的样子。

这是白洛歆第一次看见这样的恭玉，她眼中的恭玉，一直都是个鲜衣怒马的少年，永远在笑，仿佛这世间的烦恼都不值得一提。

白洛歆看了一会儿，忍不住走过去制止他："恭玉，别喝了。"

恭玉游荡在外的灵魂仿佛这一刻才回到体内，他缓缓抬起头，看着白洛歆，笑了："你在担心我？"

"是的，我很担心你，"白洛歆瞧着他迷醉的眼，心里模糊不清地疼了一片，犹豫了下，还是问出了口，"为什么不告诉祁月……她爸爸不是不来看她，是已经……"

"我只是不知道若她问我，她的爸爸是因何而死时，我该怎么回答她。"恭玉苦涩地笑了笑，沉默了一会儿，他又缓缓道，"小白，我刚才没好意思跟他们明白的说，祁队是为我挡的枪子儿，我，对祁队，对祁月，于心有愧。"

白洛歆没说话，在他身边坐下，半晌儿后，轻轻开口："他们说爆炸发生那天，你救了十六个孩子，即使废墟震动，发生二次坍塌，你也没有离开那里，没有放弃一分一秒的黄金救援时间。"

"你一定知道，在那种情况下，你可能会死在那里，可你还是义无反顾地做了。"

"你和你们祁队长是一样的人，他把你教得很好，你延续了他的使命，若人真的在天有灵，他一定为你骄傲。"

恭玉捂住头，痛苦地摇了摇："可我的命是他换来的，如果不救我，他可以活得很好。"

白洛歆轻轻叹息了声，问："那你为什么不惧生死救那些孩子？"

恭玉停顿了下："为了让他们更有意义的活着。"

"祁队长，也是这么想的。"

那一刻，恭玉听着白洛歆的话，望着跳动的篝火，眼前出现的是他刚被裴老头儿送到西沙时的场景，连口气都不带喘的，就又被扭送上船，送到一座巴掌大的礁上，和一个陌生人大眼瞪小眼。

他不情不愿，也不服，一次次跳海逃跑，祁队也不上报更不处分他，他跳海，祁队就开着小艇跟在他后面，等到他游脱力差点儿溺水时再把他捞上来，半夜他烧的动弹不得，祁队煮了热汤硬给他灌下去。

后来的后来，他也不逃了，在这个四周环海的岛礁上，在无休止的烈日与风浪里，在与这个陌生人相处的朝夕里，他感受到了家人的味道。

祁队长说他比他的孩子大不了多少，可他和他的孩子一样可怜，天大地大，无一处是家。

“恭玉！告诉我，遇到危险时要怎么样！”

“英勇顽强！不惧危险！不怕牺牲！”

“错！别给老子背诵课文！你听好了，打的过就打，打不过就跑，万事切忌鲁莽，量力而为！你要记住！你不保住自己的性命，还怎么保护人民群众！”

祁队为他挡枪而死的时候，他哭着骂他：“谁他妈让你挡了！你不是说要保护自己的性命才能保护别人吗！你堂堂七尺男儿怎么能骗我一个小孩儿！”

可祁队只是露出充满歉意的笑容，张张嘴，却说不出话来，只有鲜血，不停地涌出来。

那血一直一直烧在他的心里，烧了好多好多年，夜夜难安，如同这篝火，仿佛永不会灭。

那夜白洛歆没有再阻止恭玉，任由他喝完了剩下的酒。

他醉的不省人事，最后抱着酒瓶一边打酒嗝一边说着胡话，她将那些断断续续的话拼凑起来，大概知道了分开七年里他过着怎样的生活。

被抛弃，被关怀，而后又失去。

其实更多的时候，恭玉是在叫她的名字。

“小白。”

“嗯。”

“小白！”

“我在。”

她一边应，一边气喘吁吁地将他架回帐篷里，他一躺到床上，就孩子气地抱着她的被子蹭了蹭，委屈地嗫嚅：“小白，不要再退了，你别怕我……”

然后，便是沉沉的打鼾声。

白洛歆站在旁边，看着他，心里是又好笑又心疼。

他平日一副天不怕地不怕顶天立地的男儿样，内心却仍旧是个那个在火场里同她说起裴睦哥哥的孩子。他比谁都渴望被爱，可这世上真心关爱他的人，却是寥寥可数，下场也不尽如人意。父母、裴睦哥哥、祁队，就连他如今唯一想要握在手心的她，都因为曾经的过错，被她一次次推拒。

她记得从前他带着她逃避练大提琴的时日，俩人曾去过江州郊区的一间道观，他一时兴起求了一卦，观里的老道士拿着卦文看了许久，最后收起卦文对恭玉说他命宫福满，能活到百岁，其实老道士对他撒了谎，因为老道士偷偷将她拉到一边对她说，让她最好趁早离他远一些，他是罕见的天煞孤星命，六亲无缘，注定孤独终老。

那时候她年纪还小，不懂得这话里的意思，也没有把儿时的玩耍当真，如今想起这记忆里遥远的一幕，回想他这小半生，她竟替他找不出多少的圆满，他一路风霜雪雨的走来，步步荆棘，却总是落得孤独的下场。

而他也只有在此刻，才会毫无防备地收起玩世不恭的笑脸，显露出一颗被孤独侵蚀千疮百孔的心。

她心疼这样孤独的他，她想填补他心上的空洞，拥抱他，亲吻他，告诉他，她爱他胜过自己的生命，他的快乐，就是她活着的意义。

裴睦救她，祁队长救他，他救那些孩子，无非是为了让活着的人更有意义的活着。

如果这一生她连一秒都没有和他在一起过，那她活着的意义又是什么？

她怜惜地看着恭玉孩子气的睡颜，忽然觉得仿佛吹来一阵风，将一直纠结抑郁在自己心中的那团迷雾，渐渐给吹散开了。

一切爱恨在生死面前都太过渺小，或许奶奶担心的会成真，或许关于裴睦的秘密终会被大白于天下，或许他如今有多爱她未来就有多恨她，她也不想活在一刻都没有拥有过的悔憾里。

生命本短暂，和爱的人在一起，才有天荒地老的长久。

那就是，她这一生的圆满。

隔日日上三竿，小帐篷里的人才有了动静，宿醉后的恭玉醒过来时只觉得口干舌燥，头痛不已，他躺在床上哼唧了几声，才不情不愿地揉着太阳穴下床去找水喝，步履不稳地摸到桌子边，瞥了眼装满水的杯子，拿起就往嘴里送，杯底压的纸条随着他的动作慢悠悠落在地上，恭玉下意识地蹲下来捡起纸条，翻过来，上面写着两行娟秀小字，一撇一捺又带着克制，如同她的人。

“我渴慕你，

如鹿渴慕水。”

恭玉嘴里还含了一大口水，就这么噗的一声全数喷了出来，他瞪着纸条愣了好半天才缓过神儿来，反手就给了自己一个清脆的耳刮子。

“啊！疼！”他下了重手，把自己打的眼冒金星，还未完全酒醒的大脑差一点儿又晕过去，他晃了晃脑袋，不敢多耽搁，转身就往帐外跑，“小白！”

营帐外的草地上，几个小孩子缠着白洛歆笑闹，听见声音，一同转过去，看见半边脸肿的老高还挂着鼻血的恭玉时，孩子们爆发出震耳欲聋的爆笑声，有个大点的女孩儿调侃她：“姐姐，那个大哥哥怎么是从你帐里出来的啊，他是你什么人哪？”

“爱人。”她看着他，笑着答。

他立如芝兰，笑如朗月。

他是我今生今世，唯一所爱。

Chapter-11

真相

〔他就像长在她身后的一株繁茂大树，她不知道外面曾到过风雨，风雨结束后，留在枝丫里的点滴雨露才落在她头上。〕

她渴慕他，如鹿渴慕水。

当这句迟来了八年的话终于被说出来时，白洛歆只觉得轻松，仿佛荆棘鸟突然长了脚，飞翔多年后终于有了可以停靠的港湾，想到余生有他，未来的日子也总算是有了盼头。

微露的晨光里，恭玉走过来，肿的老高的嘴角藏不住的笑意，一本正经地对她伸手道："你好，认识一下，我是恭玉，你的男朋友。"

她大方地握住他的手："你好，我是白洛歆，你的女朋友。"

小孩子们嘴巴快，一个上午还没结束，营地的人就都知道英雄大哥哥是记者姐姐的爱人，还在记者姐姐的营帐里住了一夜。

在食堂等饭的时候，白洛歆就被八卦的人包围了。

"为什么恭玉只用了一晚上就找到了女朋友，白，你可要想清楚了，男人酒后说的话都是不可信的。"

"没有，我……"

"是啊，我就说谁那么有本事能请到裴家少爷给咱们杂志社做专访呢，原来是靠着小白的面子啊，行啊你，小白，藏的可够深哪。"

"不是……"

“我就觉得这两人有猫儿腻，你们想一想裴少爷在废墟上徒手刨石头的疯狂样，原来是爱的力量啊。”

枯燥危险的生活难得有了不一样的颜色，这些人哪能轻易放过调侃白洛歆的机会，连厨师也放下锅铲，跑出来加入八卦大军，白洛歆被几人包围在其中，根本插不上话，羞得脸都快烫化了，正不知所措着，大门被人推开，她的绝世少年与光同时出现，不带停顿，直接向她走过来，大手一伸，将她按在了自己怀里。

“我说你们，一个个都够了啊，怎么了，嫉妒啊？”

“不就是把小白记者给骗到手了吗，看把你能耐的，你脸上这巴掌印怎么来的，不会是想做坏事被打了吧。”

“放屁！骗你大爷的！我和小白青梅竹鹿，是小爷我机灵，打小就知道给自己订媳妇儿。”

“不是青梅竹马吗？鹿是什么鬼？”

“小爷我乐意说什么就是什么，关你屁事！”

知道意味的白洛歆埋在他怀里，咯咯地笑来，温热气息吐在他胸口，惹得他一阵心辕意马，不觉低头去看她，刚好白洛歆也悄悄抬眼，四目相对，皆是一笑，波光潋滟的眼眸里，一片深情厚爱，流淌过漫长岁月，终于在此刻，尘埃落定。

七月底的时候，赴阿工作宣告结束，走的那天，一群孩子和 MFS 的工作人员在营地外同他们告别。

想说的话很多，可是到了嘴边就只剩下四个字：“好好活着。”

这是在这片战火里，最真切也是最朴实的嘱托。

车子开了老远，还有一群小孩儿跟在后面追。

白洛歆心里突然涌上一些难过来，因为她不知道眼前的这些孩子，有没有那个运气在这个生在炼狱的国度里健康长大。

可是这个地狱，却是她的重生之地，她差点儿死在这里，却又得到了一生所爱。

什么是福，什么是祸，同一件事，对不同的人来说，都是不一样的感念。她能做的，就是心存大难不死后的感激，好好活着，去珍惜这份侥幸。

到达江州那天是清晨，白洛歆和恭玉在机场分别，恭玉的发小儿身体不好，又被歹徒刺伤，现在还昏迷不醒，他急着去医院看他的情况。

白洛歆体贴地点点头："你去吧，路上小心。"

恭玉走了几步，突然像想到什么似的，转身小跑回来，递给白洛歆一个黑色的 U 盘："瞧我这脑袋，一开心，就忘乎所以了，差点儿忘了给你这个。"

白洛歆好奇："这是什么？"

恭玉神秘地眨眨眼："好东西。"抬头看了看机场大厅的时钟，恭玉一边小步后退一边急道："我走了啊，有事电话联系。"

回到家免不了要面对母亲的眼泪和喋喋不休的责备，白洛歆老实地听着，最后实在抵挡不住困意，坐在沙发上睡了过去，这一觉一直睡到了半夜，白洛歆是被饿醒的，所幸厨房里父母给她留的饭一直在热着，她一边扒饭，一边拿出手提电脑插上恭玉白天给她的 U 盘。

当她打开 U 盘，文件夹里一长溜的内容整齐地显现在屏幕上是，白洛歆一口饭瞬间哽在喉间，上也不是下也不行，她拍着胸口喝下一大瓶水，连忙拨通了恭玉的电话。

那边刚一接通，她就迫不及待道："恭玉！ U 盘里的东西你是从哪弄来的？”

“我的小姑奶奶啊，现在可是凌晨三点啊，”恭玉打着哈欠，似乎还未清醒，嗫嚅了好半天，才道，“当然是从中天集团弄来的啊。”

白洛歆恍然大悟：“是那天？”旋即又摇摇头，否认道，“可是怎么可能啊，那天他们不是搜了你的身吗？”

“嘿嘿，他们搜我身时我确实什么都没拿，只不过，那天我夜里又折回去了。”

“折回去？这些资料全部都是机密，你怎么去他们三十层以上的，你就别卖关子了，这到底是怎么一回事？”

“好好好，”电话那头的恭玉装模作样地咳了咳，道，“我白天在他们高层闲逛时只是去记摄像头的分布和监控死角，所以他们怎么查我都是查不出任何东西的。你还记不记得那天我给过保安队队长一个名片，后来又换了张？上高层的电梯指纹就是那时候取的，他们中天集团用的保安系统是德国莱思，这个系统虽然先进，但鸡肋的是要完全删除掉一个人的痕迹至少需要一夜，所以，即便陆匪当天就辞退了整个保安队，但原先的指纹还会在系统里保留一夜。”

恭玉言语里的自信让白洛歆忍不住怀疑：“我们的采访让陆匪抽不开身……陆匪迁怒撤掉整个保安团队……跳楼的女孩儿……怎么会这么巧……”

巧合到难以置信，其中的环节，任何一个没接上，恭玉都不可能在夜里顺利潜入中天集团的高层，拿到这些珍贵的资料。

要不是他运气好，就是……

“恭玉，这不会都是你计划的吧……”

恭玉弯起嘴角，邪气十足地笑了，他的小白终于想到重点了：“不然你以为我那三个月真的那么好心是在忙裴老头儿的家业啊？你不是觉得吴越越和祁月的案子太过巧合吗，我这么跟你说吧，世界上根本就没有那么多巧合的事，越巧合就越有问题，吴越越本来就跟陆……”

恭玉顿了顿，脑子里一闪而过吴越越的脸，忽然觉得吴越越和陆匪之间说不清道不明的关系还是得让吴越越亲自和白洛歆说才比较合适，便闪烁其词道：“我跟踪陆匪近三个月，发现他和那个跳楼女孩儿之间有着千丝万缕的联系，我给那小姑娘写了一封爆料陆匪艳事的邮件，年轻又缺爱姑娘嘛，是最容易被骗、经不起挑唆的，她去跳楼当天我给她发了张陆匪和当红女星深情对视的照片，她就闯进中天集团大闹了，不过我也没想到她会跳楼，这小姑娘太偏激了。”

那边厢恭玉还在评价人家小姑娘，这边厢的白洛歆已是听得目瞪口呆，由衷感叹：“恭玉，你也太厉害了吧。”

被自己女朋友夸，恭玉心里美滋滋，臭屁地问：“你知道我这叫什么吗？”

“什么？”

“智商碾压！”

休息了几天后，恭玉和白洛歆约了时间去江州女子监狱。

这天天将将亮时，白洛歆算着时间，在父母醒来前，轻手轻脚地摸出门去。

昨夜下了一场雨，地上有不少飘着绿叶的小水洼儿，白洛歆一时童心大起，四下张望了眼，见并无人来往后，便踮起脚跳过一个个小水洼儿。

玩的正开心时，身后忽然传来一阵急促的铃声。

铃铃铃——铃铃铃——

“前面那小傻瓜，让一让。”

她的脚步一顿，回首，视线里，骑着单车的大男孩儿笑得一脸张扬，好似一束光，明晃晃地照过来，她张开双臂，自行车在她面前缓缓刹住，她仰着头，笑颜如花：“你能带我一程吗？”

他拍了拍车后座，像年少时那样，故作凶狠的脸，却漂亮的不可思议：“警告你，可不许占我便宜。”

“知道了。”

“出发！”

他一踩脚踏，自行车晃晃悠悠地驶了出去，白洛歆大方地抱着他的腰，浮光掠影里，留下一串比铃声还要清脆的笑声。

俩人的目的地是江州女子监狱，这次的主要目的是去看祁月，恭玉对这孩子难得上心，每个月都准时带着“祁队长”的礼物去探望她。

路上，白洛歆好奇：“我还记得你和祁月第一次见面时，她咄咄逼人的样子，但那次在礼堂见你们，她对你的态度简直就是180°大转弯，诶，你是怎么做到的？”

恭玉不自在地咳了声：“就我有一战友，退役后开了家宠物店，做的风生水起，我就向他讨教了下，怎么让一只流浪许久的猫卸下心防，他教我，给它吃，陪它玩，多夸它，做完这三点，基本就成功了。”

白洛歆简直瞠目结舌，这个人真是太不靠谱儿了，居然把一花季小姑娘当成了流浪猫。

不过她转念一想，祁月那时候的样子，确实像一只流浪许久受了伤却又张牙舞爪来保护自己的猫。

“小白，”恭玉突然用手肘撞了撞她，抬头去看时，他眼底不怀好意的笑让她不由退了两步，“你老实说，那次，你是不是吃醋了？”

“啊？那次？”

白洛歆懵懂地眨眨眼，停顿了几秒，脑子反应过来那次是哪次后，她一下子烧红了脸，慌乱地别开眼：“怎、怎么可能。”

恭玉一脸坏笑地凑过来，揽住她的脖子轻语：“小白，你知不知道，你一说谎就会结巴？”

“……”

“洛歆……长官……”

适时出现的声音让白洛歆松了口气，她一把推开恭玉，尴尬地冲来人打了个招呼：“刘管教，你这是去哪儿？”

“哦，我去文件室拿材料。”

刘管教也有些尴尬，他老远就看见一对男女勾肩搭背，本想着监区这样影响不好想上去提醒的，走近了才发现是恭玉和白洛歆，转身走又显得不太好，只有硬着头皮打招呼。他毕竟是很喜欢白洛歆的，看见她和别的男人如此亲密的举动心里难免不舒服，脸色也不太好看。

恭玉看在眼里，心里是一片通透，姓刘的这小子存了什么心思，他是一早就看出来了，就跟当年对白洛歆百般示好的宋昀一样，路人皆知，只不过他们这辈子是没机会了，他的小白和他曾守护的西沙群岛一样，都是神圣不可侵犯的。

恭玉拉过白洛歆的手，握在手心，挑衅一样地冲刘管教露出两排大白牙。

刘管教有种被看穿灵魂的感觉，眼神躲闪起来，不自在道：“你们呢？是去看吴越越？

“……不是的，”白洛歆说，声音略微失落，“是去看祁月。”

自那次在礼堂后，她每次去看吴越越，都被吴越越以各种理由避而不见。

被调到行政部门已有月余的刘管教并不知道这些，没有多想，点点头道：“那行，那你们去吧，我就不耽搁你们了，下回见。”

“对了，洛歆。”

刘管教走了几步又掉回头：“吴越越减刑的事你知道了吗？再过三个月她就能出狱了。”

白洛歆惊讶：“什么？”

“她检举了一个干走私的皮包公司，说是从前她进行诈骗笼络资产时认识的，检察院按她提供的线索一调查，简直神了，就是个惊天大案，查获了几个亿的赃物，直接完成了检察院今年的指标。”

白洛歆和恭玉默契地对视一眼，彼此心里都是咯噔一声。

探视计划临时改变，恭玉单独去看祁月，而白洛歆则去了吴越越的监区，怕吴越越继续避而不见，她让现在负责的管教替她撒了个谎，以陆匪秘书的身份来探视。

当吴越越顺利被带出来时，白洛歆的心里说不出的难过，露出个复杂的苦笑来。

什么时候，她们之间竟疏离到这种地步。

吴越越也愣住了：“怎么是你？”

白洛歆感叹：“我不这样说，你会愿意见我吗？”

吴越越默了默，没有接话。

“你是不是打算永远都不见我了，我们这么多年的友谊，就要这么……散了吗？”

“我从没有这样想过，”吴越越苦笑，“我只是，不想面对。”

这段时间她心里也很乱，两个对她来说无比重要的人处在一个针锋相对的层面上，而导火索竟然可笑的是她，她了解白洛歆就像她了解陆匪，知道她是个一根筋的人，认定了的事就会一路闯到底。

其实解决事情的办法就是将所谓真相明明白白告诉她。

可她还揪着仅剩的自傲，不想将自己龌龊的那一面展现给她最好的朋友。

“我听刘管教说，你减刑了？”

吴越越无意识地点点头。

“你早知道那是个皮包公司，为什么在最初量刑时不说出来呢？戴罪立功，你本可以不用被判这么多年。”

吴越越抬起头，有些意外地看着白洛歆，笑了笑：“看来你很适应记者的工作，连生活中都职业化了，每一句话都直戳要害，很会，挖重点。”

白洛歆一噎，知道自己方才是有些咄咄逼人了：“对不起。”

“你想太多了，”吴越越淡淡说，“就是我突然想早点出来了，仅此而已。”

白洛歆沉默了一会儿，突然感叹：“这样么，希望是我想太多了。”她站起来，坚定地加了句，“不过，就算你出狱了，这件事我还是会查下去的。”

吴越越猛然抬头。

白洛歆痛心地看着她，吴越越的表情变化和眼神印证了自己想的没有错。吴越越现在积极争取减刑，还是为了陆匪，她以为她出狱就可以平息白洛歆的执念，可是她错了，从头到尾，白洛歆求的不仅仅是让她离开监狱，而是，还给她一个清白。

“我走了，你出狱时，我会来接你。”

“洛歆！”

吴越越激动地站了起来，身后的狱警连忙过来按住她：“坐好！不要激动！”

“我爱他！从他对我伸出手的那刻，我就无可救药的爱慕他！爱到可以为他做任何事！连死都不怕！”

最后一句话，吴越越几乎是哭着喊出来的。

白洛歆慢慢转过来，眼里含着难以置信的泪：“你都知道？他在做什么，他想让你做什么，吴越越！你到底知不知道你都做了什么啊？！”

其实她之前反复回想祁月那句话时，也隐隐约约的感觉，吴越越和陆匪之间，绝对不仅仅只是助养的恩情。但每次也仅止于此，她不敢往那更深层的那个点去想，怕玷污了与吴越越的友情。

而此刻，吴越越亲口承认她心底深处的那个想法，她没有觉得松了口气，反而无异于晴天霹雳。

“是我心甘情愿，也是我唯一能为他做的了，”吴越越浑身都在颤抖，她觉得自己像脱光了站在城市最中央，曾粉饰的太平一下子被一览无余了，露出她晦暗的本质，“我早就告诉你的，什么是真相？真相就是我的案卷上白纸黑字写的那样，我一点儿都不无辜！我和陆匪本就是一样的人！”

她记得当她知道他的计划有多疯狂多可怕时，也曾求过他收手，那是他唯一一次在她面前露出疲惫，他笑着对她说：“小月牙儿，我回不了头了，如果我不前进，就会被啃的连骨头都不剩，摆在我面前的只有两条路，要么死，要么卑劣的活着。”

光明从不曾照到他的身上，若他注定只能在黑暗里匍匐，她也甘愿跳入深渊，与他一起在烂泥里腐朽。

她深吸了口气，眼泪一颗颗往下掉，几乎是嘶吼出来：“白洛歆，我将最龌龊的那个我亲手剖开给你看了，你满意了？是不是，可以停下你的自以为是了？”

一时间，探监室里就只有吴越越歇斯底里后的空旷，连按着吴越越的狱警都有些傻怔，片刻后反应过来，立刻对着肩上的对讲机道：“3 号探监室请求支援，犯人情绪激动，请立刻支援！”

支援的警力很快就赶来，其中一人给吴越越注射了镇静剂，药效发挥中，吴越越被两人架住，越渐迷茫的意识里，她仍旧看着白洛歆低喃：“算我求求你，我求你了，放过他，也放过我……”

白洛歆只是站在那里，长久的沉默着。她觉得有些恍惚，方才那个歇斯底里的吴越越她仿佛从未认识过，陌生得可怕，这到底算不算是应了那句话。

时光易老人难全。

窗外不知什么时候黑云蔽日，大雨滂沱，狂风卷着落叶，挡不住的水汽从未关的窗外吹进来，猝不及防地落了一身。

不知过了多久，听到消息的恭玉来找她，看见她垂头丧气的样子，心里就一阵阵疼了起来。

很多时候，真相就是这样，比事情本身更刺痛人。

他疼惜地握住她冰冷的双手：“手怎的那样凉。”

他淡淡责备，送到面前呵了几口，又揣到怀中，拢了拢她散落到额前的几缕头发，手抚过她的脸：“时间不早了，我们回去吧。”

直到被温暖宽厚的手心包裹住双手，白洛歆才感觉到了一点儿真实感，变化万千的时光里，只有他是如初的，岁月从不曾改变他对她的感情，那瞬间，她看着面前这个人，突然想要同他，生生世世，永不分离。

恭玉和白洛歆走后没多久。

一辆黑色宾利停在了女子监狱外。

杨舜刚下车，却意外地发现后座的门也开了，一身黑衣的陆匪踏了出来，他连忙撑着伞迎上去："陆先生？您怎么也下来了。"

"我去看看她。"

"可是每次不都是由我去探视吴小姐，万一您被人看见……"

陆匪扬起手制止他，阴沉道："她找我找的这么急，一定是出事了，我要亲眼见到她才放心。"

语罢，便迎着雨向黑云压顶的大楼快步走去。

空中雷声撼动，似乎在预示着这个平静的城市将要什么不好的事情。

白洛歆在阿富汗写的那篇文章一经刊登，就成了热门，国内各大媒体竞相转发，甚至连国际知名杂志《TIME》都转载这篇文章作为当期的主题文，她微博一夜间涨了十几万的粉丝，她从前做的专访报道也被人挖出来，口耳相传。

社里觉得可以好好利用一下这个红人效应，当即给她在《朝闻夜谈》上开了专栏，还将她晋升为社会新闻部负责组稿审稿的主编。

消息下发到部门里，周部长笑得合不拢嘴，他一向最看重的小下属被大众认可，自己也与有荣焉，乐呵呵地恭喜："不错啊洛歆，你可是咱们社有史以来最年轻的主编，咱们社里有个规矩，是喜事都要请客让大家都沾沾喜气，你是不是也该表示表示？"

李达第一个举双手赞成："是啊是啊，小白，你当了主编，这庆功宴的档次可得好好想想，得符合你主编的身份。"

白洛歆还没能适应自己主编的身份，被李达说红了一张脸，其他人也跟着起哄，不等白洛歆表态，就急吼吼地讨论起聚餐的地方了。

择日不如撞日，当天下班，一行人就闹哄哄地去了当地一家音乐烤肉吧。

既然是庆祝，自然免不了要被恭喜敬酒。

自打有了上次喝醉后的窘迫，白洛歆知道自己酒量不好，这次长了个心眼儿，临时叫来了恭玉挡酒，部里的同事也没客气，尤其是几个女同事，拉着恭玉一杯接一杯的灌。

一圈酒喝下来，饶是恭玉酒量再好，也抵挡不住。

白洛歆看着他红得不正常的脸："你怎么样，还好吗？"

恭玉皱着眉看她，缓慢地摇了摇头："不好，我想吐。"

话音刚落，他就捂着嘴往洗手间跑去。

白洛歆站在洗手间，听着里面昏天暗地的呕吐声，心里满是担忧，等恭玉出来时，她心疼地问："要不我和他们说一声，我们先回去？"

恭玉嘿嘿笑了两声，捧住白洛歆的脸揉了揉："我的小白啊，你可是今天的主角，怎么能提前走，不要扫了大家的兴，你就放心吧，我没事的，休息一下，还能再喝一圈。"

恭玉说的不无道理，白洛歆沉吟片刻："那……我们先到一边坐一会儿，你吃点儿东西。"

端了两盘烤肉，俩人找了一个角落没有人的小桌子坐了下来。

恭玉刚来就被拉去喝酒，此刻早已是饥肠辘辘，抱着盘子狼吞虎咽之余还不忘掏出个小盒子递给白洛歆。

"这是什么？"

"晋升礼物。"

白洛歆好奇的打开，里面是一只黑金色的 Montblanc 钢笔，她记得自己曾在微博上转发过一个十大名笔的评测，随口说了句 Montblanc 的这款钢笔很好看，没想到她的无心之举，却被他记在心中了，白洛歆的心里涌上一股热流，感动道："谢谢。"

"小白，我早就说过，你天生就是吃媒体饭的。"恭玉满脸自豪，旋即又中肯的提醒，"但你到《朝闻夜谈》不过一年就得到了这么多，锋芒太过毕露就免不了会让有心人眼红。"

白洛歆一愣，看了远不远处闹腾成一片的同事道："不会吧，我们社的人都很好相处的。"

恭玉翻了个白眼，伸出一指点着她的脑门儿教育："我从前就和你说过，这个社会是可怕滴，你们家条件好，你比一般人要顺风顺水的多，温室里的花朵没经历过曝晒、狂风、暴雨，所以你看什么都觉得很美好，但你要知道，有句话叫作人心险恶，总之，你今后做事要更小心了，千万不要给人留下把柄。"

白洛歆的心在听到"把柄"这两个字时不安地跳了一下，她干干的笑了笑，低下头专心对付盘子里的烤肉。

热闹祥和的氛围中，谁都没有注意到角落里，有一双饱含嫉恨的眼，阴森森地看着他们，一刻都没有移开过。

夜慢慢变深，庆功的人们醉的醉，走的走，渐渐的，就只剩下角落里喝闷酒的中年男人。

服务员好意过来提醒："先生，您的同伴已经结账走了，我们也快打烊了，您看……"

"你当我付不起酒钱？老子告诉你，老子有钱！快滚！去给老子拿酒！滚！"中年男人从兜里掏出钱包，一把扔在服务员脸上，怒吼道。

服务员被砸的七荤八素，回过神儿来正要理论，一只手拿牛皮信封的手拦住了他，他回过头，望着不知什么时候出现的两个男人道："先生我们准备打烊了，不营业……"

站在前面的男人笑了笑："拿着信封和你们店长商量下，这些钱买你们店一夜通宵。"

服务员困惑地打开信封，只望了一眼，便倒抽一口凉气，看了俩人一眼后，点点头，往前台跑去。

男人拖了张椅子坐下，对着桌对面喝闷酒的人叹了口气，大拇指上的古铜戒指在黄色的灯光下泛着诡异的光："顾先生，惹怒你的是别人，何必迁怒一个不相干的服务员呢。"

这喝闷酒的人正是白洛歆同部门的前辈，顾大。

顾大抬头望过去，这男人的眼睛太过阴沉，让他觉得不舒服，这种感觉不陌生，发涨的脑袋顿了顿，猛然反应过来："你是陆匪？"

男人不置可否，将服务员新送来的酒递了瓶过去："没想到媒体界的泰斗也会有买醉的一天。"

顾大的心仿佛被戳了一下，他拿起瓶子直接灌了大半，抹抹嘴自嘲地笑了笑："什么泰斗，陆总，您过誉了，我过得甚至不如您家的一条看门狗！"

陆匪挑眉："不会吧，你在《朝闻夜谈》待了那么久，还不如看门狗，不应该啊，你们今天庆功宴的主角，那位白记者，我记得她工作没有几年吧，都做到主编的位置了，看来是有几分本事。"

顾大恨恨地啐了声："放屁！她能有什么本事！她能进我们社还不是因为她家给了红包。"

陆匪状似震惊道："竟然有这样的黑幕。"

"怎么没有！"砰的一声，顾大握起拳头狠狠地砸向桌子，"就是因为有她这种人的存在，我才一直得不到重视！因为我没有钱！没有家世！我只能靠自己，可无论我再怎么努力，都比不上那种含着金钥匙出生的人！

我在社里做牛做马三十年啊！年初时总编都告诉我说主编的位置今年必定是我的了，可是呢？说没就没了！只要升了主编，我就会加薪，那2000块在你们这些人看来没有什么，可对我来说就是续命钱！银行不给我贷款，他们居然说我不具备还款能力！我用向社里借钱，总编想都没想就否决了！是他们夺走了我最后的希望，我恨他们每一个人，他们不让我好过，我也不要让他们好过！”

啪啪啪。

陆匪鼓起掌来：“巧了，我与你的想法一致，不想让这位白主编好过。”

“你？白洛歆……她怎么你了？”

“和对你做的一样，她妄图砸了我的饭碗。”陆匪双手交握，平静地靠在椅背上，像在谈一场生意，“所以，我来找你，是有个提议，我们合作，你知道梅奥诊所吗？只要你愿意， 我向你保证，你的妻女余生都会在那得到最好的治疗，或许，能醒过来也说不准呢。”

“梅奥诊所？！”

那可是世界顶级的私人医疗机构，医疗技术与价钱成正品，是一个他连想都不敢去想的天价。

顾大的心颤动的厉害，他瞪大了眼，一眨不眨地盯着陆匪，他其实不太喜欢陆匪这样的人，他太能操控别人的情绪了，说出来的话也一针见血，就好像自己所有的秘密都被他窥尽。十几年前，他的妻子和女儿曾因一场车祸成了植物人，他不愿意放弃她们，这么多年，他散尽家财来维持她们的生命，可这是个永无止境的无底洞，他欠了一屁股债，已渐渐支付不起妻女的医疗费用，升职加薪是他活着的唯一的盼头，如果妻女真的脑死亡，那他也没有活下去的理由了。

左右都是死，那么不如选择一条，能让妻女好过的活路。

陆匪那双淡黄色的双眸似乎有着蛊惑人心的作用，顾大这些年来的郁郁不得志在这一瞬间发酵成滔天的仇恨，他咬紧了牙，额头青筋凸起，他们不是忽视他吗？那么，他就要让这些人看一看，他能翻出多大的浪来，顾大咬了咬牙，伸出手，同陆匪握在一起。

“那么，我就先祝我们，合作愉快了，Cheers。”

U 盘里关于中天集团的文件白洛歆看的越多，就越觉得触目心惊。

她夜夜核查文件到凌晨，过了整整四个月，才将文件看完，也终于查出了问题所在。

中天集团作为新加坡名门望族陆氏的子产业，刚在国内成立之初，陆氏并没有给中天多少资金支持，但中天集团却接连接下几个大项目，陆匪的母亲是个身份低微的星岛歌女，是不可能给予资金资助的，所以完成这些项目所需的资金来源就成了个疑点。

而中天集团能用十年时间就成为国内首屈一指的商业王国，最需要的就是钱。

这些文件里还有陆匪私人文件，包括他个人名义在海外注册公司购置房产的资料，这些隐形资产显然是没有被记录在中天集团每年的年终账目上的。

结合吴越越和祁月的案子来看，白洛歆有个大胆的猜测，陆匪应该是给她们捏造了一个身份，吸引人来投资，没有人会去怀疑一个看上去单纯质朴的未成年女孩儿，况且还有他牵线，他只需意思意思带头投资，自然有人前赴后继，如果她没有猜错，支撑中天集团发展的神秘资金链，应该就是来源于此。

白洛歆调查这件事情的初衷确实是为了吴越越，可事情到了如今这个地步，她一闭眼就会想到，这个世界上可能还有许多像吴越越、祁月那样没有家人缺乏关爱的女孩儿，被陆匪利用这一点，获取她们的信任，无怨无悔地跳进火坑里，毁掉自己大半生。一想到这些，她就寝食难安。

她当记者就是为了做人民的嘴巴，说出真相，仅此而已。

这天白洛歆特意去了江州一家私人海外房产购置公司，询问江州市近几年来是否有人大量购置海外房产。

接待她的经理在得知她的来意后很意外："真稀奇，几个月前也有人也来问过和你一样的问题。"

白洛歆一愣，脑子里第一个对号入座的，是恭玉的脸。

"原则上来说保护客户的隐私是我们的职业操守，谁来问都没有用，但当时来问我的是我穿一个裤子长大的好兄弟，而且也不是在我的工作场所，属于我的私人时间，"经理递过去一杯茶，意有所指，"所以，白记者，我给你指条明路，你在我这是问不出什么的，但你可以直接联系我的这位好友，你明白我的意思吗？"

白洛歆点头如捣蒜："明白明白。"

经理满意地笑了笑："你记下这个号码，13912345687，宋先生。"

还未走出海外房产购置公司的大楼，白洛歆就迫不及待地拨通了经理给她的号码。

电话刚响一声对方就接了，她"喂"字还没说出口，那边就传来一个有些耳熟的轻快男声："白洛歆，你怎么会有我的电话？找我有什么事？你现在在哪里？"

白洛歆的下巴差点儿掉了下来："宋、宋昀？"

江州地属华北，由六个城区组成，说它小吧，你要想在一天内开车逛完，还真不是件易事。

说它大吧，转个身遇见的人，可能都和你有着千儿八百的关系，比如同学的姐姐、朋友的朋友什么的。

白洛歆看着坐在自己对面的宋昀，忽然在心里产生了这样的感慨。

“真没想到，刘经理的朋友竟然是你。”

宋昀和气地笑了笑：“高中时他也在我们学校读书，隔壁班的，只不过在你出事前他就和他家人去国外了，前几年他父亲驻外工作结束后才回的江州，不过你应该是不记得了。”

“时间太久，是不太记得了。”

白洛歆有些尴尬地端着杯子喝了口水，她三年高中生涯，自己班上四十几号人都没认全，何况隔壁班的。

宋昀将她的小动作看在眼里，心知肚明她不是不记得，是根本没去记过，大概在那个时候，除了吴越越和恭玉，其他人的脸在她眼里都是清一色的白板吧，宋昀想到这个画面就觉得好笑，手掩在唇上轻轻咳了咳，宽慰道：“他应该也没认出拿掉口罩后的你。”

白洛歆腼腆地笑了笑，忆及自己此番找宋昀的原因，便疑惑到：“刘经理说你向他问过江州近年是否有人通过他们公司大量购置海外房产，你怎么会想知道这个？”

“哦，”宋昀推了推眼镜，淡淡道，“之前你跟我提过陆匪和吴越越的事，我们警察局也处理过不少经济犯罪，他们这些商人都有一个共同点，如果真的是有不法收入，第一选择肯定是投资海外资产。”

白洛歆有些感动，那不过是她醉酒之后说走了嘴，那时还没有查到有效证据，空口无凭，他却放在心上了。

“那，有查到什么了吗？”

“一无所获，”宋昀沉吟了下，“他是华侨，很可能没有走国内程序。”

“这样么。”白洛歆有些失落的垂下眼。

宋昀看了看手腕上的表：“先吃饭吧，想吃些什么？”

“你看着点就行了，我不挑的，”白洛歆看了看四周，之前她打电话给宋昀，宋昀约她见面聊，发了个地址过来竟然就是《朝闻夜谈》杂志社对面的一家中餐厅，“宋昀，我记得你们局是在中天集团所在的北城区，来南城区这边吃饭会不会耽误你时间了？”

“坐地铁很快的，这家中餐厅厨师的手艺不错，我经常会来这里吃饭，”宋昀轻描淡写地带过，打开菜单，扫了眼，“我记得你爱吃南乳烧肉，这家做得不错，要不要尝尝？”

“嗯，好。”

一顿饭吃的挺沉默的，好像回到了高中食堂里，他和她也是这样沉默地坐着，她吃的很慢，宋昀吃完了总会拿着瓶水小口小口地喝着，等她吃完了，站起来走了，他才跟在后头离开。

这些都是她很久后才察觉到的，在当时，她只是把宋昀当作一个拼桌的同学来看待。

想到这些往事的白洛歆没好意思再让宋昀等她，很快就扒完了饭，对宋昀说：“我吃饱了。”

宋昀没说什么，叫来服务员过来撤了碗碟，给他们换上两杯柠檬水。

白洛歆知道宋昀应该还有话要说，果然，宋昀问她：“你这边有查到什么线索吗？”

“有是有的，只是……”

白洛歆眼神飘忽，咬了咬唇，有些不好开口的样子。

宋昀笑笑：“没关系的，我现在没穿警服，即使你做了违法乱纪的事，我也不会对你怎样的。”

“就是那次……恭玉其实是收集到了中天集团内部的机密资料。”

“哦？哪次，我们在中天集团撞见的那次吧，他倒还真有些本事，居然能骗过探测仪。”

宋昀意外地挑了挑眉，端着杯子喝了口水。

白洛歆正要继续解释，耳边却传来一阵急促的敲击玻璃的哐哐声。

两人一同往落地窗望去，就看见趴在窗上的恭玉被玻璃挤压到变形的愤怒的五官，宋昀一个没崩住，一口水直接喷在了落地窗上。

白洛歆猛地坐起来，跟看怪物一样瞪着他：“恭玉？！”

恭玉愤怒地瞪了她一眼，转身气势汹汹跑进来，一把将白洛歆扯到自己身后，当即就指着宋昀骂了起来：“宋昀你行啊你，干警察的还知法犯法，诱拐别人女朋友。”

宋昀倒是很镇定，不理恭玉的挑衅，看着白洛歆，故意道：“洛歆，今天的事，你回去好好想想，再给我电话。”

“想你大爷！打你大爷！觊觎别人的东西可以，下手偷就是没道德，千刀万剐都不为过。”

“哦，是吗？那偷了别人东西的你，是不是得先表演个千刀万剐给我看看？”

“宋昀你别以为我不敢揍你。”

“巧了，我也并不是不会打女人的。”

“你说谁是女人呢？”

“谁长得像就是谁咯。”

夹在暴风中心的白洛歆觉得自己的头又开始痛了。

两个已近而立之年的男人，就像两只奓毛的公鸡，昂着脖子对峙，谁也不让谁，店里已有看热闹的拿起手机开始拍了，白洛歆甚至还在人群里看见了最爱八卦的吴姐。

想也知道，等吴姐回到社里，会将今天这一幕传成什么样。

“你们都别吵了！”她忍无可忍，甩手喊了声。

这一声，成功让两个男人都愣住了，乖乖，小白居然会发脾气，那可真是比母猪上树还稀奇。

“宋昀，你就别激他了。”

“恭玉，你也别说话！听我说！”

白洛歆踮起脚，拉下他的脖子，凑近了咬耳朵。

恭玉一边听着脸色慢慢缓和了些，但看着宋昀的眼神里还是充满了敌意。

说完事情原委，白洛歆拉着恭玉坐下，恭玉阴阳怪气地瞥了宋昀一眼：“听说你什么都没查到，要不要小爷我告诉你，怎么拿到有用的东西？”

宋昀不屑地笑了声：“你以为你拿到的数据有用？那些都是非法所得，在法庭上是根本不可以作为物证拿上台面的，还很有可能变主动为被动，换句话来说，陆匪要是想整死你，完全可以以盗窃、非法入侵等名义申请逮捕你，当时候他丢了什么完全就是他说了算了，别说你，甚至可能赔上你们整个裴氏。”

这话说的很在理，白洛歆和恭玉此前都没有考虑到这一层，两人对视一眼，心里都是一惊。

“那也就是说，恭玉拿的那些东西都没用？”

“也不能这么说，至少证明了中天集团的资金链确实不正当，也给了我们正确的调查方向，”宋昀中肯道，“不过要想扳倒陆匪，必须一击致命，否则很可能打草惊蛇，被他反咬一口。”

恭玉哼了哼：“你说的那么轻巧，要怎么一击致命，陆匪精成那样，会给你机会？”

宋昀觑了他一眼，将随身带的文件袋推到白洛歆面前：“最好的办法就是，找人证。”

恭玉冷笑：“人证？那些姑娘一个个视他为再生父母，堪比邪教组织般的崇拜他，要她们出庭做人证？呵呵，你怕是活在梦里哟。”

宋昀重重放下杯子，看着恭玉鼻子里吐出口气来，向来平静的脸上难得有了怒意。

气氛再一次一触即发。

“恭玉。”白洛歆警告的扯了扯恭玉的衣摆，又转头对宋昀说，“宋昀，你继续说，这个是什么？”

她拿起文件袋，掏出里面的东西，是一叠照片。

“我刚收集的吴越越那起案子涉案的几个受害者资料，这些人在当年事发后，都相继销声匿迹了，有的移民有的破产，有的根本不知道是死是活，陆匪真是机关算尽，挑的本就不是什么家大业大之类的，大都是一些暴发户煤老板，”

“他敢去惹那些有家底的吗？只有挑这些没能力翻身的人，才万无一失。”

在这一点上，恭玉倒是和宋昀达成了共识。

恭玉瞥了眼正在一张张翻看照片的白洛歆，突然就是一愣：“咦？等等，这个人……”

他抽出一张照片，眉头全部皱到了一起。

白洛歆头皮发麻，心都提到了嗓子眼儿：“你认识？”

宋昀也正襟危坐，向恭玉道：“这是吴越越案子里投资数目最大的一位，搞小产权房的，叫……”

“他叫刘能，”恭玉接口，他放下照片，神色复杂地看了白洛歆一眼：“岂止是认识，我见过他好几次，前几天才刚刚见过他，就在文阿姨所在的那家疗养院。”

恭玉脸盲，对刘能印象本没有这么深，刘能住的病房在文阿姨楼下必经的走廊，他去探望文阿姨时，偶尔能看见这个畏首畏尾的中年男人，真正让他注意到这个人还是在前几日，他去疗养院时正碰上刘能发病大闹疗养院，几个医生护士跟在后面毫无办法急得直跺脚，画面实在太搞笑，他看戏笑够了，就随手替他们制伏了刘能。哪知那刘能反手抱住他的胳膊说什么都不放了，又哭又笑。

如此一来，他想不印象深刻都难。

“什么？被绑架？”

得到线索即刻赶往疗养院的三人此刻皆是瞪大双眼，面面相觑。

“是的，我们已经报了警，警方还在调查中。”院长解释道。

“什么时候的事？”

院长看了看恭玉：“就那天他大闹疗养院的当晚，镇静剂药效一过，他又开始闹了，这次直接翻出了墙，等我们的人追过去时，就看见他被一辆面包车给掳走的场景。”

从院长办公室出来后，白洛歆沮丧地垮着肩膀：“怎么这么突然，就被绑架了，他住在疗养院这么多年，说是结仇，也不太可能啊。”

宋昀点点头：“唯一的可能就是他的存在威胁到了某些人的利益了。”

“你是说陆匪？”

“他有最大的嫌疑，回去我会好好部署一下对他的监控。”

“好。”白洛歆点头，忽然意识到从刚才开始恭玉就没说话，回头就看见恭玉皱着眉一脸沉思状，“恭玉，你在想什么？”

“我总觉得这件事不对劲，”恭玉摸着下巴嘀咕，顿了顿又道，“但又还没想出来到底不对劲在哪里，哎，反正不管怎样，这都意味着陆匪已经开始有动作了，咱们都得更小心点。”

宋昀说：“是的，洛歆你上下班最好都有人接送。”

“这就不劳烦你操心了，”恭玉皮笑肉不笑，“我作为她的男朋友，这是我应尽的责任。”

宋昀笑了笑，没理他，直接向白洛歆道：“你们先走，我等下叫上院长一起去这片辖区的警察局了解下情况，到时电话联系。”

恭玉巴不得宋昀这个电灯泡消失呢，拉着白洛歆就走，白洛歆只能边走边回头对宋昀说：“再见，谢谢你了宋昀。”

宋昀微笑地对她招了招手，目送俩人驱车离开，他转身走到了楼上，却并没有去院长办公室，而是直接走到了二楼尽头的一间病房。

他站在门外，没有直接进去，只是静静看着坐在房间内发呆的中年妇人，目光渐渐失了焦距，像是陷入了某种深沉的回忆中。

“文阿姨，好久不见……”

关于刘能的线索就这样意外中断，宋昀特意向市队申请做了绑架案的负责人，可是追查了大半个月也没有发现一点儿线索。

临近春节时，江州市郊区的私人爆竹作坊发生了大火，火灾引发爆炸，在那片私人作坊区引发了连环大火，这个夜里，所有的消防员和医务工作者都彻夜难眠，《朝闻夜谈》也一样，社里紧急召回全部人员加班，分批次去现场，随时准备跟进做第一手的报道。

白洛歆返回社里的事没有告诉恭玉，前些日子她刚从部长那里得知，恭玉擅自找媒体做专访的事情受到了军区的处分，被开除了军籍。

无论是年少初遇时的自杀乌龙、裴家的大火、校园暴力，还是成年后的湄公河边、通报风波、阿富汗的废墟，他保护她的方式从来都是不计自己的荣誉安危，他就像长在她身边的一株繁茂大树，她不知道外面曾到过风雨，风雨结束后，留在枝丫里的点滴雨露才落在她头上。

这让白洛歆的心里被揪住般的难受，她再也不想要恭玉因为自己受任何伤害了，她也想做一个为他挡风避雨的小女战士。

凌晨两点的时候，去现场的第一批同事回来休息，白洛歆作为交接的小队正准备去现场，作为队长的顾大忽然接了个爆料电话：“什么？非法拘禁？被拘禁的可能是精神障碍人员？你确定？多大岁数？哦，中年男人，知道自己是姓刘的？地址是什么，你等等，我记一下。”

挂了电话，顾大还未说什么，在一旁竖着耳朵听了全部的白洛歆猛然凑过去："顾大，有新闻？"

顾大一愣，道："也不知道是不是真的，你懂的，这些群众提供爆料有很多都是夸大其词的，现在我们都要去火灾现场，人手也不够……"

"我去！"

白洛歆难掩激动地举起手，非法拘禁，精神障碍人员，刘姓中年男人，她有种强烈的直觉，这人八九不离十就是刘能。

"你？"顾大上下打量了白洛歆一眼，一副极其不信任的模样，最后，还是在她祈求的目光中挥了挥手，"算了，去就去吧，万一是真的，那就是独家了，行，你小心点。"

腾阳路 87 号。

白洛歆坐在出租车内，看着顾大给她的纸条，轻轻低吟。

印象中腾阳路是正在开发中的新城区，她年初还去做过专题报道，曾是一片山区的地方被铲平，将要建起一栋栋高楼，未来将作为第二个江州的城市中心。

可这样一个在建中的城区，人口密度本来就少，所谓住在当地的群众爆料，听起来就好像有那么一些怪异了。

在建工地的工作人员？还是原来住在山区的安置户？

正疑惑着，手机忽然响了起来。

是刘管教的。

刘管教从来没有在这个时间段给她打过电话，白洛歆的心里突突跳了一下，连忙接起。

"喂？"

“洛歆？你现在在哪儿，赶紧来明华医院一趟。”刘管教的声音很是焦急。

“发生什么事了？”

“吴越越……吞了刀片，急需做手术，她没有亲人，又在昏迷中，我们问了医生，最好是由你来签手术协议。”

白洛歆觉得脑子嗡的一声，冷汗瞬间冒了出来：“我马上过来。”

挂了电话，白洛歆对司机说：“师傅，不去腾阳路了，去明华医院。”

然后，她低头翻出通信录，手指在恭玉的名字上停留了片刻后，嗖嗖下移，调出了宋昀的电话，拨了过去。

简单说了事情的原委，电话那头的宋昀应承的很快：“行，我这就过去，你不要担心，有我在，一定会帮你查清这件事的。”

“麻烦你了宋昀。”

“跟我还客气什么，”宋昀笑了声，突然声音放低，叫了她一声，“洛歆。”

“啊？”

“今晚要能顺利解决这件事的话，明天你有空吗，我有些话想要告诉你，嗯……坦白一些事情，和你……道歉。”他的声音听起来有些忐忑。

“道歉？”电话信号不好，吵吵嚷嚷的人声混杂着电流声，白洛歆不确信自己听到的是道歉还是道谢，两者好像都没有必要，虽有疑惑，但她此刻脑子里已是一团乱麻，没有心思去想其他，只答应了下来：“好，明天我等你电话。”

“再见。”

“再见。”

其实白洛歆跳过恭玉找宋昀帮忙是有她自己的考量的，恭玉能力再高也是一个人行动，而宋昀却是一个分局的支队长，手下有很多训练有素的警力可以调配。

所以，在解救刘能的问题上，白洛歆觉得宋昀要比恭玉合适。

只是白洛歆万万没有想到，那夜宋昀所在分局的警力都被市局派去火灾现场维持周边秩序，所以宋昀是一个人去的，那时候谁也没想到，白洛歆的选择，是死神的镰刀，宋昀前往的，是一条永夜之路。

车窗外，远处的天空隐约还能看见一些火光，如白昼般映亮了一方天地，等红绿灯时司机叹着气感慨："真可怕，跟世界末日一样，这一夜，不太平啊。"

白洛歆望着窗外的天，手紧紧攥紧，心里虔诚地祈祷。

但愿这个不太平的夜，最终能以好的结果迎来天亮的曙光。

Chapter-12

原 罪

{凡事都是这样，当时没能说出口的话，
就再也没有勇气说出口。
从此成了长在心上的肉刺，日日夜夜，
承受着难以言说的煎熬。}

腾阳路 87 号是新城区一个占地几十亩在建的大型游乐场工地，夜色中，一些场馆的轮廓已见雏形，适逢春节前夕，工地上的工人们都放假返乡，本该空无一人的工地上，却出现了两道黑影，分别在恐龙馆的两头，靠着墙壁蹑手蹑脚地在伸手不见五指的园区里寻找着什么。

俩人越靠越近，眼看就要撞在一起，俩人似乎都察觉到了什么，突然同时停下了脚步。

事情发生的很突然，俩人同时转身照对方的要害出拳飞脚，电光石火之间，已交了数十次招。

直到其中一人一个漂亮的压腿加擒拿手将对方按在墙上，掌刀正要劈下去，对方挣扎着回头，四目相对时，彼此都是一愣。

“是你？”

“是你？”

恭玉松开手，往后退了一步，挑起一边眉毛，调侃道：“宋警官，你大半夜的不睡觉，跑这干啥，活动筋骨呢？”

宋昀扭了扭被压痛的脖子，没好气儿地瞪了过去：“彼此彼此。”

恭玉咳了声，忍住笑：“不好意思啦，我以为是什么小贼，下手重了些。”语气里却丝毫没有抱歉的意思，反而有些幸灾乐祸。

宋昀不理会他的挑衅，正色问："你怎么会来这里？"

"我还要问你，怎么在这？"

"白洛歆接到群众爆料，说刘能被人拘禁在这里，吴越越出事了，她要赶去医院，抽不开身来这边，所以给我打了电话，"宋昀看向恭玉一脸茫然的样子，顿了下，突然就笑出了声，"原来，你不知道？"

恭玉恶狠狠地瞪了他一眼，却意外的没有反驳，小白确实没有和他说过，他是接到小白同事的电话，说小白只身一人去找刘能怕她有危险，让他赶紧过去看看，他大概能想出小白瞒着他的理由，不过是担心他的安危。

按道理来讲，宋昀来是最合适，只是。

"那你怎么一个人来了？你手下那批人呢？"

"都在秀灵村火灾现场，市里人手不够，我先过来看看爆料是否属实，如果情况属实他们会过来支援。"

恭玉嗤笑了声："你倒是自信的很，一个人也敢过来。"

宋昀毫不客气地回："你都敢一个人来，我又有什么好怕。"

"哟，口气这么大啊，你一个警察学校毕业的书呆子，能跟一路实战打上来的小爷我比？"

宋昀不怒反笑，指了指自己的额头："我用的是这里，可惜，你没有。"

"你！"

远处忽然传来细微的声音，俩人几乎同一时间贴着墙根蹲了下来，朝发声处望去，一束来自手电筒的光晃晃悠悠地照在地面，隐约还能听见有人声在交谈。

恭玉回头使了个眼色，宋昀点点头，俩人将身子压得更低，轻手轻脚地跟了上去。

"这鸟不拉屎的破地方，没车没人，吃个饭都要走半个多钟头，头儿打算在这待多久啊。"

“我昨儿个刚问过，头儿也不清楚，要等上家的通知，我说你丫急个屁急，难得碰见个上家出手这般大方的，咱一天啥也不做就有十万进账，还不美啊，你之前见过这么多钱么。”

“嘿嘿，没见过，跟做梦似的。”

“哥，你说那姓刘的疯老头儿到底什么来头啊，这么值钱。”

“这跟你有嘛关系啊，拿好你的钱少说话，知道的越多死的越快，懂不懂？”

“这帮孙子，看来真把人藏这儿了。”恭玉嘀咕着，回头正好看见宋昀把手机放回口袋里的动作，“通知手下了？”

宋昀点点头，向着不远处的三人扬了扬下巴：“跟过去看看。”

一路跟到了一栋小高层前，三个人上了楼，脚步声渐渐消失，恭玉探头看了眼，小高层内部还是没有墙的平层毛坯状态，顺着没有护栏的阶梯往上看，最顶层有细微的光源。

“看来是关在上面了，”恭玉缩回头，对宋昀道，“你在下面等你的人，我上去看一眼。”

“我……”

宋昀话还没说完，远处就传来一声呵斥：“那边有人！你们是什么人！”

错落的脚步声瞬间往这边靠过来，恭玉靠了声：“这么多人，真他妈下了血本。”

俩人默契地转身往小高层里跑去，既然被发现了，那就只有深入虎穴了。

楼刚上到一半，楼上下来的人和楼下涌进来的人将他们堵在了平层里。

恭玉和宋昀一同转身，背靠着背，目光如炬般锁在渐渐靠过来的人身上。

“有多少个？”

“目测十三个。”

在这一刻，他们毫无保留的将后背留给了对方，已是互相信任的战友。

意识到这一点的俩人都有些意外，宋昀无奈地笑了笑：“真没想到，我和你还有并肩作战的一天。”

恭玉勾起嘴角：“能和小爷我并肩作战，是你的福气。”

“给我把他们抓起来！”领头的大喝一声，喽啰打手们挥舞着手里的钢管一拥而上。

俩人目光一敛，迎风冲上，与前赴后继冲上来的人缠斗在一起，钢管泛起的寒光中，两个敏捷的身影上下各档出击，不消片刻，便撂倒了一半的人。

“啧啧，你这个书呆子，还真有两下子。”

“我也没想到，你这痞子，居然还真有点本事。”

“呸！你这种质疑特警队选拔的话要是传出去了，可是要进小黑屋的。”

你一言我一语的抬杠中，却不难听出言语里都是对对方刮目相看的赞赏。

头一次并肩作战的俩人，配合却出人意料地默契，恭玉低头闪过一根挥来的钢管同时，宋昀眼疾手快地一脚踹飞了恭玉左侧扑过来的喽啰。

那喽啰手里的刀应声落地，恭玉心惊肉跳地瞥了眼，回声道：“谢了，宋警官。”

宋昀笑了声，一弯腰手肘一挥，刚好打中一个喽啰的腹部：“救命之恩，你要拿什么谢我。”

恭玉大笑：“以身相许你怕是受不起啊，这样，等今夜这事结束了，小爷我明儿个请你喝酒，咱不醉不归！”

“一言为定！”

俩人出手的速度越来越快，配合起来也越来越顺手，不一会儿，刚才还在放狠话的喽啰头儿就被恭玉一个压腿堵在了水泥柱上，摇尾乞怜：“两位大哥行行好，我只是拿人钱财替人消灾，放我一条生路。”

“你的这些话，留到警局再说吧。”

宋昀将他铐上手铐，找来绳子，和恭玉一起将滚在地上喊痛的喽啰们拴在一起，做完一切后，俩人拍拍手，相视一笑，押了喽啰头一起往顶楼走去。

“人藏哪儿去了？”

望着空无一人的顶楼平层，恭玉回头给了喽啰头一脚。

近百平的水泥地上只有几张胡乱堆放的毯子和一些盒饭盒、啤酒罐，中央的一个大铁盒尤其瞩目。

喽啰头抱着腿，哭丧着脸道：“我不知道啊大哥，说是让我们看人，可我们其实也就见过那姓刘的疯老头儿一次，后面就让我们在这里守着，事主也没说干啥，我们这行就算心里有疑虑但也不能过问，这是我们的职业操守。”

“我呸，你他妈也好意思提操守。”恭玉又踹了一脚，环视了眼四周，视线凝聚在了墙上的木盒子上，“那是什么？”

宋昀走过去看了眼：“被锁住了。”

“钥匙拿来。”恭玉朝喽啰头伸出手。

喽啰头嘴角抽了抽，故作茫然：“什、什么钥匙。”

恭玉没耐心地翻了个白眼，拎着喽啰头直接来到窗边，将喽啰头半个身子压向窗外，在喽啰头杀猪的惊叫声中，冷笑道：“跟我玩装傻充愣这套？你就在这给爷好好吹吹风，想一想钥匙在哪儿。”

“啊啊啊啊啊，我给我给，爷爷你松手——啊啊啊啊啊别松手别松手。”

宋昀捂着额头叹了口气，等恭玉甩着钥匙吊儿郎当走过来时，他哭笑不得：“就算他是犯人，可你这样属于暴力执法，若他上报了，你是要被处分的。”

恭玉一边开锁，一边无所谓地笑了两声：“好说好说，反正小爷我如今就是个普通人，他们就是想处分也处分不了，开了。”

箱子应声打开，宋昀凑过去看：“电闸？他们把电闸锁起来干吗？”

“试试不就知道了。”

恭玉一把拉下电闸，窗外突然亮起一簇光。

“在那里。”

俩人一同望去，看见游乐场西边一处空地上亮起了灯光，心中顿时明白了个七七八八，绑架刘能的人心机深沉，做事小心谨慎，还玩起了声东击西双重保障，真正的藏人地点怕是只有这个拿了钥匙的喽啰头知道。在这一点儿上宋昀不得不佩服恭玉，若不是靠他敏锐的观察力，他自己大概是怎么也注意不到墙上的破旧木盒的。

灯光亮起的位置就在游乐园的游泳馆，如今还只是个刚砌好的水泥池子，俩人隔着远远的距离就看见泳池中间的椅子上绑了个人，待走到泳池边缘，恭玉一眼就认出了那一脸倒霉相的男人正是刘能。

人找到了，俩人不禁都松了口气，而身后，他们原先待的大楼上人影簇簇，手电发出三长一短的信号，是宋昀的手下们赶来了。

这个惊心动魄的夜晚，似乎都在这一刻尘埃落定了。

恭玉往地上一瘫：“人就在那儿，你快去救吧，可累死小爷了。”

宋昀微微一怔，没有动作，恭玉吊儿郎当地撑起半个身子看着他道：“咱系统白纸黑字的规定你我也都清楚，一个人救下人质的功劳和几个人救下人质的功劳差别可不是一丁点儿，反正我现在就一普通人，做了也白做，不如做个顺水人情，给你个立功升职的机会。”

换而言之就是，人虽是他们一起找到的，但最后救下人的功劳他恭玉不插手，全算在宋昀头上。

“你这个情，我承了，”宋昀笑笑，翻身跳下泳池，停了下，仰头看着恭玉，突然没有来由道：“我曾经很嫉妒你。”

恭玉挑眉：“是因为小白？”

宋昀摇摇头。

“不是小白？那还能是什么？”恭玉迷糊了。

宋昀但笑不语，转身朝刘能大步走去。

“喂，宋狐狸，你什么意思啊，话说一半是要憋死谁啊。”

“等你请我喝酒时，我再完完整整地的告诉你。”宋昀憋笑的声音回荡在空旷的泳池里。

“靠，你这是担心我会赖了这顿酒，小爷我说了要请你喝酒就一定会请，也别等什么明天了，择日不如撞日，等下咱就……”

恭玉噌地一下爬起来，视线无意间扫过刘能，刚好看见那张苍白的脸上露出了一丝诡异的笑，他心里忽然拎了起来，职业的敏感让他忽然觉得有些不对劲，下意识就喊：“宋昀你等一下。”

“什么？”

空气里传来一声细微的咯哒声，宋昀的脚踩在了什么上面，他毫无察觉地一边回头一边继续抬脚，下一秒，砰的一声巨响，火焰在他脚下炸开，燃烧的红色巨浪瞬间向四周涌去，将泳池掀的四分五裂，站在泳池边的恭玉被气浪掀过来的大块水泥块压倒在地，他感觉到了骨头被瞬间压断的痛，眼前一黑，就没了意识。

江州明华医院的手术室外，白洛歆正和吴越越的主刀医生了解手术状况，手机突然响起，突兀的铃声在深夜的医院走廊显得极为空旷，白洛歆被吓了一跳，对医生说了抱歉后，连忙按下了接听键。

还未来得及开口，就听周部长的声音破空而来：“洛歆，你现在在哪儿？

我过来接你，马上跟我出新闻去，哎，江州怕不是被这把火烧变了天，竟然出了这么恶劣的事。”

白洛歆听的云里雾里：“部长，出什么事了？”

“一个警察死了，被炸死了，消息都传到省里去了，被定为一级恶性事件，几家媒体都在往现场赶呢，哦，那个警察咱们还见过，去年在中天集团，那个叫宋昀的你还记得不，就是他……”

主刀医生眼看着白洛歆脸上的血色一点点褪尽，单从表情来看却看不出她听到了些什么，就好像所有的喜怒哀乐都在一瞬间被抽离了她的身体，剩下的只有空洞。

大约过了两分钟那么久，她握电话的手缓缓垂下，人也跟着动作晃了晃。

主刀医生连忙伸手扶住她，他才感觉到这个女孩儿的身上竟没有一点儿力气，他将她扶到走廊的凳子上，关切地问：“白小姐，你怎么了？”

白洛歆仿佛没有听见，眼神无焦的盯着空气里的某一处，像在思考，更像是还未从什么事里回过神儿来。

“宋昀死了”这四个字是在白洛歆意识模糊很久后才慢慢清晰的。

而彼时，她已坐在部里的新闻车里，新闻车飞驰的目的地正是几个小时前她告诉宋昀的地址，腾阳路 87 号。

前座的部长在和摄像说着什么，声音同她的脑中持续不断的嗡鸣声混杂在一起，白洛歆只觉得恍惚，什么是真实，什么是虚幻，她分不清，像处在一场浑浑噩噩的梦中。

“或许只是一个同名同姓的人，怎么会是宋昀，怎么可能是宋昀，”

只能一遍遍在心里这样重复，一路沉默着。

赶到现场时，警方已拉起了警戒线，她跟在周部长后头，被工作人员领到泳池的警戒线边，正好看见戴着手套的法医将从废墟里扒出来的一截残肢放进裹尸袋里。

血肉模糊的手腕上银色腕表折射出的光芒如刀子刺痛了她的眼，白洛歆僵了一下，脑子里闪现的，是半个月前，她和宋昀坐在《朝闻夜谈》对面的那家中餐厅里，宋昀抬起手腕，看了看腕上的表，温声问她："你想要吃什么？"

如果说之前白洛歆还对这件事的抱有一丝侥幸和幻想，那么在这一刻全然崩塌了，她像溺水的人失去了救命稻草，悲痛如倾闸的洪水般瞬间将她淹没，她一张嘴，便哇的一声哭了出来，下意识地就想要跨过警戒线冲到泳池内。

"小姐，你不能过去！我们有规定，闲杂人等不能随意进出，会破坏现场的。"

守在警戒线旁的警察眼疾手快地拦住了她，白洛歆剧烈挣扎起来，眼泪模糊了双眼，她什么都看不清了，只能声嘶力竭地喊着什么，和哭声混杂在一起，破碎的拼凑不成一句完整的话。

现场的人都被这突发的状况吸引了视线，周部长愣了一下后便同警察一起拉住白洛歆，看着白洛歆悲恸欲绝的样子，周部长瞬间明白这个遇难的警察一定和她关系匪浅，在明华医院看见她时以及一路上白洛歆异于往常的失神沉默，都有了合理的解释。

他早该察觉她的不对劲的，可事到如今，也只能用苍白的语言安抚她："洛歆，你冷静点！"

白洛歆拼命摇头，胸腔里翻江倒海的情绪狠狠撞击着四肢百骸，她痛的说不出一句话来，要她怎么冷静，部长不知道，其他人都不知道，宋昀本来不会死的，是她的一通电话，宋昀才会来这里，该死的那个人其实是她啊。

过去是裴睦，现在是宋昀，为什么她总会让无辜的人做她的替死鬼。

白洛歆越想越悲恸，拼命挣扎着要往警戒线内冲，几个警察合力竟拉不住她，混乱中，不知谁喊了声："医生！医生呢！快给她打针镇静剂！"

旁边待命的救护车内立马下来了两个白大褂，眼看着就要按住白洛歆，嘈杂的环境里突然横插进来一道不怒自威的声音。

"别碰她！"

满世界的喧嚣仿佛瞬间消散，一切都变得安静下来，白洛歆泪眼蒙眬地回过头，不远处，被护士搀扶着的恭玉上半身缠着绷带，正吃力地向她走来，他吊着一只石膏臂，脸色和精神都难看的很，冰冷的目光在接触到她的一瞬间变成了悲伤与怜惜，他在她面前停下，侧头对扶着他的护士使了个眼色，护士即刻会意，松手退到一旁，拉扯着白洛歆的众人也识相的散了开来。

恭玉静静地看着白洛歆，那张已近崩溃的脸让他心疼不已，他知道她现在会有多悔恨，他何尝不是，如果当时他没有让宋昀一个人下去，就算是他们两个一起死了，也好过一个人承担悔恨自责，他痛苦地闭上眼，轻轻地将白洛歆揽到胸前，下巴抵在她的头上，轻声喟叹："小白，让宋昀走得安心些……"

怀里的白洛歆浑身猛然一僵，随即如隐忍伤痛的小兽般，捂着嘴，发出破碎的低泣声。

天空中不知什么时候飘起了点点飞雪，窸窸窣窣地落在眼睑上，一片冰凉，锥心刺骨。

恭玉睁开眼，目之所及的是泳池内的废墟，天黑的好像世界末日，他悲哀地想：宋昀啊，你让我们如何能够安生的在这世上活下去。

月凉如水，北风卷着雪花在黑夜里呼啸，呜呜，呜呜，像是谁的呜咽声。

宋昀遇难的事在江州造成不小的轰动，新闻联播几天轮番播报，更令人瞠目结舌的是，绑架刘能及埋下炸药的凶手没多久就自己去了警局自首。

消息通过电话传达到恭玉耳中时，他简直难以置信道：“确定？”

他不是没有怀疑过顾大，可念头一出几乎是立刻就被自己否定了，这样一个一环套一环的完美犯罪，主使怎会蠢到漏出这么多破绽。

况且，爆炸发生前刘能那诡异的一笑，也是个未解的谜题。

“人证物证俱在，也有作案动机，基本上是定案了。”

主管宋昀案的警官如是说。

挂了电话，恭玉站在阳台上，望着落地窗内尚在昏睡中的白洛歆若有所思，自那夜痛哭过后，她变得异常安静，连着好几天睡不着觉，直到今天她被白伯父送进医院，在心理医生的催眠下，才好不容易睡着。

他断了几根肋骨，也在这家医院里做康复治疗，小白来医院的事他本不知道，是白伯父亲自找到他的病房，问了他小白和宋昀之死的关联。

这是这么多年来他与白伯父的第一次见面，上一次见面时不愉快的场景还历历在目，老实说，他对白伯父是既害怕又心虚的。

白伯父见他一副诚惶诚恐的样子，板着脸同他道：“我和洛歆妈，你迟早是要面对的，怎么？你的雄心豹子胆呢？”

恭玉一愣。

这话算是默认了他和小白的关系？

最反对他们在一起的白家人这是松口了？

恭玉尚在懵圈中，白父敲了敲桌子，话锋一转，道出来意：“我问你，宋昀的死和洛歆有什么关系？洛歆的不对劲就是从宋昀出事那天开始的，只是这孩子我问什么她都不说，听说那天你也在，你和我说说，到底怎么一回事。”

等听恭玉说完，白伯父的脸已经难看到了极致，眉头锁在一起，满脸忧虑：“难怪她这次反常的这么严重，这孩子一定认为是自己害死了宋昀……”

“嗯，她觉得如果不是她的那通电话，宋昀就不会死，去游乐场的人本该是她，阴错阳差，宋昀做了她的替死鬼……也做了我的……替死鬼，”一想到宋昀惨死的一幕，恭玉的心就像是被人狠狠握住了般，他何尝不对小白的感受感同身受呢，“这件事不能怪小白的，这本就是个谁也想不到的意外。”

白伯父猛然抬眼，看着恭玉顿了顿，突然意味深长道：“是啊，这本就是个谁也想不到的意外……恭玉，希望你能一直这样理解洛歆，不要怪她……你知道的，如果可以，她是宁愿自己出事也不愿害了别人的。”

白伯父临走时将小白的病房号告诉了他：“这件事她母亲不知道，我也没打算告诉她，只告诉她洛歆出差了，我不能长时间待在这里，洛歆这边……你得费心照顾她了。”

如果说之前白伯父的态度还让他捉摸不清，那么这句话就是彻底认同他和小白的关系了。

恭玉简直受宠若惊，白伯父一走，他就马不停蹄地赶到小白的病房。

她睡着了，却也睡的并不安稳，眉头时而紧锁，时而颤动，似乎陷入了什么魇里，恭玉将她的痛苦憔悴看在眼里，疼在心里，他的小白走进了死胡同里，没有人能帮得了她，除非她自己走出来。

而在顾大这件事上，也只能，她自己面对。

犹豫了半晌儿，恭玉还是走过去，轻轻摇了摇她。

她睡的很浅，几乎一碰就醒了，睁着双空洞的眼，蒙蒙眬眬地看着恭玉。

“小白，犯人抓到了，你跟我作为其中的两个人证需要去一趟警局。”

白洛歆噌地一下坐了起来，愣愣地问："陆匪抓到了？"

恭玉脸色有些僵硬，答非所问道："去了就知道了。"

"怎么会是你？！"

当看见铐着手镣脚镣的顾大时，一如恭玉所料，白洛歆亦是震惊且不信的。

"怎么不可能是我？"顾大阴恻恻地笑了，看着她的眼里却是前所未有的仇恨，"可惜啊，那个炸弹本来是为你们两个留的，没想到你找了个替死鬼，不过，炸死你那个警察朋友也算值了，看到你现在这副人不人鬼不鬼的样子，这似乎比炸死你更有趣。"

"你！"

恭玉从没想过这个看起来老实的中年男人会说出这样恶毒的话，撩起袖子就要冲上去。

省里派下来接任宋昀位置的陈警官是恭玉曾经的战友，知道恭玉的脾气，眼疾手快地拉住他："恭玉，你冷静点。"

"为什么？"白洛歆仍旧难以置信，她刚进《朝闻夜谈》就是顾大带着她，毫无保留将自己的经验传授于她，教导她怎样成为一个合格的新闻人，他是她尊敬的师长，若他真的这样恨她，为何一开始对她那样好。

"为什么？你好意思问我为什么？古话说得好，教会徒弟，饿死师傅，我是怎么对你，你又是怎么报答我的？抢我的饭碗！断了我的活路！我就是死也要拉着你一起！"

顾大噌地一下站了起来，疯狂地捶着桌面，面目狰狞的模样惊的白洛歆一屁股坐在地上。

“小白！”

恭玉连忙冲过去扶起她，她怔忪着脸，一副遭受了巨大的打击的样子。

“恭玉，你带着她去旁边的休息室休息一下，这边我先处理着。”陈警官提醒道。

恭玉点点头，狠狠瞪了眼还在如疯狗一样叫嚣的顾大，拳头捏了又捏，最终还是松了开来，扶着失魂落魄的白洛歆离开。

“你怎么样？”

休息室里，恭玉给白洛歆倒了杯热水，担忧的询问。

“恭玉，我把什么都搞砸了，原来，全都是因为我。”

半晌儿，白洛歆才哽咽着开口，她不杀伯仁，伯仁却因她而死，她痛苦地闭上眼，咬着唇，没有发出声音，只有眼泪，不停往下掉。

恭玉轻轻摸着她的头，却说不出一句话来。

被猜忌，被误会，被背叛，人生所要面对的苦难，一下子全压在了他的小白肩上，如果可以，他多想替她扛下。

有人敲了敲门，是陈警长：“恭玉，有些事找你，现在方便吗？”

“好。”恭玉答，侧头轻轻吻在白洛歆紧闭的眼皮上，“你在这里坐着，我等等就回来。”

恭玉刚打开门，等候在门口的陈警官就对他使了个眼色，恭玉立刻意会，带上门，同陈警官走到楼梯口，才停下来：“什么事？”

“宋昀的家属来了，听说你也在，说是想见你，有些话想要问你，怎么样？见吗？如果你觉得为难，我可以推……”

恭玉打断他的话：“不用了，我也想见见他们。”

“行，那你跟我来。”

“宋昀父母过世得很早，他是他姐姐带大的，如今他没了，他们宋家就只剩下这一个女人了，哎，是真可怜。”

路上，陈警长简单说了一下宋昀的家庭情况，恭玉听得不是滋味儿，心一下子沉到了谷底，刚到办公室门口，恭玉就看见一个穿着米色大衣的女人背对着他们，安静地站在窗前。

“宋小姐，这位就是恭先生，有什么事，你们谈着，我出去抽根烟。”

陈警官离开时还细心的关上门，只是过了好一会儿，女人都没有转过身来的意思，恭玉只有先开了口：“你好。”

女人慢慢转过身来，眼睛在接触到恭玉的一瞬间，忽地一愣，似见了鬼般，瞳孔蓦然放大，轻飘飘地吐出两个字。

“裴睦……”

这一声出，恭玉心里咯噔一跳，一下子就愣住了。

“你认识我哥哥？”

“哥哥？”女人愣愣地重复了声，而后恍然回神，红着眼深吸了口气，摇了摇头，只是那双眼始终看着恭玉，目光里满是温柔和善，“原来，你是裴睦的弟弟恭玉，一开始听他们说起你时我还没有往这上面想，以为只是个同名同姓的人……你跟你哥哥长得很像，尤其是眉眼，简直是一模一样。”

她顿了顿，声音忽然低了下来，像是陷入了遥远的回忆里，又似自言自语：“他从前总跟我说起你，说你是他见过最好看的小孩儿，为这事宋昀那孩子还老是吃醋，还没见着你就已经把你视为眼中钉了，只是世事难料，从前你哥哥计划了那么多次，要介绍我们认识，都因为各种事情错过了，没想到时隔多年，你哥虽然不在了，我还是见到了你，你已经长的比你哥哥还要高了。”

这大概就是冥冥之中自有安排，忆起这些陈年往事，还有深爱过的那个人，女人苦涩地笑了笑，看见恭玉仍旧一副不明不白的表情，解释："我是你哥哥曾经的恋人，宋昀是我的弟弟，我叫宋映。"

"恋人？"恭玉瞪大了眼，表面波澜不惊，其实心里震动的厉害，他一直觉得，他和哥哥的兄弟缘分太浅，此刻，一个和他哥哥有着亲密关系的女人出现在他面前，他一时间有些懵圈，"为什么，我从来没有听他们说过这件事。"

宋映的表情变得有些难堪："你爷爷不喜欢我，我和裴睦的事一直是瞒着你家里人的。"

这一点，宋映不需要说得太明白，恭玉就能感同身受，裴老头儿最看重的就是家世，孩子的婚姻都是他让裴家更繁荣的工具，所以才会强行塞给儿子精挑细选的文家，没想到结婚生子后，儿子遇见了真正爱的人，于是抛弃妻子，毫不犹豫的追求爱情去了，才衍生出之后一系列的悲剧。

宋家就是普普通通的老百姓，自然入不了裴老头儿的眼，想也知道当初裴老头儿给了这对恋人多大压力，难怪前几年裴老头儿大病一场，手术抢救回来后，就老爱神神道道的缅怀从前，有一次还没有来由地就对他道："有你爸的前车之鉴，在你哥的教育上我一直是很严厉的，可是没想到，你哥和你爸才是最像的那个人。"

老头儿说完叹了又叹，怄的一天没吃饭，他那时候还揶揄老头儿："瞧你这话说的，我哥和我爸当然像了，他俩要是不像，这问题可就大了。"

如今遇见宋映，他恍然大悟，终于明白老头儿话里的意思了。

"长了双相似的眼，人却差了千儿八百。"

"我曾经很嫉妒你。"

也终于明白，宋昀对他说的那些含糊不清的话的意思了。

“我也没有想到，宋昀他，从没和我提过，”恭玉自嘲地笑了笑，“他从前不太喜欢我，或许是觉得我不像我哥吧，我也不喜欢他，彼此都看不顺眼对方，难得那天，我们都看到了不一样的对方，有了惺惺相惜的感觉，我们说好要一起喝酒，不醉不归……都是我的错，如果不是我让他一个人过去……”

“没有人怪你，小昀也不会的，谁也不知道那是个陷阱，如果换一种结局是你们两个都出事，我想小昀也不会认同的，”宋映温柔地打断他的话，她字字肺腑，也字字诛心。默了默，她又轻轻地道，“我想见你，是想问一问你，小昀他……最后，有没有留下什么话。”

想到那突然发生的恐怖一幕，恭玉喉咙里涌上一片酸楚，摇了摇头：“没有，爆炸发生在一瞬间，很突然。”

宋映愣了愣，眼眶一瞬间变得通红，一行泪就那么突然地涌了出来：“是么……那样也好，他至少没有遭受太多痛苦。”

交谈中的俩人都没有注意到，紧掩的门外不知道来了多久的白洛歆捂着嘴，已经快要站不住了。

宋映的话就好似一颗炸弹，炸的她天旋地转。

她出来找恭玉时遇见的陈警官，才知道宋昀的家属来了，正在和恭玉谈话，她本想来亲自说一句抱歉的，可刚到门口，里面传出来的对话声就像一道雷，狠狠砸在她的天灵盖上，震的她七荤八素。

世事就是这么巧，屋子里的这个女孩儿，是裴睦的恋人，也是宋昀的姐姐，她害死了她生命中最重要的两个男人，她有什么脸面去求得她的原谅。

白洛歆的胸口一阵抽筋般的绞痛，像被人握紧再握紧，她忍不住揪着胸口，扶着墙，踉踉跄跄地不知要走往何方。

等白洛歆回过神儿来时，自己竟已是在机关大院的油桐树下，早几年前，机关大院就被纳入开发范围，原先住在这里的人已经都搬完了，房子都拆了大半，无人照料的油桐树早就枯死，只剩下光秃秃的树干。

和小时候每次难受时一样，她靠着树干坐下，将头贴了上去，轻轻默念心里的悲怆。

也不知道是不是太累了，未久，她竟就这样迷迷糊糊地睡着了，她做了一个梦。

那是一个缠了她十余年的魇，也是她心底最深最黑暗的秘密。

梦里自己还是十三岁的样子，那是初中刚开学的时候，新生动员大会上，戴口罩的她被校长看见，亲自点名上台，勒令她摘下。

“我再次重申一遍，不管是开会，还是课堂上，戴帽子、眼镜、口罩等等，都是对台上人的不尊重，你们新生尤其要注意，我不管你在之前的学校有什么特权，来了我们学校，就得遵守校规。”

周围安静的可怕，所有人都在看着她，等待她的反应。

她咬着唇不说话，头快要低到尘埃里，直到气急败坏的校长突然伸手一把扯下她的口罩。

全场哗然，一时间纷纷交头接耳，闹腾的像在街市。

校长也愣了，半晌儿，才回过神儿来，转身对着台下道：“安静！都给我安静！”又转身，尴尬地清了清喉咙，对她讲道理，“同学，样貌不重要，人不可貌相，况且你这又不是什么大缺陷，对不对？学习搞好了，比什么都重要，你为了样貌自卑，是最不值当的，其实大家都没有那么在意……”

这样的话她听过无数次，可又如何，每次她摘下口罩，总有无数道或惊讶或嫌恶的目光提醒着她的与众不同。

校长还在絮絮叨叨地说一些场面话，她什么都没有听进去，后来梦里画面一转，就到了机关大院最偏僻的西侧门。

那里种了一片油桐树，因为鲜少有人会过来，所以每次不开心时，她总会来这里待上一会儿，对着那棵最大最粗壮的油桐树默念自己的心事，仿佛这样做自己的心情就会好一些。

她头抵着树干，正进行着这自创的“仪式”时，鼻间忽然涌进大片的清香，是油桐花的味道。

眼前霍然放大的就是一大捧白色的油桐花，视线拉长后，眼眶里出现的是一双笑盈盈的眉眼。

“裴睦哥哥？”

“怎么啦小白，一个人躲在这里，是又不开心啦？”

“没有……”

她勉强扯出一个比哭还难看的笑来。

可这笑容在裴睦眼里就有些欲盖弥彰的味道了，他这个邻家小妹妹只因为脸上长了一块胎记，从小就受到许多不平等的待遇和异样的目光，她的父母因此特别保护她，可或许谁都没有想过，这种保护就是也将她同别人区分开来，放大她与别人的不同。这孩子活得太阴郁了，她把自己关在一个空间里，别人靠不近，她自己也不愿出去，可这样下去也不是个办法，她总得去融入这个世界，想了想，裴睦顺手将她拉起来：“走，哥带你去散心。”

“去、去哪儿？”

“野炊，你今天有口福了，”裴睦拍了拍身后的背包，笑得好似春风，“我做了紫菜包饭，小孩儿们就没有不爱吃的。”

她支吾道：“不行的，裴睦哥哥，回去迟了我妈会生气的。”

“哎呀小白，你一天不当乖乖女，天也不会塌下来的，就算你妈怪罪下来，还有我顶着呢。”

“可是……”

“别可是了，再不去就真迟啦。”

最后，她只有亦步亦趋地跟着裴睦身后。

野炊的地点在凤凰山，那天是工作日，爬山的人几乎没有，所以一到那里，裴睦就摘掉了她的口罩。

“这里空气真好，来，跟我深吸一口气，泥土、青草、花香、阳光的味道，小白，你不好好感受下，那真是可惜了。”

她摸着唇紧张地看着裴睦，犹豫道：“没关系吗裴睦哥哥？万一……吓到别人怎么办。”

“不会的，”裴睦温柔地笑了笑，揉着她的头道，“我倒是怕你被吓到，小白，待会儿呢，还有个姐姐，和一个跟你一样大的小哥哥，要和我们一起野炊，不过你放心，他们都是很善良的人……”

“裴睦哥哥！”

话音未落，有孩子欢快的声音自不远处传来，一个长了双又细又长的眼睛的小胖墩儿腾腾腾地跑过来，满脸兴奋地给了裴睦一个大大的拥抱：“你怎么才来啊，我跟姐等你好久了。”

“对不起啦，等下我自罚三杯，小昀可满意了？”

“才不要呢，姐的杨梅酒都是我的！”

小胖墩儿哇啦啦一通叫，目光落到裴睦身后缩头缩脑的女孩儿身上，眼神一顿，皱着眉嫌弃道：“咦，裴睦哥哥这是谁啊，怎么长得这么奇怪，脸上那是个啥，怪物一样，丑死了。”

每一个字都像一把刀，狠狠刺在她白洛歆的心口，强烈的羞耻感一下子涌上脑门儿，天旋地转中，她傻傻地站着，眼眶里一片水雾，不知所措地看着面前一大一小两个男人。

“小昀！不能没有礼貌，”裴睦严厉的呵斥了声，“快给小白道歉！”

“我为什么要道歉啊，长成这样就不该出来吓人。”

啪——

清脆的巴掌后随之响起的是响彻天际的哭声。

“对不起裴睦哥哥，我先回去了。”

最后，是她先说了对不起。

对不起，生而为人。

对不起，是她吓到了别人。

对不起，她不该妄想去拥抱世界。

她捂着嘴一边哭一边跑，鞋子掉了也不敢去捡，她只想快点回到家，回到她那个小小的房间里，那里很安全，她不会受伤，也不会伤到别人。

不知道跑了多久，她的脚猛然一崴，整个人往后侧倒去，扑通一声，她掉进了湖里。

冰凉湖水迎面扑来，她本能地张嘴想要呼救，就狠狠呛了几口水进肺里，吐又吐不出来，痛苦无比，岸上景物模糊不清，耳边是一阵急似一阵的鼓鸣。

她越扑腾，就下沉的越快，湖里生长的水草好似缠住了她的脚，将她一直往下拉，她渐渐没有了力气，挣扎的力道越来越小。

那一瞬间，脑子里突然闪现出一个念头，就这样吧，如若生的世界只剩下孤单与痛苦，倒不如这样永久的睡下去。睡着了，就不会再害怕、再悲伤了吧。

于是，她停止了挣扎，闭上眼，张开双臂，任由自己往下沉。

模糊中，她仿佛听见有人在耳边呼唤她的名字，那是裴睦哥哥的声音。

“小白，别怕，我会救你，你不会死的，你会好好活下去的，相信我。”

不知过去了多久，她猛然打了个寒战，睁开了双眼，天色已经暗了下来，她正趴在湖边，周围很静，清醒后的寒意更加刺骨，她一边打着哆嗦，一边记起发生了什么。

她失足落水，模糊中，有人救了她。

她站起来，环顾了四周，试探着叫了一声：“裴睦哥哥？”

回应她的，只有风穿过树林的哗啦声。

她望向湖面，那里如今已恢复了平静，湖面没有一丝涟漪，仿佛什么都没有发生过。

一种莫名的恐惧感忽然涌上心头，她摇了摇头，立刻否定了出现在脑海里的念头。

不会的，裴睦哥哥水性那么好，他不会有事的，或许他一个人搬不走她，先去叫人了也说不定呢。

是的，一定是这样的，她一边想，一边蹒跚的往后退去。

梦境里，小小的女孩子面白如纸，眼泪一下子涌了出来，她下意识地咬住了自己的小指，那是她每次感到害怕和绝望时的小动作。

在那个没有月亮的夜晚，她一路走，一路张望，企图找寻到裴睦的身影，可一路萧条的诡异，她甚至一个人都没看到，她一会儿冷一会儿热，脚像踩在棉花上，头却重的像要断掉。

那大概是她这辈子走过最长的路了，等走到裴家门前时，她已经没有了力气，连多迈一步，都做不到。

“洛歆！”

有人叫她的名字，是出来找她的母亲，母亲刚碰到她，就是一声惊呼：“天哪，洛歆，你身上怎么这么烫！你这是怎么了？别吓妈妈啊！”

“妈妈，救救裴……”

她一张口，才发现自己几乎发不出声，喉咙又痛又哑，整个脑袋裂开般的痛。

“洛歆！洛歆！”

声音越来越小，越来越远。

后来她才知道，那天她烧到 40°，引发了肺炎，在医院吊了四天水后，才慢慢恢复清醒，醒来第一件事，就是问母亲：“裴睦哥哥回来了吗？”

母亲一愣，似乎是没想到她会问这个，疑惑之余，脸色突然变得有些悲伤：“你裴睦哥哥出事了，他好几天没回来，大伙儿只当他是被工作耽误了，直到昨天下了一场暴雨，凤凰山下的圆湖浮上一具尸体……哎，连我们都觉得难以接受，裴家人更是接受不了，接连倒下了，裴睦他妈现在还在打强心针吊着呢，你爷爷奶奶都过去照顾了。我说洛歆啊，这事是个警醒，你可不要随便出去，往偏僻的地方玩，你看你裴睦哥哥，出了事都没人救，死在外面这么多天都没人知道，可惜了，洛歆？你有听妈妈说话吗？”

话说完，抬头时才发现女儿煞白的脸上满是泪水，通红的眼睛睁的圆圆的，魔怔般一直在摇头。

“怎么会这样，怎么会这样，怎么会这样。”

“洛歆，你怎么了？”

在门口抽烟的父亲听到动静也赶紧跑了进来：“怎么了？”

她抓着母亲的手哭得撕心裂肺：“都是我不好，妈妈，掉进水里的人是我，裴睦哥哥是为了救我，我以为他上来了，我不知道，我真的没想到……妈妈，死的那个人该是我啊！是我害死了裴睦哥哥！”

白父白母面面相觑，女儿的话让他们心里一阵凉，谁都没想到事情的真相会是这样的。

那天他们把昏倒的女儿送去医院，医生诊断说她应该是淋了雨又吹了很久的风才会这样，原来不是淋雨，是落水。

夫妻俩商榷了许久，达成了共识。

“这件事，不能给第四个人知道，以免多生事端。”

“裴睦是见义勇为，可不管洛歆是不是因病昏倒以至耽误了救援时间也好，他的死归根结底还是洛歆造成的。”

“这本就是个谁也想不到的意外，裴睦已经不在了，若现在说出来，以裴老一家疼爱裴睦的程度，他们是不会放过洛歆的，我们两家从此也只能做仇人了。”

这么多年，她一直在后悔，如果她没有乱跑，如果她能小心一些，如果她回去的路上她能遇到人，如果她没有昏倒，裴睦是不是就不会死了。

而她更后悔的，是在当时面对悲恸欲绝的裴爷爷和文阿姨时，没有勇气将那句“对不起”说出口。

凡事都是这样，当时没能说出口的话，就再也没有勇气说出口了。

从此成了长在心上的肉刺，日日夜夜，承受着难以言说的煎熬。

为裴睦举办葬礼的那天，父母领着她去青山寺里点了盏长明灯供奉裴睦的亡灵。

满殿神佛，目露悲悯，大明钟发出悲怆的嘈呟，像在嘲笑她的懦弱。

这是她种下的业障，这么多年，她的战战兢兢，她的患得患失，她的爱而不得，都是她应得的果。

梦境的最后，长满水草的湖底，幽深的碧波里，年轻的裴睦闭着眼，睡得很安详，黑色的鱼群自他的脸庞发间穿梭而过，阳光被波光粼粼的湖面碎裂成无数道细小的射线，在他身上开出金色的花蕊，翩跹四散。

她悲伤地看着他，轻轻开口：“裴睦哥哥……”

猛然间，他睁开眼，黝黑的瞳孔里涌出朱色的血来。

白洛歆疯狂地尖叫，如溺水般胡乱地挥舞着双手，心跳快的像要骤停。

“小白！小白！你怎么了，你醒醒，快醒醒！”

模糊中，有人在叫她的名字，她大喘了口气，睁开眼，目光与面前人的撞在一起。

是那双刚刚在梦里看到过的眉眼，白洛歆一时分不清是现实还是虚幻，害怕地往后退，直到后背贴到潮湿的墙，再无可退，她痛苦地抱着头，终于崩溃地哭了出来。

Chapter-13

诀别

〔对不起，如果死的那个人是我就好了。可有的错误，是万死难辞其咎。〕

宋昀的葬礼在这个春天的末尾举行。

天还未亮，恭玉就来到了殡仪馆，同宋映一起布置场馆。

白色的雏菊缀满整面墙，宋昀的黑白照片就摆放在中间，跪坐在一旁家属席上的宋映望着照片有些出神，那样鲜活的笑脸，从今往后就只能活在静止的画面里了，宋映心里止不住的悲凉，父母去世的早，她和弟弟相依为命走到今天，却只剩下她一个人了。

“宋映姐，静安分局的老队长来了，他家里有喜事犯冲，不能进来，你去外面见一下吧，这里我来。”

肩上突然被人拍了拍，掌心柔软的温度透过衣服源源不断的传进来，宋映转过头，眼前那双漂亮的不可思议的眉眼与遥远记忆里画面的重叠，那个人也有一双这样的眼睛，这么多年过去了，他依然住在她心里最重要的位置，再怎么艰难的时候，只要想到他，就会有熬过去的力气，宋映慢慢挺直了背，点点头道：“好。”

这天前来吊唁的人很多，有许多市民也自发来送宋昀最后一程，花圈几乎摆满了整个灵堂。所以，一直到了下午，俩人才得了空闲，收拾灵堂。

宋映拿了本子，将人们送的悼念花圈上的人名都记在上面，这些都是人情，日后都要还的，记到其中一个花圈时，笔尖微微一顿，抬头望着花圈上的后缀："她好一些了吗？"

宋映在庭审上见过那孩子一面，憔悴消瘦的样子触目惊心，垂着头泣不成声地对她重复着对不起三个字，她知道她一直都在自责是自己的一通电话将宋昀推入了死亡深渊，可她从来没有怪过她，她知道，即便不是因为白洛歆，宋昀也会去做这件事，抓住犯人，救下人质，本就是他身为警察的意义。

站在一旁的恭玉默然摇了摇头："医生说，她给自己的心理负担太重，还需要时间。"

宋映也只能安慰："你要相信她，她会好起来的。"

"我其实很担心，小白她，内心远没有你想的那么强大的，"恭玉吸了一大口气，又慢慢吐了出来，"我第一次看见她时，就撞见她在自杀，那时候，她才十五岁。"

宋映吃惊地瞪大眼："怎么会……"

"她脸上曾经有个胎记，虽然后来因为一场事故阴错阳差修复了胎记，但她曾因为胎记受过许多歧视，性格也很自卑敏感，她把自己当成了所有人的负担，不管遇见什么不好的事情，她最先想的都是，是不是自己的造成的。"

"胎记……白洛歆……小白……"宋映突然想到了什么，"原来她是那个小姑娘。"

恭玉一下子没听清："什么？"

"我曾见过她的，"宋映回忆道，"宋昀十三岁生日那天，我和你哥约在凤凰山给宋昀过生日，你哥来的时候带了个小姑娘，我虽只是远远看了一眼，但她脸上的胎记让我印象很深的，我听你哥称呼她为小白，你这样一说，我才想起来，那小姑娘确实是很敏感的，我记得当时宋昀不懂事，口无遮拦，说了她脸上的胎记，那是你哥第一次动手打了宋昀，可这个小姑娘却说了句对不起然后就哭着跑走了，荒山野岭的，又没什么人，你哥怕她一个小姑娘出事，追了上去，我也不知道你哥追上了没有，我给你哥发了信息也没回。我想他大概是生宋昀的气了，是我没有教好宋昀，我觉得很过意不去，也没脸找你哥问情况，本想等你哥过了气头，再带宋昀一起去道歉，可我怎么都没想到，四天后，我却得知了你哥意外去世的消息。”

旧事重提，宋映难免有些伤感，睫毛森森落了下来。

可恭玉却身子一震，震惊地看着宋映，喉咙发堵：“你是说，我哥出事前曾和你们见过一面？你最后看见的，是他去追小白？”

可为什么小白从来没有跟他提起过？甚至，他也不曾听任何人提起过。

宋映还沉浸在悲伤中，沉默的点了点头。

恭玉只觉得脊背忽然一阵阵的发凉。

凤凰山……

哥哥的死是裴家不愿想起也是最痛的伤害，大家都刻意不去提起这件事，也没有对外说过裴睦出事的地点和时间，可他曾经和裴老头儿去哥哥出事的湖边祭拜过，那个湖，就在离凤凰山不远的地方。

他突然想起那天他在机关大院的废墟里找到白洛歆时的场景，她似乎是梦到了什么可怕的东西，胡乱挥舞着四肢大喊着“裴睦哥哥”，以及她在梦醒的瞬间看见他时眼里涌出的惊恐。

他当时只是以为她做了噩梦，可如今，同宋映这番话联系到一起时，他的大脑里忽然出现了一个可怕的念头：小白从梦中惊醒的那刻，看着他时怎么会那么害怕，她会不会，害怕的不是他，而是跟他长得有七分相似的哥哥？哥哥的死，难道跟她有关系？

“好了，我……”宋映抬头看见恭玉的脸白得吓人，就是一愣，“你怎么了？”

恭玉摇了摇混乱的脑袋，瞳孔震动的厉害，半天，才干着嗓音开口：“我突然想起还有点儿急事，我先离开下，宋映姐，有事你给我电话。”

话音未落，就火急火燎地直冲出门。

“路上小心。”宋映看见他的样子不对劲，追出门朝他的背影喊了声。

恭玉大约是没听见，钻进车内，车就轰的一声驶了出去，一下子就消失在视野里。

“这孩子突然这是怎么了……”

宋映担忧着转身，下一秒，就被身后突然出现的男人吓了一跳，尤其是那双和蛇眼有八分相似的偏黄瞳仁，更让她莫名起了一身的鸡皮疙瘩。

这人是谁？他什么时候站在这里的？她怎么一点儿都没察觉到？

满腹疑虑中，就见男人礼貌又不失优雅的笑了笑：“你好，我是来祭拜宋警官的，刚才看见你们在谈话就没有出声打扰，真的是非常抱歉，吓到你了。”

宋映惊魂未定，现在距离吊唁的时间已经过去了很久，还会有人来吊唁实在很让她意外，但不管怎样，能特意赶来送宋昀一程，总归是好心的。

于是，她回以礼貌一笑：“谢谢……里面请。”

“好的。”

宋映站在一旁，看着男人径直走到宋昀的遗像前，将白菊放下，深深鞠了个躬，做完一切后，他转身对宋映微微颔了颔首：“节哀。”

“谢谢。”

宋映礼貌地鞠躬回礼，男人快走到门口时，宋映忽然想起什么又叫住了他：“那个，先生，可以问一下你的名字吗？”她晃了晃手中的本子，“我要做个记录。”

“陆匪。”

男人淡淡道，转身步出门外，径直上了停靠在路边的公务车，车门刚关上，他双手叠放在面前，无意识地摩挲着大拇指上的古铜戒指。

直到前座传来声音："陆先生，我们现在是去接吴小姐？"

陆匪坐直了身子，发号道："不，去酒庄拿酒，然后去见一见我们的老朋友。"

"您是说，王局？"

陆匪淡淡地唔了声，浅浅淡淡地笑了："如果我没猜错，那位一直在调查我的白小姐，恐怕是藏了些什么，杨舜，我们有好戏看了。"

此时位于江州城郊的女子监狱大门正缓缓打开，一身素衣的吴越越出现在门后，同送她出来的狱警告了别，她跨过门槛，望着没有高墙围栏的天空，大概是尚未适应般，有些愣神儿。

直到身后的铁门被咔嚓一声关上，吴越越回过神儿来，深吸了口气，抬头正要过马路，身侧却传来熟悉的喊声："越越。"

她顿时僵住了般，缓缓转过身，望着站在不远处的白洛歆，表情有些复杂："你怎么来了……"

她以为，宋昀的死会让白洛歆彻彻底底的恨上她的。

白洛歆不傻，一定猜得到，出事那夜她吞下的刀片，是为了什么。

"我说了会接你出狱的，"白洛歆平静道，"我也曾说过，要为你洗清罪名，可惜我没能做到，所以，至少在接你出狱这件事上，我不能食言。"

吴越越的脸白了白，一时间不知道要怎么接下去。

白洛歆没有为难她，打开停在一旁的车门："上车吧。"

"去哪儿？"系好安全带，白洛歆侧过头问她。

去哪儿？

她也不知道自己能去哪。

她早就没有家了，回想起来，这漫长的二十小半生里，风里来，雨里去，可讽刺的是，为她遮挡风雨最久的就是身后这座监狱了。

她自嘲地笑了笑，报了个地址：“世界花园。”

没有自己想象中的相对无言，这一路，俩人偶尔也会开口说两句无关紧要的话，就像久未见面的老朋友。

也仅仅只是像而已，她们彼此都明白，情谊已逝，一切都再也回不到从前了。

车子开到世界花园，白洛歆望着眼前一片老旧的廉租房区，有些意外，她以为吴越越报的地址会是陆匪的家，可现在看来，这里林立的就只有一幢幢上了年岁的筒子楼，斑驳发黑的墙皮，阴沉恶臭的通道，怎么看也不像是陆匪那种人会住的地方。

愣神儿的工夫，吴越越已经先行下了车，站在坑坑洼洼的黄泥路上若有所思。

白洛歆熄了火，下车走到她旁边。

“这是哪儿？”

吴越越默了默，半晌儿，才答非所问道：“你不是问过我，为什么会选择和你做朋友，为什么从来也只有你这么一个朋友。”

白洛歆一愣，很早很早以前，在她们刚成为朋友的那会儿，她是问吴越越这样的话，不只是她，当年所有人都很好奇，学校里万人追捧的吴越越会和一个毫不起眼儿的丑八怪做朋友，可那时候的吴越越从不回答，被问的烦了的时候，也只是淡淡一句“我乐意”敷衍了事。

如今吴越越忽然提起这茬儿，白洛歆有些意外地嗯了声，静静等待她继续说下去。

“那棵树的位置从前是一家烟酒店，我第一次看见你，就是在那里，”吴越越侧头看着她笑了笑，抬起手，指着自己正前方的一棵梧桐，“好多年前，有个没有右眼的老太太为了筹钱给自己生病的孙女治病，偷了烟酒店的一条烟想要拿去卖，可是刚走到门口就被发现了，店老板和服务员得理不饶人，堵着老太太疯狂辱骂。”

吴越越停顿了下，像是陷入了某种悲伤的回忆中，连声音都带着哽咽。

“任凭老太太怎么道歉，他们都不原谅她，那么多看热闹的人，没有一个人伸出手帮忙，直到有个小女孩儿出现了，她抱着老太太说，奶奶你怎么又忘了拿钱呢，又怯怯地从口袋里掏出钱递给老板，说自己的奶奶年岁大了，记忆力不好，总忘东忘西，忘记拿钱忘记付钱，不是故意要偷东西的。那个时候的我呢，就站在现在这个位置，远远看着，我看见那个戴着口罩的小女孩儿，结结巴巴地站在那么多人面前说话，明明紧张到腿都在发抖，却还是挺直脊梁，搀扶着老太太离开了那里。”

白洛歆有些发蒙，吴越越的话就像一把钥匙，打开她记忆里尘封的往事，一些她早已忘却的画面，模模糊糊地浮了上来。

人生的无奈之处，大概就是它往往总遵循着命运安排好的轨道前行。

比如她遇见恭玉，比如吴越越遇见她。

那是在裴睦哥哥去世后不久，有次来接她的父亲被堵在路上，她只有步行穿过车辆难走的路段去和父亲会合，就是在那条路上，她碰见了一个成为众矢之的的老太太。

“对不起对不起啊，我也不想偷东西的啊，我真的没有钱啊，囡囡真的病的很重的。”

那天，人群中，老太太的声音很小，却在各种嘈杂声音混在一起的环境中被她捕捉到了。于是，她鬼使神差地走过去，说了那些话，帮助了她。

其实她心里明白，她做这一切，不过是为了减轻自己心里的罪孽感罢了。

因为她知道如果今天站在这里的是裴睦哥哥，一定也会去帮助老太太。

那么，背负着裴睦生命的她，代替他做了这件事，是不是也能证明，或许，她是值得被救的。

她是这样安慰自己的。

她还记得当那个白发苍苍满脸老年斑的老人对她说："谢谢小姑娘，你心肠这么好，一定会大富大贵，你一生都会平安幸福的。"

她的心就像被狠狠扎了一下，她羞愧万分，连头都不敢抬，也不敢去看老人的眼，匆匆逃开。

"说来也讽刺，你是我记事以来，第一次感受到的善意，后来在学校看见你，我一下子就认出了你，我就对自己说，你会是我一辈子的好朋友，因为你值得。"

白洛歆的喉咙发堵，眼泪慢慢积满眼眶，这是她乱糟糟的人生里无关紧要的一笔，却成了吴越越永不能忘却的恩情。

多讽刺啊。

白洛歆努力睁大眼，深深吸了口气，强忍着没让眼泪掉下来，转过头，对吴越越扯出个比哭还难看的笑："或许有一天你会知道，我不值得，就像你认为我固执地为你洗脱罪名是不值得一样，你不是说我要找的那个真相只能证明你是龌龊的吗，其实我比你好不到哪儿去。"

这突然没头没脑的话让吴越越心里咯噔跳了一下，其实今天第一眼看到白洛歆时她就觉得有些不对劲，她是该愤怒、该悲伤的，可她在她的脸上什么都看不见，那里只有一片骇人的平静，仿佛她将所有的情绪都聚集到一起藏了起来，可这并不是什么好事，一点点发泄出来，总好过突然爆发的毁灭程度。

她觉得现在的白洛歆就像一个盛满了水的气球，只要轻轻一碰，或是再添一点儿水，就会炸的粉身碎骨。

她好怕她出事，忍不住为她担忧起来，而更多的，是自责："你怎么能这样想，你最近大概是太累了，宋昀的死，真的不是你的错，他……"

“吴越越，”白洛歆突然出声打断她的话，直视她的眼，一字一句道，“你就那么笃定宋昀的死不是我的错？那么你告诉我，宋昀的死，到底是谁的错，我？顾大？还是，陆匪？”

吴越越的脸一下子变得煞白，白洛歆的话就像枪林弹雨，每一个字眼都狠狠打在她心上，而她看她的眼神就像能窥探一切的透视镜，她内心的秘密，一下子就被一览无余了，她只能缴械投降，将自己的罪行坦白，只求她造的孽不要报到其他人头上：“是我……是我知道即使我提前出狱也不能打消你继续查下去的念头后，去提醒了陆匪……是我太着急太害怕了，对我来说，他是和你一样重要的人，我没有办法眼睁睁看着他出事，可我只是想要他收手的。离开这里，趁一切还来得及，有多远逃多远……是我的错，是我的提醒让他动了杀心，可我人在狱中，什么都做不了，我只有想尽办法让你待在我身边，那至少能保证你是安全的，宋昀的事，我很抱歉，我没想到陆匪会疯狂到这个地步……如果早知道事情会变成这样……”

“如果早知道事情会变成这样，你依然也会选择去提醒陆匪的。”白洛歆平静地替她说了下去。

她总是最了解她的那个人。

吴越越羞愧的垂下了头，有眼泪自她紧闭的双眼内流出，那张美丽的脸上充满了悲伤与内疚，很久后，她才嘶哑着开口，声音小得不能再小：“对不起，我只是想保护我爱的人，陆匪是，你也是。”

白洛歆笑了，低头沉默了一小会儿，她小声道：“谢谢你救了我。”

“可是，”她深深吐了口气，“你知不知道有句话叫作生不如死？我宁愿，你没有支开我，死的那个人是我。”

你给了我活着的机会，却拿走了我活下去的勇气。

这句话白洛歆没有说出口，她最后看了眼泪流满面的吴越越，淡淡说了句：“再见。”

这一声再见说出口，白洛歆和吴越越都知道，是再也不见了。

白洛歆转身时湿了眼，她紧紧握着口袋中的录音笔，心里满是悲凉，她和吴越越，最终还是走到了需要算计的这一步。

其实从那天吴越越为了陆匪求她放过他的那天起，白洛歆就知道，这一天迟早会来，她和吴越越走上了不同的路，人生也出现了偏差，是再也没有并肩的可能了。多少年的相知相伴，在她对什么都失去兴趣时，是她给了她人生的方向，她是因为她，才去考的传媒大学，做一个挖掘真相的新闻人。却也是因为她，才让一个无辜的生命消逝，她们每个人的手上，都沾了宋昀的血，分不清谁多谁少。

这一切到底算不算是上天给她们开的玩笑?

为什么人生总是这样艰难，为什么雨下的这样大，为什么她总给身边的人带来苦难。

肆虐的暴雨中，白洛歆跪坐在一座墓碑前，无声地问着葬在墓碑下的人，照片上那张和恭玉有着七分相似的脸，让她心里一片荒凉。

这里是江州的墓园神仙山，传说这座山是有神仙庇佑，葬在这里的人都会得到神明的福泽，这一世所经历的苦难，来生都会化为福分。

“裴睦哥哥，你有没有后悔过救我。”

豆大的雨滴噼里啪啦地打在她脸上，她的眼前一片模糊，啜泣着道：“我后悔了。”

天空中，雷声震震，轰隆轰隆，连大地都在颤抖，却没有人能回应她的恐惧与无措。

白洛歆已过世的奶奶是一个有大智慧的人，在无意间知道子女藏掖的那个足以毁灭一切的秘密时，她曾经说过这样一句话：“我活了这么大的岁数，有过许多秘密，也见过许多秘密，可从没有一个秘密真的能侥幸的瞒天过海的，不管时间过去多久，人都会为他的所作所为付出相应的代价。”

所以后来，白奶奶深居简出，吃斋念佛多年，所求的也只是这个代价来的迟一些轻一点儿。

可是这一句话，终究是在这一年得到了应验。

虽然已过去了十几年，裴睦的尸检报告在费了点儿时间和手续后，还是被成功调了出来。

“为了调这个，我可欠了鉴定中心的老同学一个大人情，这你得替我还，”陈警官嘟囔着将装在牛皮纸袋的尸检报告递给恭玉，皱眉道，“不过，你要这个做什么？不会是怀疑你哥的死是他杀吧？你们家裴老爷子当初也是不能接受意外溺亡这个结论，请了全国各地知名的法医来检，还有个专门从美国飞来的，最后的结论论是几个法医共同做出来的。”

恭玉摇摇头：“我质疑的不是结果。”

“那是什么？”

恭玉没说话，打开牛皮纸袋，仔细看了起来。

“死者裴睦，男，二十六岁，2006年9月17日被发现溺亡于凤凰山下的无名湖泊，据尸斑呈现度，和腐烂程度推断，死亡时间应为2006年9月13日下午18时至19时之间，排除他杀……”

9月13日。

恭玉的视线定格在这个日期上，有种说不出的窒息感，让他的五指不觉收紧，将尸检报告攥出了褶皱。

宋昀的生日就是这天，宋映没有说谎，可宋映并不知道，裴睦就是在那天死亡，而不是消息传出来的四天之后。

那么，哥哥去追小白后到底发生了什么事，小白又为什么刻意隐瞒了这件事。

心底有无数疑问，而让他不能面对的问题是，哥哥的死和小白有没有关系？

恭玉脸上瞬息万变的表情变化让陈警官的心也提了起来："看出什么来了？这尸检报告有问题？"

恭玉没有说话，只是长久地垂着头，整个人好似被抽掉了魂魄般。过了有好半天，他捂着脸疲惫地深吸了口气，将尸检报告还给了陈警官。

"尸检报告没有问题，谢谢你帮忙，我先走了。"

一切都只是猜想，或许只是他自己想多了，小白不会是那样的人的，是的，他要亲口问问小白，只有她才能打消他所有的疑虑。

刚走到门口，陈警官突然喊道："啊，对了老恭，还有件事忘了跟你说，我那同学说，她在调取这个报告时发现，几日前，这份尸检报告，曾被人拿出来过，但具体拿来干吗，谁拿的，就不知道了，她毕竟也只是个小法医而已。"

"什么？"

还有其他人在查这件事？

恭玉很是震惊，正要问个详细，手机忽然响了起来。

是福伯。

刚一接通，福伯就焦急地喊道："小少爷，您快回来把，老爷他突发脑出血，正在抢救呢。"

恭玉皱眉："怎么了？"

"老爷受了刺激，"福伯欲言又止，"有人发来了个视频，是……少爷，您来看看就知道了。"

恭玉觉得头昏脑涨："我马上过来。"

等恭玉赶到医院，裴老爷子已经做完手术进了重症监护室。

隔着玻璃恭玉看见自己的爷爷戴着呼吸罩躺在那里，明明尚在昏迷状态，眼睛却还不甘的半睁着。这些年裴老爷子的身体越来越差，几乎每年都要大病一次，恭玉回来接手裴家的事业后，他就渐渐退居幕后，今年初就带着福伯住进了这家私人医院里。也幸好因为如此，这次病发时，抢救的及时，才没酿成悲剧。

“小少爷，”在一旁来回踱了半天步的福伯终于还是走到了恭玉的旁边，毕恭毕敬地递过去一只手机，“那个视频，就在这里。”

恭玉随手就去拿手机，但一下子却没能拿过来，手机的另一头被福伯攥住了，他不由看了福伯一眼，福伯脸上的表情很奇怪，像是想让他看视频又不想让他看般纠纠结结：“福伯，你怎么了？”

福伯张了张嘴，却终究没能说出话来，为难地叹了一声后，就垂手退到了一边。

恭玉于是狐疑地点开了视频。

一阵嘈杂的声音后，镜头出现了影像，从角度来看，这应该是隐蔽拍摄。

而后，一名面色铁青的中年女人出现在镜头中。

恭玉拿手机的手一颤：“怎么是她？”

虽然距离上一次看见这张脸已经过去了很多年，可恭玉还是一眼就认出了她，白洛歆的母亲。

“据我们掌握的证据了解到，裴睦出事前最后接触的人是您的女儿，白洛歆小姐，而俩人接触的地点正是在裴睦尸体被发现的地方附近，但这件事却被隐瞒了十几年，现在我们有理由怀疑，这种欲盖弥彰的行为是在掩藏真相，裴睦的死和白洛歆小姐有必然的联系，请您配合我们调查，让我们进去取证。”被刻意处理过音轨的声音说了这样一段话。

视频里，白洛歆的母亲脸上一时间瞬息万变，反应过来后，她死命抵住门慌乱道：“什么隐瞒？什么调查？又藏什么了？你们不要血口喷人！”

“女士，您先冷静下，我们只是想搞清楚那天到底发生了什么，”镜头里出现一张纸，“这是一张医院的病例，上面写了，裴睦出事那天，你们曾带着白洛歆小姐去看病，医生在诊断病例上写了，疑似淋雨，可我们查到，那天江州并没有下雨，我们可不可以认为，白洛歆小姐不是淋的雨，而是……也去过那个湖。”

白母脸上的表情再也绷不住了，泼妇一样大喊：“那又怎样，裴睦都已经死了那么久了，你们现在凭什么要我女儿配合调查？就是她见过裴睦又怎么样？就能证明裴睦的死和我女儿有关吗，你们这是哪门子的歪理？”

“那为什么当年你们刻意隐瞒了这样重要的线索？你们就没想到，或许，裴睦的死不是意外而是他杀，或许白洛歆小姐的线索就是关键……”

“什么他杀？没有他杀！那就是个意外！是裴睦自己要去救的！”白母明显是被逼的急了，一时间语无伦次地打断了对方的问话，“没有人逼着他去救，他自愿的！是他……”

话还没说完，白母自觉说漏了嘴，脸一下子就白了，眼里满是惊慌失措，场面一时间十分尴尬，直到那个特殊的声音下了论断：“啊，你这样说我就明白了，裴睦不是失足落水，是白洛歆小姐失足落了水，被裴睦救了，可裴睦是发生了什么没能上岸？但是您能不能解释下，为什么你们没有及时报警，而是隐瞒了这件事，当作从来都没有发生过？你们和裴家不是世交吗？”

哐当一声，白母狠狠关上了门。

画面至此变成一片黑，可任谁看到这里也都明白了当年到底发生了什么。

大脑持续的嗡鸣声中，恭玉似站立不稳地退了几步，握着手机的手微微颤抖，力气却有些失控，手臂上青筋凸起，似乎是在极力压抑着什么。

站在一旁的福伯看着恭玉的样子，心里说不出的难过，他这个小少爷，从小爱恨分明，喜欢什么，讨厌什么，从来都是毫不客气地说出来的，老爷很不喜欢小少爷这个性子，总是拿他和已过世的大少爷比，其实想想也是，和心思细腻人又温厚的大少爷比起来，嘴巴刻薄又不愿刻意去讨别人欢喜的孩子，是很难叫人喜欢的。

可就这样一个从不会掩藏自己情绪的人，此刻却一言不发的站在那里，没有什么表情的脸上五官慢慢变得僵硬，比起看完视频后就愤怒的要去白家讨说法的老爷来说，他觉得，小少爷才是被这件事伤害的更深的那个，静静的流着血却连声痛都不会喊。

这大概是因为，小少爷与白家姑娘之间还存在更复杂的男女之情，过去，小少爷有多爱，此刻，就有多恨。

福伯忍不住走了过去，轻声道："小少爷，你不要怪我多嘴，我觉得这件事情，没有那么简单的，拍视频的人明显是在故意引导套话。"

可连他都知道，虽然对方是故意为之，可无风不起浪，从白母嘴里说出来的话，恐怕，都是真的，于是，只能苍白地解释："洛歆是我看着长大的，她不是个坏孩子，一定有着不得以的理由。"

"不得以的理由？"

恭玉突然笑了起来，先是很轻的，最后弓着身子，发出疯狂的大笑，可那笑声中，却分明夹杂了痛苦和疲惫。

笑声回荡在空旷的走廊里，说不出的瘆人，路过的人，值班的医生、护士，纷纷探头看过来，却大概是被这样的场景吓到了，竟无一人敢出声问询。

"小少爷，你别这样。"

福伯看着恭玉，就像透过他的身体看见了内里灵魂，正一点点分崩离析，好好的一个人，眼看就要被摧毁，福伯是发自内心的难受，抹着眼泪道："她是你喜欢的人啊，你不信她，这世上你还能信谁啊。"

恭玉收住笑，沉默了很久后，只是冷淡地说了句："可她骗了我。"

这天是江州近半个月来难得的晴天，白洛歆拿着整理好的证据和录音去上班，准备和经验老到的周部长商量一下要以什么样的方式报道出来。

再怎么难过，她也不能在陆韭之前倒下，更不能让宋昀白死。

只是刚走进办公室，她就察觉到了异样，同事们就跟在等她一样，她一出现，就纷纷从电脑后抬起头，毫不掩饰地交头接耳起来。

不用说，他们谈论地对象，就是她了。

白洛歆太熟悉这种被当怪物关注的感觉了，只是在她脸上的胎记被修复后，她已经很多年不曾遇到，一时有些发蒙般，站在打卡机前愣住了。

“小白！”李达不知从哪钻了出来，一把拉住她，一直到办公室里关上门才松手，苦口婆心道，“你还真会挑时间啊，在家休息了这么久，一出现就是赶着事情来的，你说你，心怎么这么大，不知道避风头吗？”

白洛歆不明所以：“发生什么事了吗？”

李达一时被问住，愣了一下才反应过来：“不是，你没上网啊？原来你还不知道啊！我说呢，来，你过来自己看看。”李达打开电脑屏幕，点开一个视频网站的网址，“今早八点，这个视频被发在各个网站，微博也在疯狂转发，有好几个号都来咱们社的官 V 下骂了，上面的领导都知道了，已经让值班的编辑先关闭评论了。”

白洛歆静静地看着视频。

过去十几年，她每一天都在害怕这一天的来临，连做梦都在害怕。

可当这一天真正来了，她却比自己想象中的要平静的多，或许潜意识里她也在期待这一天的来临，至少把面对的都面对掉，她就再也不用战战兢兢地过日子了。

可是白洛歆沉默的样子落在李达眼里，就被解读成“无法承受视频内容太过震惊”了，连忙宽慰道：“你也别在意，网络上的人不了解你，隔着屏幕别人说什么就是什么，跟风骂你是可以理解的，但是我还不知道你吗，这个视频明显就是赤裸裸的构陷，你放心，等报了警，查出是谁放的，咱告死他，不说别的，光是冒充警察这点，就够他受……”

“是真的。”

空气里，突然冒出句细如蚊呐的声音。

李达以为自己听岔了，掏了掏耳朵：“什么？”

白洛歆抬起头来，悲伤道：“视频里说的，都是真的。”

“……”

气氛一下子僵掉了，令人窒息的沉默中，忽地响起一阵急促的敲门声。

李达憋着的一口气好容易喘了出来，去开门了：“部长……你怎么来了。”

周部长的脸色已经不能用难看来形容了，越过李达，径直朝白洛歆走去，在看见白洛歆面对着的电脑屏幕上的内容后，快要蹦出口的话猛然就刹住了，默了默，才道：“社里的电话现在全占线，都是来问这事的，上头已经发话了，处理不好，社会影响很恶劣，况且那裴家也不是什么普通人家。”

白洛歆低着头不发一语，李达看了着急，问道：“部长您经验丰富，你给出出主意吧，现在怎么办？”

周部长烦躁道：“能怎么办？我还想问你怎么办呢？你们啊一个个的，就不能让我安静地等退休吗？我去和这几家网站的负责人说一声，不管怎样，先撤了视频。”他看了白洛歆一眼，叹了口气道，“其他的，等事情压下来后再说吧。”

临出门前又对着李达道：“你陪着她就在办公室里，暂时哪里都别去，要有别人来问什么，就装没听见。”

可事情传播的速度远远超出了周部长的想象，到了下午，《朝闻夜谈》的网站就被成千上万的质疑帖刷屏了。

若白洛歆是个普通小记者也没什么，坏就坏在，她之前因为阿富汗的稿子已被社里捧成了网络红人，此次事件一出，“白洛歆 裴睦”的话题迅速占据了微博热搜榜。

“周部长说让你还是先回去，已经有媒体往咱这赶了，”一直在和周部长通短信的李达得到最后的指令，“周部长还说了，这事幕后有推手，花了大价钱的，传播速度根本控制不了。”

世人皆知了是么……

这是不是也意味着，恭玉也知道了……

白洛歆忍不住打了个哆嗦。

“小白？”

白洛歆从膝盖里慢慢抬起头，看着李达，故作轻松地点了点头：“好。”

李达带着白洛歆，故意没有走电梯，而是从安全通道离开。

到了一楼才发现，门口已经被前来采访的记者堵得水泄不通，各个端着长枪短炮，就等着事主出现一顿狂轰滥炸。

“这帮孙子，怎么就跟饿狼嗅到了肉一样，”李达嘟囔了声，转头对白洛歆道，“我去挡一挡，你瞅准机会走。”

“李达”，白洛歆小声道，“为什么还要帮我？”

李达挠了挠头：“我就是觉得，就算犯了错，也得给人一个改正的机会不是吗？好啦，别想那么多了，先离开这里再说。”

然后，就朝那群人冲了过去。

“哎哎哎，都堵这儿干吗呢！这不是影响我们正常工作吗！大家都是同行，能不能有点儿职业道德，都散了散了，保安呢？保安！”

趁着大家乱成一片的时候，白洛歆低着头从小门绕了过去，走出大门，一下子暴露在没有遮挡的大街上，仿佛所有人都在看她，她不由加快了步伐，走得急了，撞上了迎面而来的人。

“哎哟，对不起对不起，你没事吧？”

她被撞的跌倒在地，对方一边道歉一边要来扶她，在看见她正脸时微微愣住了：“白记者？”

白洛歆茫然地抬起头，才发现，撞到她的人正握着话筒，胸前挂着的工作证上赫然写着《江州日报》。

察觉到这一点的白洛歆连忙扭过头，狼狈地想要逃走。

可听到声音的其他同行已经簇拥了过来，将她围了个水泄不通。

“白记者，请问视频上你母亲透露的都是真的吗？”

“你为什么会去那个湖边，又是怎么掉进去的，裴睦救上你后，发生了什么令他没有游上岸？”

“白记者，当时你为什么不报警呢，你刻意隐瞒别人救你了这件事，是不是怕承担责任？”

相机的闪光灯刺的她睁不开眼，《朝闻夜谈》的总部大楼位于市中心，此刻正是人来人往的时候，除了几家媒体的人，还来了许多路人聚上来看热闹，李达被挡在人群外面根本挤不进来，只能瞪着眼睛干着急。

“别人救了你，你丫却跑了，还绝口不提，你的良心是被狗吃了吗！”

“白眼狼！”

人群里不知是谁愤怒地起了个头儿，接下来，就是此起彼伏的咒骂声。

啪嗒一声。

不知谁朝她扔了个鸡蛋，正中她眉骨，白洛歆的眼睛立刻就肿了起来，黏稠的蛋液顺着眼皮淌了半张脸，眼睛火辣辣的痛，她捂住脸，狼狈地缩起了脖子。

李达在外面愤怒的喊：“你们怎么打人哪！”

“多黑的心啊，才能眼睁睁看着救她的人被淹死。”

不是这样的，不是这样的。

白洛歆摇着脑袋抬起头，想要为自己发声解释，可就在那一瞬间，她看见了站在人群里的恭玉。

他就那样看着静静地看着她，隔着不远不近的距离。

被人骂，被侮辱，没有什么的，她犯了错，活该承受这些，反正这些年，内心的折磨也没有令她好过多少。

可是他现在看她的眼神却让她感觉到了铺天盖地的羞耻感，他明明就站在那里，她触手可及的地方，可为什么，她却觉得自己离他越来越远，就快要抓不住了。

她忍不住朝他伸出手："恭玉，我站不起来了，你拉我一下好不好。"

她的声音很小，可他还是奇迹般地听见了，他轻轻往后退了一步，明明似桃花般温润的一张脸上，却生了些厌恶出来。

白洛歆的眼泪一下子就奔涌而出，记忆总是会在现在与过往交叠出现相似之处时，变得恍惚，就像此刻的白洛歆，她看着恭玉，却恍恍惚惚看见了那个在别人欺负她时站出来保护她、以牙还牙，告诉她，他会一辈子罩着她的那个少年。

可是现在，他只是面无表情地看着她的眼泪，冷冷地问："是真的吗？"

她知道他在问什么。

她没有说话，已是回答。

恭玉淡淡移开了眼，转身离去，越走越远，直至连背影都看不见。

又有人朝她扔来了什么，她连躲都不晓得躲，只是愣愣地看着他离去的方向，她目之所及的世界，渐渐，也只剩下一片黑暗。

手术后的第五天，裴老爷子才清醒过来，从重症监护室里转到了普通监护病房。

恭玉这几天都待在医院里，老爷子刚醒过来时，话还说不出来，只用一双混浊的眼饱含眼泪用力地看着站在床边的小孙儿。

可他不说，恭玉也都明白，他握住裴老爷子瘦骨嶙峋的手："老头儿，您放心养病，我不会让大哥就这样不明不白地死了这么多年。"

裴老爷子四肢还不能动弹，只能缓慢地眨了眨眼，掉下两行泪来。

安抚好裴老爷子后，恭玉去楼顶抽烟，他的位置正好将能看见整座医院，也轻易的看见了站在医院门口的那一家人。

视频曝光之后，白家人每天都会来医院，想要见他们一面，每次都被恭玉拒绝了。

白家人的行为并没有触及法律，只能靠道德谴责，这几天，白家人也算是得到了报应，白洛歆的行为引发了众怒，随便打开一个网站，最热的帖子都是在骂她，网友将白家上下扒了个底朝天，之前的小区住不下去了，白父也因此丢了工作。

福伯心善，夜里叹着气同恭玉聊天儿，说到举头三尺有神明，人还是不能做亏心事，若是十三年前白家将这件事说出来了，不管裴睦还有没有的救，也没有人会去责怪白家的，更不至于落到如今这个墙倒众人推的下场，这样看来，白家已经为自己的行为付出了最惨痛的代价。

福伯话里有话，恭玉知道这是在劝他放下。

可恭玉仍觉得不够。

本该由他来做的报复，全都让别人做了，他就像蓄满了力却无处可施，他这一颗愤怒的心，怎能安得下来。

黄昏下，恭玉的脸一半被暮色覆盖，一半藏在阴影中，是说不出的阴郁，他慢慢将半盒烟抽完，捻了捻烟灰，下楼对正在烧水泡茶的福伯说："让他们上来吧。"

这家私人医院将病人的病房做成了三室两厅的样子，福伯领着白家一行四人进来时，恭玉已经坐在客厅的沙发上候着了。

听到脚步声，抬起头他就看见了她，她穿了件黑色的外套，脸色被衬的煞白，比他上次看见她时也更瘦了，整个人看起来可怜又可恨。

即便刻意提醒自己不去关注，可四目相对的那一瞬间，他的心还是忍不住为她抽痛。

说起来与她也并没有隔了多久未见，可此时此刻他看着她，却觉得又模糊又遥远，甚至还有些可悲的陌生感。

是那个他爱了多年，单纯善良赋有正义感的小白。

还是那个狠心丢下救了她的哥哥，却又心安理得的受着他的深情。

到底哪个才是真正的她?

他分不清了。

“小少爷，”想的出神时，福伯轻轻碰了碰他，恭玉茫然地看过去，就见福伯对他使了个眼色，“白老叫你呢。”

恭玉这才回过神儿来，正襟危坐，再望过去时眼底已是一片冷漠。

白老叫了几声都没得到回应，此刻脸上已有些尴尬，但铸成大错的是他们，他今天不是来求别人原谅，而是为自己求个心安：“恭玉，你爷爷还好吗？”

恭玉讽刺地笑了笑：“托你们的福，鬼门关前走了一遭，勉强算是保住了命，我估摸着，老头儿心里有未完成不甘心的事，所以才没有轻易着了阎王爷的道儿。”

话说完，白家人各个脸上都挂不住了。

“对不起。”

白老深深鞠了个躬。

白老和其他人一样，也是在看见视频后才知道子女竟然藏了这么一个大秘密。回想到妻子去世前告诫他同裴家断了往来，能离多远就多远的说法，也都有了答案。

到底是他亏欠了裴睦和裴家啊，如果他早知道，也不至于让事情走到今天无法挽回的地步。

“还不快道歉！”白老呵斥了声心事重重傻站着的子女。

恭玉默不作声，盯着摆在面前的杯子，但在白父、白母领着白洛歆对他弯身致歉时，他不着痕迹地将身子换了个方向：“道歉什么的还是算了吧，白爷爷不知情，所以您没必要和我道歉，至于你们，我并没有打算原谅你们，更不想让你们觉得道了歉你们的内心就能好过一点儿。”

这番话，说的毫不留情面，白父自知理亏，低声下气地问：“我知道现在说什么都迟了，但现在有什么是我们可以补救的？你和你爷爷有什么要求，尽管提出来。”

恭玉稍稍抬起下巴，眼皮垂着，带了七分嘲弄：“要求？我要我大哥回来，做得到吗？”

“你这不是强人所难么……”

白母忍不住小声说道。

“强人所难？”恭玉被气笑了，“怎么，阿姨你今天是来教育我了？”

“你不要得理不饶……”

“够了！”白老疾言厉色地呵斥，“你干的糊涂事还不够多吗？还在这逞一时口头之快，你看看你把你女儿毁成什么样了！”

“爸，您怎么能这样说呢，您以为我心里就好过吗……”

“嘘！”恭玉不耐烦了，出声打断，“要吵回去吵，里面还躺着个病人呢，就这样吧，你们回去吧，我的意思已经说的很明确了，除非我哥回来，否则我们裴家永不原谅，再见，就是仇人。”

恭玉把话说得很绝，根本没有回旋的余地。

白老的脸色白了白，本还想说些什么，但在看见恭玉一脸厌烦到了极致的表情后，他也再没有脸面待下去了，只能叹了口气，萎靡地说道：“我明白了，我这就走，对不起，我们白家永远欠你们一条命。”

“恭玉，裴睦的事也是个谁也想不到的意外，在宋昀的事上你能理解洛歆，站在她那一边，为什么这一次，不能原谅呢？”走到门口，白父突然停下了脚步，回头，不死心地问。

恭玉面色铁青地反问了句：“如果真像你们说的是个谁也想不到的意外，那为什么你们要隐瞒这么多年？如果不是被曝光，你是不是以为可以瞒一辈子？你们的良心可安？”

余光里，白洛歆在听见这句话时，明显抖了一抖。

恭玉的心也跟着颤了颤。

他再也不想被她左右自己的情绪了，烦躁地扬起手，站起来喝道：“福伯！送客！”

白老、白父、白母都走了出去，唯独白洛歆却没有动，从刚才进门起她就一直没有说话，恭玉知道这意味着什么，他太了解她，知道曾经的她有多懦弱，是干得出因为害怕而逃走，事后选择闭口不提这档子事的。

恭玉只觉得一股气血涌上心头，烧的他无心烦躁，拔高音量吼了声：“你怎么还不走？”

白洛歆头一次看见恭玉这个样子，瞬间僵住了，本来想说的话也一下子噎在喉间，眼泪跟断了线的珠子似的往下掉。

站在门口的福伯看了既心疼又着急，忍不住说了句打圆场的话：“小少爷，你就是判死刑也要给人一个自述的机会不是么，你们好好谈谈吧。”

语罢，福伯把白洛歆往里面推了一把，自己从外面关上了门。

房间里瞬间诡异地安静下来，很久都没人说话，只有白洛歆小声的啜泣声。

恭玉坐在沙发上，任自己陷了进去，双肘立在膝盖上，疲倦地撑住了额头。他现在只要一看着她，眼前出现的就是哥哥泡在水里面目全非的样子。他深爱多年的人，间接害死了他的哥哥，叫他怎能坦然面对？

俩人很久都没有其他动静，直到恭玉慢慢抬起头，审判一样对她抛出四个字："要说什么？"

其实，她想说的也只有那么一句卑微的自白："对不起啊，没有能早一些对你说实话，是我太害怕了……"

害怕失去他。

害怕他看她的眼神，如同现在这般，比陌生更绝望，比绝望更残忍。

"害怕？"恭玉忽然觉得可笑，"你知道你最让人无法原谅的是什么吗？让他在冰冷的水里泡了四天四夜，而之后，更是心安理得的做个与事无关的路人。"他只要一想到那个画面，就恨得牙痒痒，"白洛歆，你有没有想过，如果你没有因为害怕而逃走，及时找了人来救他，或许他……就不会死了。"

不是这样的。

她不是因为害怕而离开那里的，她也有想过找人去水下，可那天就是那么巧，那条本就偏僻的山路上，她一个人都没有遇到。

白洛歆哭着摇头，想要解释，可他看她的眼神好冰冷，好似一盆凉水兜头倒下，她在一瞬间明白，一切都太迟了，走到这一步，再多的辩解都成了死不悔改的开脱，只会让他更加厌恶她。

意识到这一点的白洛歆彻底感到了绝望，垂在身侧的手一直一直在握紧，指甲陷入手心，伤口里涌出一片鲜血，她却感觉不到一丁点儿的痛，良久，她才抽泣着说："对不起，如果死的那个人是我就好了。"

"可有的错，是万死难辞其咎，"他阴郁地看着她，一字一句道，眼神毫无温度，脸色却涨成不自然的青紫色，整个人都抑制不住地颤抖，"白洛歆，你不配死，你要活着，你一定得好好活着，我要你的余生都为你造的罪孽痛苦、煎熬、忏悔，直到你生命的最后一刻。"

他一步步走近她，在她面前停下，居高临下地看着她，忽然间，他没有任何预兆的，一把扯下他曾亲手替她戴上的木曼陀罗吊坠，用力摔在地上，发出清脆的落地声。

白洛歆一下子就怔在了原地，她如临寒窑，看着滚落在地板上的木曼陀罗吊坠，眼前一瞬间出现的是阿富汗白得发灰的天空，飞鸟和残阳，炮火和废墟，裂纹在画面中蔓延，以肉眼可见的速度一点点无法挽回地坍塌了。

十三岁的时候，他寻花而来，惊艳了她晦暗的世界。

十六岁的时候，他从天而降，打落她手上的锋利碎片。

二十三岁的时候，他踏夜而行，将伤痕累累的她从罪犯手里救下。

二十五岁的时候，他轻轻为她戴上木曼陀罗吊坠，她看见他温暖清澈的眼神。

这一切，全都碎了，被她亲手毁了。

越渐模糊的视线里，他薄唇张了张，冷冷吐出一个字来："滚。"

白洛歆不记得自己是怎样离开的医院，回过神儿来时，自己已经躺在熟悉的床褥中，周围很安静，吴越越就坐在她的床边，握着她的手，满脸哀愁。

她下意识地抽回自己的手，这个动作让俩人一瞬间都有些愣住。

"对不起。"白洛歆用低的不能再低的声音说，她只是在看到吴越越的那一瞬间想到，如果不是突然发生了这样的事，杀了她一个措手不及，那么现在闹得满城风雨的，应该是陆匪，生不如死的那个人就会是吴越越。

所以，她没有办法心安理得地接受吴越越的关心。

"白洛歆，我相信你，"吴越越突然轻声道，"这就是我来这里，想要告诉你的，我相信你不是那种会眼睁睁看着人溺死而不去呼救的人，一个陌生人你都能施以援手，何况是救了你的人，事情变成那样糟糕的地步，其中一定是有其他的变故，你为什么不跟大家解释呢？”

白洛歆自嘲地笑了笑：“解释？我本有机会解释清楚的，可是这个解释迟到了十几年，就已经变味儿了，我怎么解释的清为什么要隐瞒这么多年？为什么不在一开始就说清楚？”

吴越越哑然，她懂得白洛歆的意思，对大部分人、包括裴睦的家人来说，这才是问题的关键，他们无法容忍的其实是白洛歆在事故发生后，隐瞒了她与裴睦溺亡之间的干系。如果不是被人曝光，这个真相可能永远都不会大白于天下，裴睦死都死得不明不白。

“那你和恭玉……”

“他永远也不会原谅我的，”想到他看她的眼神，白洛歆就绝望地发寒，“我好后悔啊。”

是的，她后悔了，在阿富汗的时候，她以为经历了生死，便可以拥有足够强大的心脏去面对未来的变故，可原来，他只要一个眼神就能让她生不如死。

原来情话是会骗人的，说什么不在乎天长地久，只要曾经拥有，事到如今，如果说秘密是毒药，那她和恭玉的那些过往便都成了毒药的催化剂，无时无刻不再讽刺她的愚昧，刺痛着她的心脏。

早知如此绊人心，何如当初不相识。

她捂住脸，痛苦地闭上眼，声音越来越低：“如果那一天，我能勇敢一些，早一些，打碎爷爷的白瓷瓶……”

就让时间再那一刻停止，那么他们，是不是都会比现在好过一些？

而答案，今生今世，她是永远也不会知道了。

Chapter-14

流星

「有人说，和爱的人在一起，一分像是一秒。
可爱的人不在身边，一秒就像是一年。
长命百岁，度日如年。天荒地老，孤独永驻。
他终究是应了这誓言。」

这一生，我们注定
是个错误。
下一生，愿我生来
纯白，做你的唯一。

《余生不再为你难过 2》语录卡

在我万念俱灰时，是他朝我伸出了手，让我看见了未来。他是光，是风，是银河星辰。

《余生不再为你难过2》语录卡

你。会为

《余生不再为你难过 2》语录卡

她若愿意，我便娶她，
她若不愿意，我便一生
不娶，守护在她身旁，
即便是以兄妹之名。

《余生不再为你难过 2》语录卡

裴老子出院那天，恭玉特地在羲和包了个厢，准备了一桌子的清粥小菜，没有请外人，就只有他们爷孙俩，面对面安静地吃饭。

没吃几口，裴老爷子就放下了筷子，望着面前的碗碟唉声叹气，恭玉从碗里抬起头，打量了两眼，挤对道："吃了这么多年素终于也觉着没味了吧，要不要让后厨上俩酱肘子开开荤？"

裴老爷子哀愁道："也就你还有心情吃吃吃，我一想到你大哥的事情，这五脏六腑就跟揪起来一样，哪里吃得下。"

"我说你啊到底也是上过战场的人，生生死死看了那么多，怎么还是不能看开呢？"

"我就是心里过不去啊，裴睦稀里糊涂的死了这么多年后，我才知道他到底是怎么死的，我一想到这个就难受，过去每逢忌日我给他烧纸时，心里没少怨他为什么那么不小心，为什么要独自去湖边……是我错怪他了。"裴老爷子说着说着眼眶就红了。

"那事情已经成了这个样子了，您跟自己怄又有什么用呢？"恭玉无奈了，哄小孩儿一样伸长脖子提议道，"要不我打个电话，把那家人叫来，给你出气？反正他们都说了，咱有什么要求，尽管提出来，您也甭客气，我小时候您怎么拿鞭子抽我的，就怎么抽他们，还打不还手骂不还口，多好。"

裴老爷子没好气儿地瞪了他一眼："都什么时候了，还没个正经样儿。"

其实一起生活了这么多年，裴老爷子对这个孙子的性格已摸的七七八八，知道他说这些听起来不正经的话，是为了让他从不开心的事情上转移注意力，也是在安慰他来着。

想到这一点，他的心里涌上一片暖流，语气也软了下来："那天你和他们说的话我都听见了，你处理得很好。"

老白和他到底是有情谊在的，当年要不是老白在危难之际拉了他一把，他早就死了，如今出了这种事，他气归气，但真要他当面和老白割袍断义，面子上和心里总归是过不去的。可是现在这些恭玉都替他做了，他的担子顿时轻了不少。

只是……

他抬起眼，看向大快朵颐的孙儿，犹豫了下，还是愤愤不平地开了口："看你这样子，应当是已经走出来了，也是，那丫头怀着这么大的一个秘密都能心安理得的和你在一块儿，不是没心没肺，就是太有心机了，这两种，都不配做我裴家的媳妇。"

恭玉当然知道"那丫头"是指谁。

他没事人一样端着茶碗喝了一大口，然后清了清喉咙："您不是一生想要操控儿孙的婚姻吗？可惜啊，我爸我哥您都算是没操控成，这样吧，您的这个夙愿我帮您达成，替我挑个妻子吧，长得好看就行，其他的，随你。"

反正这一生，他注定不能和爱的人在一起，那么，和谁在一起，不是过一生呢。

裴老爷子拿着筷子一时就愣住了。

恭玉一脸玩世不恭的笑："怎么啦？没想到我这个让你最头疼的孙子却是那个愿意满足你心愿的？是不是感激涕零了？"

"虽然意外，但也在意料之中，"裴老爷子若有所思地看了他眼，放下筷子站了起来，“行了，今天就这样吧，你有这份心，我很开心，至于你的要求……回去后，我会着手办这件事的。”

语毕，裴老爷子佝偻着背走了出去。

推拉门刚被关上，恭玉手中的筷子便停了下来，脸上的笑容也在一瞬间隐去，睫毛森森落了下来，方才还吃的津津有味的饭菜此刻却让他一阵阵的反胃。

他知道他心里在想着什么，裴老头儿都看出来了。

杀敌一百，自损三千。

他用恶毒的话刺伤了白洛歆，自己却并没有比她好过多少。他恨她是真，爱她也是真，爱到要用另一个人才能斩断自己对她的残念，恨到也要用另一个人去给她最致命的报复。

爱一个人很容易。

恨一个人也很容易。

可若你的爱和恨都给了同一个人，那么你就很不容易。

恭玉不是个怨天尤人的人，可是在此刻，他是真正恨起了苍天。

既然她注定欠了他哥哥一条命，那为何又要让他们遇见，为何遇见了要相爱，为何相爱了又要让那个秘密大白天下。

事情发生后，有一瞬间，他甚至可耻地想过，如果这个秘密没有被揭露就好了……

就瞒他一辈子，在一起一辈子。

也好过现在的互相折磨。

他曾以为她是他糟糕的人生里的馈赠，他前半生的磕磕绊绊与不幸都是为了她这唯一的幸运，可今时今日他才明白，原来上天从未善待过他。

所有的一切，从一开始就错了。

这天夜里恭玉梦见了宋昀。

梦里宋昀拿着一把枪指着他，一向斯文温和的五官因为愤怒而扭曲："你说你爱她，可为什么你就这么轻易地丢下了她，你追逐多年将她捧在手心难道就是为了现在狠狠践踏她？！"

"是她自找的！"他愤怒地回吼过去，"错就是错，对就是对！亏你还是警察，没有人犯了错还能逃脱惩罚！"

"你不要她，那就把她还给我！"

宋昀扣下扳机，砰的一声，恭玉从梦中惊醒过来，在黑暗中盯着头顶的灯，魔怔般喃喃重复："错就是错，对就是对。"

也不知道是要说服梦里的宋昀，还是自己。

好半天，他才缓过神儿来，全身已被冷汗浸湿，洗了个澡后，再无睡意，索性开车去酒吧喝酒。

酒吧的驻唱姑娘长了双楚楚可怜的眼，下垂的眼尾，宽宽的眼角，当恭玉推开门走进去，同她四目相对的那一瞬间，他听见自己的心模糊不清地叹息了声。

太像了。

他忘不掉的眼，长在另一个毫不相关的人身上，这算不算是一种慈悲。

他于是坐了下来，一边喝酒，一边肆无忌惮地看着那双眼，只是看着。

他点了一首又一首歌，喝了一瓶又一瓶酒。

喝不完的酒，浇不尽的愁。

也不知道过了多久，驻唱姑娘注意到他，放下话筒，径直坐到了他对面，点燃一支烟，红唇吞云吐雾，隔着袅袅的烟雾，递过去一杯酒："用这杯酒，换你的故事？"

恭玉爽快地笑了笑，接过她的酒："好。"

他断断续续，说起他在西沙群岛当兵的那些鸡飞狗跳的日子，逗的驻唱姑娘一阵阵笑，她笑起来的样子更像那个人了，他一下子就没有了说下去的心情，看了看腕上的表道：“不早了，回去补个觉还要起来工作，谢谢你啊美女。”

他将钱包里的钱全数掏了出来，压在酒杯下：“多出来的，算你陪我聊天儿的小费。”

驻唱姑娘笑开了花：“那我以后可得盼着你多来找我聊天儿了。”

恭玉没有说话，笑着朝门外走去。

“喂！先生，你的东西忘拿了！”

他握着门把手回过头，昏黄的灯光下，驻唱姑娘纤细的手正好奇地把玩着一条吊坠。

“这是……一朵花？什么花啊，长得这么奇怪，怎么还有道裂纹呢？”

“你喜欢的话，送给你呀，”他笑着打断驻唱姑娘的话，“或者帮我丢掉它也行。”

他转身的瞬间，脸上的笑容也消失不见。

门外是凌晨三点的夜，死一般的寂静，同门里的喧嚣仿佛两个世界，大约是月中，月亮很圆也很大，他想起刚到西沙的那个中秋，岛上条件有限，只发了一个还没他手心大的月饼，还是豆沙馅的，他在那瞬间觉得孤独，无比想家，更想小白的酱肘子，没出息的在祁队面前哭了。

他其实一直觉得自己无拘无束的性格不适合军营这类纪律严格的地方，当年若不是为了达成祁队的心愿，服完两年兵役后他就早早滚蛋了，哪里还有后面那些事。

可是祁队长从见他的第一眼就说，他是天生的军人。

他如今想来，祁队是对的。

他没有家人，没有爱人，没有牵挂。

他抛头颅洒热血，死在哪里，也无一人会心疼。

他是这样的孤独。

比这天地，比浩渺宇宙，更孤独的孤独。

不知从哪里飘来的一朵乌云，半掩住了月亮，恭玉收回视线，转身，踏入了更深的夜里。

车子消失在街角的瞬间，月色中，一个娇小的身影推开了酒吧的大门，望了眼人数寥寥的酒吧，自己找了个角落的位置坐下。

“请问要喝点什么？”

“酒……就一杯热牛奶好了。”

本来睡不着想要点些酒来助眠，可这瞬间她的眼前忽然出现一张故作凶煞不许她再碰酒的脸，于是，鬼使神差地改了口。

“好的，您稍等。”

等待的间隙，酒吧里突然响起了悠悠的歌声，白洛歆下意识地望过去，只是一打眼，驻唱姑娘戴在黑色高领毛衣外那个明晃晃的东西就吸引了她的注意力。

“你、你好。”

唱完一首正在和调音师商量音轨的驻唱姑娘转头看见那个唯唯诺诺的女孩儿时微微一愣，她一下子明白了先前那个出手大方的客人为什么一整晚都在盯着她看了。

原来，他不是在看她。

“那个……”女孩子小心翼翼地指了指她胸前，“我能看一眼那个吗？”

“这个啊，”驻唱姑娘好心地从脖子上摘下吊坠，递了过去，“一位客人丢在这里的，我见它漂亮，就戴了一下，看起来，你应该是认得这条吊坠的，不如我把它交给你，你帮我物归原主？”

白洛歆将吊坠翻了个个，她亲手刻上去的“jade”赫然出现在眼前，她在那一瞬间好比被万箭穿心，痛的喘不过气来。

这世界上独一无二的吊坠，暗喻着那个独一无二的人。

他丢下了它，是不是意味着，他也丢下了曾经，再也不给自己可以回头的机会了。

“不用了。”

白洛歆摇摇头，将吊坠递了回去，露出个比哭还要难看的笑来：“丢了，才是它最好的结局。”

就像她和他，若要放下爱恨，就要放下过去，从此以后，只能做个不再见、不再念的陌生人了。

她有多想念，他就有多遥远。

没等驻唱姑娘说话，白洛歆就走了，她几乎是逃出了酒吧。

进门前还能隐隐看见月亮的夜，此刻已被乌云密布，天空中飘起了颗粒般的雨，如雾霭般覆了她一脸，远远望去，这茫茫的夜，好似没有尽头。

她的世界里，从此永无天明。

裴老爷子动作迅速，不过一个月，恭玉订婚的喜讯就在各大主流媒体上疯狂扩散开来。

说来也巧，对方是陆匪本家的妹妹，新加坡香料大鳄陆振东的掌上明珠，陆离。

这些事白洛歆并不知情，那夜之后，她就病倒了，又吐又烧，断断续续，总不见好，白家人怕她知道了这个消息会加重病情，也就刻意隐瞒了她。

正逢劳动节长假，白洛歆知道这是每年《朝闻夜谈》最清闲的一天，于是，天没亮就悄悄出了门，想趁着人少去社里收拾东西。

抱着箱子离开时刚巧路过总编室，她的脚步停了下来，对着黑漆漆的门思想斗争了半天，总编室的门咔嗒一声开了。

端着茶杯的周部长被门口无声无息站着的人吓了一跳，正要破口大骂，看清是白洛歆时，微微一愣，又扫了眼她收拾抱着的箱子，顿时就明白了，叹了声道：“进来坐吧。”

“要走了？”

白洛歆自嘲地笑了笑：“记者就是做人民的眼耳口鼻，说出真相，可我自己却将一个真相瞒了十几年，怎么还配在这行待下去。”

看着白洛歆，周部长只觉得惋惜，他是她见过最有天分的记者，也是最热爱这行的记者。可这件事一出，社会影响太过恶劣，上级部门已经下了封杀令，她这辈子都甭想在媒体圈里混了。

人这一生，就像是走在悬崖边缘，稍有行差踏错，就会坠入阿鼻地狱。

周部长忍不住叹息：“这件事虽然你有错在先，但也是因为有人在背后推动，才闹得这么大，我托关系查到，网上带头造势你这件事的公关公司，是陆匪花大价钱请的，那个视频，估计也是陆匪找人去拍的。”顿了顿，还是恨铁不成钢道，“我早就警告过你别惹陆匪的，你不听！惹祸上身了吧，他陆匪的手段老辣，从来就是毁灭性的，你一个初生牛犊拿什么和他斗。”

白洛歆没有作声，杀人诛心，也只有陆匪知道，害一个人，要怎么让他再也翻不了身。

他也确实做到了。

“离开以后，想过怎么办吗？”周部长问。

“想去西沙看一看。”

“西沙？”周部长想到那个荒凉的地方，皱了眉道，“去那里干吗？”

白洛歆淡淡道：“见一个老朋友。”

她没有跟部长说，她想去西沙，只是因为曾有个少年，在那里度过了漫长孤寂的岁月，因思及她。

她想去看他看过的天空，走他走过的路，遇见从前的他，假装自己还在被爱着。

“哦对了，”白洛歆从箱子里掏出一个U盘，放在桌上推到周部长面前，“这是陆匪这些年来的犯罪证据，牵涉甚广，还有……宋昀那件案子决定性的录音证据，我本来是想自己去做这件事的，可现在就算我去做，也大概没有人会相信我这个‘骗子’的话了，这个U盘该何去何从，部长，您来决定吧。”

白洛歆说完这些话就走了，周部长坐在大大的椅子中，沉默了很久，最后，他站起来，将U盘丢进了自己的抽屉里。

白洛歆本想悄然的来，悄然的走，可是在周部长那耽搁了时间，下楼时还是碰见了发行部的同事，同事抱着一大摞新刊，进电梯时，白洛歆下意识地替他搭了把手。

“啊谢谢。”

同事抬头看见是白洛歆时有些意外地打了个招呼：“白记者，来上班了啊？”

白洛歆摇摇头：“不是的。”

同事瞧见她手里抱着的箱子，顿时明白了什么，尴尬地退到一边了。

白洛歆不经意间扫到同事手里的新刊，一瞬间就愣住了，封面上，是恭玉和一个陌生女人手牵着手相视而笑的照片，旁边配上大字标题“跨越海峡来爱你”，以及几行小字，裴氏集团继承人不日将亲赴星岛，与陆家共商婚礼事宜。

同事注意到白洛歆的视线，看见她发白的脸，欲盖弥彰地旋了个身，干笑道：“你是知道的，有时候为了吸引眼球，会渲染、夸大一些东西，做标题党。”

可白洛歆也知道，再怎么夸大，都是基于事实本身。

恍惚中，电梯小小的空间里，白洛歆听见了有什么东西一点儿一点儿碎掉的声音。

叮的一声响，电梯到了一层，同事如释重负，道了声别就赶紧跑了出去。

白洛歆站在电梯里迟迟未有动作，直到有人问她要去几层，她恍惚回神，说了句：“不用了。”慌忙走了出去。

走到了门口才发现，天空不知什么时候下起了雨，风也大，雨也大，冷风卷着雨迎面吹来时，白洛歆打了个寒战，整个人也跟着发起抖来，她再也站不住，只能靠着墙壁，扶住颤抖的双腿，慢慢蹲坐了下来。

倾盆的大雨中，她抱着双膝，蹲在角落里很久，最后，还是掏出手机来，拨通了恭玉的号码。

不若她所想的最坏的结局，他意外地接了她的电话，还未开口，她就清楚的听见电话那头有女声传来：“欢迎乘坐新加坡航空，祝您此次旅途愉快。”

她一下子就慌了神，脑子里一片空白直到恭玉不甚耐烦地催促：“什么事？”

“恭玉，”她忍住眼泪，期期艾艾地祈求，“我有话对你说，你可不可以……不要走。”

然后，她听见他的声音，隔着电流，冷冷传来：“我与你，无话可说。”

无话可说。

有时候，再凛冽的恶言都比不上这四个字。

白洛歆捂住嘴，努力想要藏住自己绝望的啜泣声。

电话被瞬间掐断，她的手也垂了下来，手机咕噜噜地滚到阶梯下，一下子就被水流冲的老远，白洛歆浑然不觉，她把头埋在膝盖间，放肆地哭了出来。

那个在炮火洗礼的天空下说爱她的少年，好像就在昨天。

可为什么太好的爱总似流星，转瞬即逝。

“洛歆啊……”

不知过去了多久，她忽然听见有人叫她，声音近在咫尺，她迷茫地抬起头，看见面前浑身湿漉漉的中年妇人，不确信地揉了揉模糊的眼睛。

“文阿姨？！”等到看清晰时，她一下子震惊地张大眼，站了起来，“您怎么在这儿？”

“我也不知道……洛歆啊……你帮帮我，我找不到我的医生了，”文琴神色涣散，如同受惊般四处张望着，结结巴巴道，“医生送我回家，可是回去的路上……他停车……我等了好久，下雨了，我好怕……他没有回来，我就去找他……人好多，都在跑，我也跟着跑……我不认得路，也不认得人的……幸好……洛歆，我可怎么办啊？”

白洛歆算是听出来怎么一回事了，文阿姨应该是在和医生回疗养院的路上走失了，这些年，文阿姨一直住在疗养院里，她之前听恭玉说过，文阿姨受的打击过大，恐怕是再也不能像个正常人般了。

到底是她造的孽啊。

白洛歆把自己的外套脱下，罩在文琴身上，搓着她冰凉的手道：“文阿姨您别着急啊，我这就送您回去。”

疗养院在城市另一头的郊区，白洛歆驾车上了绕城的盘山高速，文琴就坐在她身旁，揪着手，一边发抖，一边絮絮叨叨的自言自语。

白洛歆调高了车内的温暖，明明自己还未从悲伤中回过神儿来，嘴上却还在安抚着文琴的情绪：“阿姨您别怕，很快就到了，您冷不冷？空调要不要再开高一点儿？您……”

“洛歆啊……”

文琴突然幽幽打断了她的话。

白洛歆下意识地扭头看了一眼，这一眼，却把她吓了一个激灵，差点儿滑了方向盘。

文琴不知什么时候将整个身子转了过来，对着她，露出诡异而悲伤的笑来。

“你欠裴睦的，也该还了。”

没有任何预兆，文琴疯狂地尖叫着扑向她。

轮胎与地面摩擦造成尖厉刺耳的长鸣声持续不断，白洛歆的大脑霎时变得空白，车子不受控制地撞开围栏，翻滚着冲向下面的大海。

轰隆一声，车子坠入波涛翻滚的大海中，海水兜头灌了进来，白洛歆瞬间就被淹没在其中，一点儿一点儿往下沉。

越往下，世界就越安静，没有一点儿杂音，她的意识仿佛也跟着安静下来，身体里所有的一切都在咔嗒一声后归于平静，无边的黑暗中，她的眼前忽然出现了少年时的他和她。

阳光铺陈在客厅的地板上，她规规矩矩地坐在沙发上，恭玉则是趴在地板上，俩人面前的电视屏幕上，女主角说：“今生今世，我们所走的路都错了，时间不对，地点也不对，来生，我们再会，来生，我会等你。”

恭玉，这一生，我们注定是个错误了。

如果爱有来生，如果下辈子还能遇见，愿我生来纯白，做你的唯一……

恭玉在飞机起飞前的一刻接到陈警察的回复电话。

“据我们现场勘查的结果来看，应当是行驶过程中俩人发生争执，导致车头方向失控，冲下了盘山高速，现在天已经黑了，又下了很大的雨，很影响救援工作，沿海下游已经安排的人坚守，一旦发现人就会立马通知，但……你得有个心理准备，恐怕是凶多吉少。”

恭玉握着手机静了好一会儿，喉咙就像被一只无形的手狠狠掐住，发不出一丝声音。

乘务员微笑着走向他：“先生，飞机就要起飞了，请您关掉手机。”

恭玉于是机械地关掉手机电源，无力地靠上舷窗。窗外的城市渐渐变成一个黑点，剧烈地头痛和轰鸣声中，他仿佛看见白洛歆抱着双膝蹲在暗地里，满脸眼泪对他说。

“我站不起来了，你拉我一下好不好”

又想起她说：“对不起，要是死的那个人是我就好了。”

这是她留给他的最后一句话。

这场雨下了整整一周，直到雨停后的第三天，文琴的尸体在距离事故地点二十公里的海滩边被发现。

恭玉和裴老爷子去警察局认尸时，正好碰见白家一家。

白母拖着警察的手，整个瘫倒在地上，哭得肝肠寸断：“就算是认定她死了，你们也得让我看见她的尸体不是吗？不能让她孤零零的漂在外面啊，我求求你们，继续找啊，找人的经费我来出，让我倾家荡产都行，我只求你们帮我找到她，哪怕是个尸体。”

站在一旁的警察们，各个都没说话，脸上都写满沉重、不忍和悲伤。

恭玉脚下一顿，但并未停得太久，白母话落时他已经搀着裴老爷子走进了停尸间。

零下 8 度的停尸间内，工作人员拉下了文琴的裹尸袋，当看见文琴的脸的那一刻，裴老爷子腿一软，喉咙眼儿里发出低声的悲泣，跟着一同过来的福伯及时扶住他，抹着眼泪说：“老爷，您节哀啊……”

裴老爷子哭着道："我们裴家这是造了什么孽啊，为什么他们母子俩都落到这种死法。"

恭玉看着那张被海水泡得面目全非的脸，久久没有动作，他忽然想，当他再次看见白洛歆时，她会不会也和文阿姨一样，让他再也认不出她。

如果这便是重逢的代价，那样，倒不如永远不要再见吧。

他闭上眼，疼痛仿佛经过漫长的反射弧方才刺在他心上，像有人拿着锥子不停地扎在他胸口，他疼得喘不过气来。

他在心底无声地质问："白洛歆，我不是告诉你，不要死。"

你怎么可以死。

你怎么可以，再一次骗了我。

直到这刻，他才承认，即使嘴里说着再怎么恶毒的话，胸腔里那颗心脏仍然无可救药地因她而跳动。

可从今往后，再没有这样一个人，让沧海桑田，不过云烟。

签好认尸手续，他搀着爷爷坐进车内，然后自己也坐了进去，司机驾车正要离开时，突然从马路边蹿出一个人来，扑到了车边。

隔着车窗，他看见白母悲恸欲绝的脸，歇斯底里地对他喊："你满意了吗？她欠裴睦的命！已经给了你们裴家了！她再也不欠着你们裴家什么了！可你欠她的呢？你怎么还？你不是对我们发过誓要守护她吗，可为什么你、你们连一个解释的机会都不愿给她？现在她再也说不出话了，再也不能为自己辩白了，你知不知道，她被裴睦救上前就已经失去意识了，她醒来后并不知道裴睦到底有没有上来，她泡了水又吹了风，在医院一直昏迷不醒，等她醒来时，才知道裴睦已经死了，一切都迟了，事已成定局，没有回转的可能，所以我和她爸爸不让她说出去的，你知道的啊，她一向听我的话的，她不是故意要骗你的，她是你爱的人，你的心到底有多狠，才会那么残忍地对待她呀。”

白母撕心裂肺地哭吼，一声一声，慢慢变得遥远，最后嗡的一声，变成句点。

他忽然想起那天在樟宜机场，吴越越满脸眼泪的质问他：“你以为，你第一次看见她时，她是为了什么要自杀呢？她想过偿还的。”

又想起在哥哥的事情曝光时，知道了全部事情的宋映对他说：“我又有什么资格去怪她，那天若不是宋昀出言伤了她，她也不会跑掉，你哥的悲剧也不会发生。”

他这一生做了许许多多的妥协，独独在白洛歆的事情上，他固执地没有妥协。

落子无悔。

一步错，满盘，皆输。

处理完文琴的后事后，应文家人的要求，恭玉陪同裴老爷子，将文琴的骨灰送到文家乡下的祠堂供奉。

乡间小道儿车开不进去，一行人把车停在了路边，步行进村。

路过一间破旧的道观时，恭玉隐隐约约听见了两个稚嫩的嬉闹声。

他不经意地看过去，小小的少年笑的比阳光还灿烂，对着跟在身后唯唯诺诺的小女孩儿喊：“喂！你快点跟上啊，丢了，我可不负责呀。”

“你、你慢一些啦。”

阳光，一如当年，寂静无声。

恭玉有一瞬间的恍惚，双眼渐渐失去了焦距，没来由的落下泪来。

那是好多好多年前的事了，他带着小白离家玩耍，遇见了一个道观。

他一时兴起，拉着小白进去求了一卦。

那老道士说他命宫福满，能活到百岁。

从古至今，长命百岁是多少人求之而不得的，可如今他才晓得，长命百岁不是他的福祉，而是上天对他最重的惩罚，让他一生都在目送重要的人一一离开自己，做剩下的那一个。

他没有亲人了。

也没有朋友了。

更没有爱人了。

这偌大世界，灯影霓虹，浮沉万丈里，就只剩下，他一人了。

这大概就是他的一生了。

有人说，和爱的人在一起，一分像是一秒。

可爱的人不在身边，一天就像是一年。

长命百岁，度日如年。

天荒地老，孤独永驻。

他终究是应了这誓言。

番外

最熟悉的陌生人

致亲爱的小白——（宋昀番外）

〔你也许忘记了。又或许从未记得过。〕

有人说，人的记忆是有限的，越长大，所能记住的东西就越少，可当一个人的生命走到尽头时，人生里很多时刻都会如走马观花般在脑海里闪回过，到那时，你才会知道，原来有很多你以为不重要的事情，却记得那样清晰。

我曾不止一次的幻想过，如果我走到生命最后一刻，又会看见些什么。

直到那一天，我看见了你。

说来也奇，不是第一次见你时的恶言相向，也不是最后一次在你公司楼下的中餐厅，隔着玻璃和人群的远远眺望。

是在高二那年，一次晚自习，我不记得具体的日期，只记得那晚的月亮很凉，也很亮，温温柔柔地照在地上的积雪上，像是铺了层盐霜。

每天晚自习过后，我总习惯去操场走一圈吹吹风再回家，那天也是一样，除了，我比平常去的时间要早一些，晚自习结束的铃声尚未打响。

或许冥冥中自有一双手，没有早一点，也没有晚一点，我刚好遇见了你。

花白的月光下，你站着孤零零的双杠前，侧着脸，下巴微抬，似乎很专注的在看些什么。

我好奇地顺着你的目光打量了双杠一会儿，却什么异常都没有发现，我突然矫情地想，也许你是在看回忆里的人？

咔嚓一声，专心看你的我没有注意脚下的路，踩到了雪地上的一截枯枝。

你恍然回头，我们隔的距离并不远，我也轻易看见，你的眼里有许多细碎如钻石的水光，微微晃动着，我的心也跟着晃了一晃。

我张了张嘴，刚想要说什么，你就慌忙别开眼，低下头。

“对不起，打扰到你了。”

你没有来由地说了句，然后有些狼狈落荒而逃。

“白洛歆……”

我的手还举在半空中，突然就怔住了。

记忆总在与过去交叠出现相似之处时，浮出脑海。我看着你渐渐远离的背影，眼前出现的是好多年前的那一个阴沉沉的下午，被我的话刺伤而落荒而逃的小姑娘。

白洛歆……

小白……

原来，是你。

我终于知道为什么之前的你总是戴着口罩，原来是为了遮掩那个胎记。

我突然很想笑，我曾无数次想要找到的小姑娘，原来早就出现在了我身边，我早该想到的啊，你和恭玉交好，而他是裴睦哥的弟弟，他们兄弟口中的小白，怎不会是同一个人呢？

操场上，你的身影早已消失在夜色中，世界很静，好像方才一切同你一样，都只是一场梦境。

我的父母去世的早，唯一的姐姐对我极尽宠爱，所以，我小时候，也曾做过很多人口中的熊孩子。我做了许多错事，却任性的不自知。

长大后，每每想起当初的所作所为，只有惭愧和后悔。

而我最后悔的就是，十三岁生日那年，我与裴睦哥的最后一面，没有能好好听他的话，对你说一声对不起。

也再没有机会对裴睦哥说一声，对不起。

裴睦哥走后，我常常会怀疑，命运安排的这场悲剧中，到底我是不是那个因？

如果那天我没有对你说出那样的话，如果我好好跟你道歉，好好和我们过生日的裴睦哥是不是就不会出现那个意外？

在这个世界上，想说什么就要尽快说，想做什么就尽早去做，因为你永远也不会知道，明天和意外哪个会先降临。

白洛歆，后来的我无数次地想要告诉你，“我认出你了”，以及，“对不起”。

可我终究没有那个勇气。这大概是，我想让你印象中的我，永远都是温暖的，而不是那个曾伤害过你的，乖佞恶毒的小男孩儿。

我能做的，就是尽己所能地对你好、照顾你、补偿你。

白洛歆，你也许不知道，很长一段时间，我都以为自己对你的感情是偿还，那么多个日夜里，我以为，你的笑是我唯一努力的方向、我想要用一辈子去抚平你伤痛的心，都只是在偿还。

是什么时候意识到我爱你这件事的呢？

还是一年冬天，江州遇见了五十年不遇的大雪。

连着好几天，你都没有来学校，我第一次体会到心如猫抓的感觉，于是，那天我忍不住去机关大院找你。

在同门口小卖部的老板询问你家具体的幢数时，我才知道，你家刚刚搬离这里，就在前几天，你的奶奶过世了，时间，刚好是在你没来学校的第一天。

小卖部老板正在和街坊闲聊，有人说：“白家老太太去世的那天夜里，对门老裴家那个失踪了两年的混世魔王也回来了，穿着一身短衫短裤，就在白家门口的路灯下站了一晚，后来晕了，裴家的人刚把他弄到车上，准备送去医院时，一辆救护车就开进咱大院了，没几分钟，白家老太太就被担架抬了出来，听说当夜就没了。”

另一人接道：“我估摸着吧，老太太就是被气过去了，那俩孩子的事当时闹得那样大，你们想想，他恭玉到底是犯了什么错能被裴老爷子一脚踹到那么个地方去？”

“一个男孩儿，一个女孩儿，天天形影不离，又住在一户里，能出什么好事，我跟你们说啊，我家那位还曾看过这俩孩子手牵手逛街呢，他当时跟我说时我还说是他眼岔了，现在想来，倒是我错怪他了。”

我的心咯噔一跳，像是落在深不见底的水潭里，彻骨冰凉。

我想到那个夜里你看着空荡荡的双杠的悲伤深情，又想到过去曾偶然看到过恭玉半挂在双杠上挥洒汗水的样子。

一瞬间，我全明白了，原来，你是在看他啊，或者我该说，你的眼里从来只有他。

过去种种，那些模糊的、隐忍的、卑微的，你的一个眼神、一句话、一个细微的动作，全都清晰起来。

白洛歆，直到这一刻，我才惊觉，自己对你的感情，原来不只是单纯的偿还，它伴随的妒忌、绝望，汹涌而来。

白洛歆，你知道“乘人之危，乘虚而入”的意思吗？

在你与他各安天涯的那几年，这八个字，成为我的人生目标，你迟钝，你慢热，我总侥幸的以为时间会让你淡忘，也会让你习惯我的存在，只要我一直努力，总有一天，会走近你的视线里。

可是后来我才知道我错了。

填志愿那会儿，我还是没忍住，对你说：“因为喜欢你，想上了大学后还能和你做同桌。”

是不是太喜欢一个人，就会失去自己所有引以为傲的冷静与耐心？

你从那天开始躲着我的。

你沉默的拒绝，让我头一次知道什么是情伤。

我想到每一次，不管是下雨还是艳阳，在我将要触碰到你，想要为你挡雨或是遮阳的那刻，你不动声色地避让开来，与我拉开安全距离。

我曾奢望过要给你温暖，走近你的心旁，可是后来我发现我不能。

毕业的散伙饭上，我敬了你三杯酒，却只对你说了一句话：“祝你前程似锦。”

白洛歆，有些话我不能对你说出口，无非是怕它成为你的困扰。

我其实想要对你说的是。

“一杯祝你前程似锦。

二杯谢你曾赠我以快乐。

三杯祭你我的感情，无论爱或不爱。”

人生不相见，动如参与商。

我终究只能做你生命里的匆匆过客。

我不想我的靠近成为你困扰，让你不自在，所以，在得知你报考了传媒大学时，我义无反顾地考了警察学校。

因为我想，你日后必定是要成为记者，你正直善良的性格，或许会让你常常处于险地。

那么身为警察的我，是不是就能借着守护人民的大义，满足自己的私心，守护你。

哪怕整个世界倾覆，我想要守护的，也只有你，一直是你。

可是不是注定不是对的两个人，连老天都要苛刻他们的缘分，那么多年的时光，这么小的城市里，不算上我的刻意追寻，竟一次都没有偶遇你。

我总想，也许，这就是我们的一生了。

这样也好，就让我永远做你身后的默者，落入尘埃里。

说来惭愧，就连中天集团那次你以为的偶遇，都是我刻意同同事调了班而赶过去的。

白洛歆，我曾因为一句喜欢你，我连陪伴在你身边的资格都失去。

那么如果从今往后，我绝口不提爱你，是不是就能以朋友之名，站在你左右？

那天，当我看见你站在你们杂志社的大楼下痛哭失声的样子，我的心都碎了，再也不能只是像个偷窥狂一样远远看着你，即使我也看到了从另一个方向跑来的恭玉，可我什么都管不了也顾不得了，我的眼里脑里，只装得下你。

白洛歆，你知道我是什么时候觉得自己不如恭玉的吗？

也是在那天，当他看见，先一步跑到你身边的我时，忽然刹住了脚，转身跑向杂志社大楼里时。

他能在那一刻也保留清醒的头脑，做出最正确的选择，放心将你交给安全的人手上，专心去为你扫清身后的荆棘，这样的人，我拿什么和他争？

所以那天，我装作没有看见他将你带进了居酒屋后面的小巷，我躲在人群里，看着几分钟后的他背着你一步步走出来，一步步，离我越来越远，我终究还是没忍住，流下泪来。

这颗爱你的心，也曾有痛苦难熬到彻夜难眠的时候。

我姐是过来人，看出我为情所困的痛苦。

她和我谈心，我没有告诉她你是谁，只淡淡说喜欢上一个很好的女孩儿，可她的身边已有相爱的良人。

爱而不得，故成痴，成嗔，成了魔。

我姐跟我说了很多，我已记得不清了，只独独记得我姐最后说的那句话。

她说："别苛求太多，对很多人来说，能够看一眼自己爱的人，都是奢望。"

我突然间就释怀了。

是啊，是谁说感情必须是两个人的事？

有时候，对有些人来说，感情就是一个人的事，比如我姐，在裴睦哥去世这么多年后，她那颗爱他的心，依旧如初，依旧不为人知。

又比如我。

白洛歆，既然我们做不了一生爱人，那么，就让你做我一世的亲人好不好？就让我的眼，追随你一生。用我的手，守护你一生。

亲人亲人，你永远是我，最亲爱的人。

居酒屋里，你对我说的那些话，让我隐约察觉到，你在做的，要做的，是怎样一件危险的事。

可是白洛歆，你别害怕，我在这里呢，我向你保证，你以后的路，一定无比顺畅，它光芒万丈，再无崎岖，也再没有人，可以伤害到你。

而能陪你细水长流看天荒等地老的那个人，也终究不会是我。

我也曾幻想过，若有一天，我为守护你而死，会不会在你的心中求得一席之地？

可是我没想过这一天来的这样的快，在我还没来得及对你说出那些往事，诚恳地求得你的原谅时。

血肉撕裂的短暂的剧痛中，我竟没有比此刻更觉得庆幸，好在，你没有来；好在，你打了那个电话给我；好在，死的人是我。

若这条命，能因换得你的安全而落幕，便是我的死得其所。

有的事情注定被时光掩埋，有的感情注定无疾而终，有的话注定只能因死亡缄默，我这一生，再也没有机会对你说一句对不起了。

白洛歆，对不起。

对你说出那些话后的每一个日夜我都被无尽的后悔缠身，后来我也总是会想，最初的那一眼，我给予你的若是一个温暖的笑容，那么今天你的身边，是不是就有我的位置？

嘘，别急着告诉我答案。

今生我已无权惦念，下辈子若能遇见，你再告诉我。

好吗？

图书在版编目（CIP）数据

余生不再为你难过．2/ 顾白白著．-- 南京 ：江苏凤凰文艺出版社，2018.4

ISBN 978-7-5594-1545-5

Ⅰ．①余… Ⅱ．①顾… Ⅲ．①长篇小说—中国—当代 Ⅳ．① I247.5

中国版本图书馆 CIP 数据核字（2018）第 013725 号

书　　名	余生不再为你难过 2
作　　者	顾白白
选题策划	夏七夕工作室
出版统筹	黄小初　邹立勋
责任编辑	胡小河　姚　丽
文字编辑	龚　雯
责任监制	刘　巍　江伟明
封面设计	嫁衣工舍
出版发行	凤凰出版传媒股份有限公司 江苏凤凰文艺出版社
经　　销	江苏省新华发行集团有限公司
印　　刷	湖南新华精品印务有限公司
开　　本	880 毫米 × 1230 毫米　1/32
字　　数	257 千字
印　　张	10.5
版　　次	2018 年 4 月第 1 版，2018 年 4 月第 1 次印刷
标准书号	ISBN 978-7-5594-1545-5
定　　价	34.80 元